Catherine Ryan Hyde

# 别让我离开

[美] 凯瑟琳·雷恩·海德 著

谢佳真 译

Don't let me go

图书在版编目（CIP）数据

别让我离开/（美）凯瑟琳·雷恩·海德著；谢佳真译.—北京：中国友谊出版公司，2018.9
书名原文：Don't Let Me Go
ISBN 978-7-5057-4448-6

Ⅰ.①别… Ⅱ.①凯…②谢… Ⅲ.①长篇小说—美国—现代 Ⅳ.①I712.45

中国版本图书馆CIP数据核字（2018）第174656号

著作权合同登记号 图字：01-2018-5847

DON'T LET ME GO
by Catherine Ryan Hyde
Copyright © 2012 by Catherine Ryan Hyde
Published by arrangement with Taryn Fagerness Agency
through Bardon-Chinese Media Agency
Simplified Chinese translation copyright © 2019
by Beijing Xiron Books Co.,Ltd.
ALL RIGHTS RESERVED

| | |
|---|---|
| 书名 | 别让我离开 |
| 作者 | ［美］凯瑟琳·雷恩·海德 |
| 译者 | 谢佳真 |
| 出版 | 中国友谊出版公司 |
| 发行 | 中国友谊出版公司 |
| 经销 | 新华书店 |
| 印刷 | 天津旭丰源印刷有限公司 |
| 规格 | 880毫米×1230毫米 32开 |
| | 10.5印张 281千字 |
| 版次 | 2019年1月第1版 |
| 印次 | 2019年1月第1次印刷 |
| 书号 | ISBN 978-7-5057-4448-6 |
| 定价 | 45.00元 |
| 地址 | 北京市朝阳区西坝河南里17号楼 |
| 邮编 | 100028 |
| 电话 | （010）64668676 |

如发现图书质量问题，可联系调换。质量投诉电话：010-82069336

缅怀帕特,
真不知道他当年哪来的办法,
让我参加了我生平第一个写作工作坊。

第1章

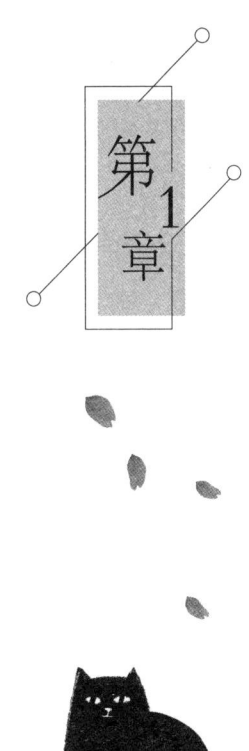

## 比 利

每回比利望向客厅的玻璃落地窗,都觉得洛杉矶灰蒙蒙的冬日午后又黯淡了几分。每回的差异都清晰可辨。然后他笑了,出声斥责自己:"比利小子,你在想什么呀?难不成夕阳会改变心意,在今晚打破西沉的规律?"

他又向外窥探,躲在窗帘后,用窗帘包住自己,凑向玻璃。

小女孩仍在外面。

"我们知道这代表什么,"他说,"对吧?"

但他没有回应自己。因为他确实知道,所以不必把话说完。

他在睡衣外面套上陈旧的法兰绒睡袍,把枯瘦的身子裹得死紧,然后才系上一条绳子。差不多六年前,他就用绳子取代了睡袍原本的束带。

整装完毕。比利·闪亮要出门了。

不是踏出公寓大门到街上去,才不是那种极端的激进行动呢。他要去的地方是小小的一楼露台,或者说阳台,总之就是房屋广告上摆着两张生锈的户外椅的那一方弹丸之地,随便你给那个空间取什么名字都好。

他又看看外面,仿佛看到正在酝酿的风雨或战争或外星人入侵,仿佛上帝会降下某种天灾,给他不出门以正当理由。但只有天色又黑了一点点,而这丝毫不让人意外。

他移开扫帚——凑合着充当露台玻璃落地窗的防盗锁——沾得满手

灰尘和毛屑。这扫帚搁在那里八百年没有移动过,一股羞愧之情油然而生,他可是以窗明几净为傲的。

"提醒我自己,"他出声说,"所有物品必须保持清洁,即使我们认为短期内用不上,即使只为了坚守原则。"

他将落地窗拉开一条细到不能再细的缝,一感觉到屋外的冷冽空气,比利禁不住大声地倒抽一口气。

小女孩往上瞄一眼,又低头看自己的脚。

她的头发凌乱到带点喜感,像一星期没梳过似的。她蓝色的开襟羊毛衫扣错了扣子。她绝对不超过十岁。小女孩坐在台阶上,双手环抱膝盖,一边盯着自己的鞋,一边前后摇晃身体。

他只当自己这么一露脸,小女孩的反应会更大、更剧烈,却说不上究竟期待她有怎样的反应。他战战兢兢,挨着生锈的椅子边缘坐下,身体倾向栏杆,望着下方一米左右的小女孩的头顶。

"祝福你今晚幸福愉快。"他说。

"嘿!"她说。声音大得像高音的雾笛[①]。

他吓得弹起来,险些弄翻椅子。

比利并不是儿童教育专家,但他认为这个小女孩如此垂头丧气,说话声音应该微弱到几乎听不见。比利不是没听过她说话,她的声音每每穿墙而来。她和母亲住在这栋公寓的地下楼层,因此比利时常听见她说话,她的声音也一向不会模糊难辨,但不知何故,他觉得或许就这么一次,她应该破个例,细声说话。

"我们是邻居吗?"她问,嗓门同样惊人。

这回他有了心理准备。

"看来是。"他说。

"那我怎么都没看见过你?"

---

① 一种船用的鸣笛仪器。

"现在看到了。做人要知足。"

"你讲话好奇怪。"

"你讲话好大声。"

"是啊，大家都这么说。别人也说你讲话怪怪的吗？"

"印象中没有。"比利回答，"不过，跟我讲话的人很少，无法反映大众的真实感受。"

"那你相信我就好。你讲话真的怪怪的，尤其是你在跟小孩讲话时。你叫什么名字？"

"比利·闪亮。你呢？"

"闪亮？就是星星闪闪亮，或是地板打蜡闪闪亮的那个闪亮？"

"对，就是那个闪亮。"

"你哪来的这种名字？"

"你的名字又是哪来的？而且你还没说你的名字。"

"我叫葛蕾丝，是妈妈给我取的名字。"

"嗯，比利·闪亮这个名字不是来自我的妈妈。我妈妈给我取的名字是唐诺·费尔德曼，我自己改名了。"

"为什么？"

"我以前在演艺界。我需要一个舞者的名字。"

"唐诺·费尔德曼不能是舞者的名字吗？"

"相差十万八千里。"

"你怎么知道什么名字好，什么名字不好？"

"内心自然会知道的。听我说，我们大可在这里坐上一整夜，继续愉快地谈天说地。但我出来的目的，其实是要问你为什么独自坐在外面。"

"我不是一个人，真的。"她说，"我实际上是跟你一起在这里。"

"天快黑了。"

她抬头看了看，似乎在确认真假。这是比利来到落地窗外之后，她的第一个动作。"对。"她说，"天快黑了。你现在不在演艺圈了吗？"

"是啊。我完全脱离了那个圈子。我现在没有工作。"

"你当舞者不开心吗?"

"开心极了。我热爱舞蹈,跳舞是我的全世界。我也唱歌,还有演戏。"

"那为什么不干了呢?"

"我不是那块料。"

"你不厉害吗?"

"非常厉害。"

"那你不是哪块料?"

比利叹口气。他出来是为了问话,不是回答问题。然而两人的角色竟然互换得如此自然,如此水到渠成。其实,他纳闷自己怎么会自以为能在这场对话中——或更进一步说,任何对话中——端出成年人的架势。或许,他只是演技精湛。但是,谁知道他如今演技退化到什么地步了?毕竟,不用则废。

"一切。"他说,"我什么料子都不是。生命,我完全应付不了生命。"

"但你活着。"

"对,勉强算。"

"那你就是活着。"

"但活得不像样。我表现欠佳。谢天谢地,评论家的矛头已经转向其他目标。你有办法进屋子吗?我是说,假如你需要进屋子的话。"

"当然。钥匙就在这里。"

她在消退的天光中举起钥匙,让他亲眼确认。一把看起来簇新的亮晶晶的钥匙穿过细绳,挂在她的脖子上。刚刚点亮的街灯照在钥匙上,折射出反光,像是一盏照进比利眼中的迷你闪光灯。

闪亮,比利心想。我确实记得这个概念。

"我有点想不明白,"他说,"一个可以轻轻松松进屋子的人,竟然会待在屋子外。"

"你都不出门吗?"

哎呀,老天,比利心想,她又发问了。他根本没法在这场对话中占上风。

"除非万不得已。你不会害怕吗?"

"离家够近就不怕。"

"但是,我很怕。我往外一看,就看到你一个人待在外面,吓死我了。即便你根本不怕。也许,你可以帮我一个忙,也许你回到屋子里,我就不用继续这样提心吊胆了。"

小女孩大模大样地叹一口气。这女孩深得比利的好感。

"那好吧。反正,我也只打算待到街灯点亮而已。"

她拖着千斤重的步伐爬上阶梯,消失在拐角。

"气人。"比利大声对着暮色说,"早知如此,就不必跟她推心置腹了。"

那一夜,比利辗转反侧,无法入眠。他不能断言踏出门外的惊世骇俗大行动就是害他沮丧、失眠的原因,但这样想似乎颇有道理。至少,有个怪罪的目标,总好过没有。

比利好不容易迷迷糊糊地睡去,虽然通常一次只睡上几分钟,而且会感觉到许多拍动的翅膀。一个频频出现的梦境,或者说半梦半醒,或者说错觉、幻觉。不论在任何日子,当他越觉得生活受到严重干扰,夜里睡觉时,那些翅膀就拍动得越猛烈。

往往,他会因此惊醒。

最后,好不容易他真的睡着了,但太阳已升起一两个小时。等他总算醒来、伸懒腰、起床——匆匆完成这些之后,早已是下午三点半。

比利起身,依照惯例绑好头发,也就是扎成一束从后脑勺垂下的细长马尾。然后他在浴室洗脸台前俯身,凭着触觉刮胡子,有时闭上眼睛,有时望着素面的木头药柜,仿佛那儿有一面镜子。那儿大概有过一面镜子，绝大多数的药柜都会有。

他煮了咖啡，隐约还听得见脑海中细碎的振翅声。一种不恐怖的阴魂不散，但终究是阴魂不散。

他打开冰箱，冷不防想起来鲜奶油没了。食品杂货店要到星期四才会送来。

他将三匙糖掺进可悲的黑咖啡，有气无力地搅拌着，再端到落地窗前面。他拉开窗帘，窥探前一天傍晚瞥见小女孩的地方。也许她只是一个梦或是幻觉，跟那些拍动的翅膀没有两样，只是比较吵。

她还在那里，显然不是梦。

不是"还"，他告诉自己，他在内心默默地修正自己的思绪。她是在屋子里过夜的，绝对是。她必然是"又"到外面来了。对，是"又"，至少这么想感觉不那么恼人。

比利抬起头，看到年迈的海曼太太从人行道向公寓走来。她是这栋公寓的顶楼住户。

"很好，"比利说出口，但轻声细语，"叫她进屋去。"

老太太以温敦却坚定的蹒跚步伐行进，紧紧抱着购物纸袋，一个红酒瓶从袋口露出来。比利注意到她总是带着一瓶酒，而瓶颈总是凸出袋口。只有一个酒瓶，可见她不是在酗酒。她在做广告吗？或者，是随身携带酒瓶，以便在需要时有武器可以防身？比利认为应该是后者。

这里是体面的劳工阶级的住宅地段，差不多十二年前还是，比利可忘不了这件事。他放不下这个观察心得。在他内心深处，始终有一部分认为自己早该适应现况，但积习难改，而且打破习惯并不是比利·闪亮的强项。

比利想知道海曼太太会不会关心女孩的处境，于是将玻璃落地窗拉开一条缝，尽量不出一点儿声音。他在窗帘后面站定，依然端着可悲的黑咖啡，盯着、听着。

他的心脏怦怦跳，却不明所以。话说回来，又有什么事是他……能够……笃定面对的呢?

海曼太太在灰色水泥台阶底下停步,仰头看着小女孩。葛蕾丝在玩外观廉价的掌上小型电子游戏机,所以没有立即察觉到她。后来葛蕾丝皱起眉头,好像终究输了游戏,这才往下看,迎上海曼太太的目光。

"你好。"海曼太太说。

"嗨。"女孩回应。又是那个嗓音,她的嗓音似乎可以充当切割玻璃的工具了。

"你妈妈呢?"

"在家。"

"你一个人待在屋子外干什么?"

"因为我妈妈在家。"

"你不觉得危险吗?你知道这一带的治安不太好,万一遇到坏人怎么办?"

"那我就跑进屋子,把门锁起来。"

"说不定坏人跑得比你快。"

"但跟坏人比,我离门比较近。"

"这样说也没错。但我还是不放心。你妈妈在家里做什么大事呢?"

"睡觉。"

"下午四点了还睡?"

"我不知道。"小女孩说,"现在几点?"

"下午四点。"

"四点,那就还在睡。"

海曼太太叹了口气,摇了几次头,拾级而上,一次一阶,显然举步维艰,宛如在攀登高山,慢慢从比利的视野消失。他听到她穿过大门,进入门厅。

小女孩依旧在外面。

过了一会儿，他将咖啡倒入水槽，这难以入喉的玩意儿绝大部分会被直接倒掉。

"只有野蛮人喝咖啡才不加鲜奶油。"他大声说，"我们或许浑身上下都是缺点，而且我们承认自己有那些缺点，但我们不是野蛮人。"

也许晚点再泡杯茶，以填补他身体等着摄取的咖啡因。但他又去冰箱查看，发现柠檬也没了。只有野蛮人喝茶才不加柠檬。

他听到地下公寓传来沉重的敲门声，就在他家下面。小女孩和她妈妈住在那里。

他等待着，静观其变，想听听她妈妈会不会应门，但下方没有半点风吹草动——至少，他听不出来。

然后，剧烈的敲门声响起，他吓得跳了起来，又一次心跳如雷。这是警察在未经住户同意、准备破门而入的那种敲门声。

恢复平静。

也许女孩的妈妈根本不在家，也许她指示过小女孩在她工作或是追着男人跑的时候，应该如何帮她捏造借口。这实在不可思议，但比利知道如今的世道就是这样。为人母亲已经不是以前那回事了。

但说到底，又有哪件事还是呢？

那天还有另一件诡异的事。

发生在仅仅几分钟之后。比利听到走廊上有模糊的对话声，就在信箱附近。但那不足为奇，因此他没有刻意听。

听来是海曼太太和瑞琳，瑞琳是一位高挑美丽的非裔美籍女子，隔着走廊，住在比利的对门。比利有时会隔着玻璃嫉妒她，因为她有格调，而且体面。但她似乎永远带着一股悲凄。比利的推论是，若将快乐纳入心愿清单，一整份清单便遥不可及。活在现实世界只能将就点儿，安于格调和体面。

正如比利告诉小女孩的："做人要知足。"假如他有认识的人，他也会这样对他们说。

冷不防,对话的音量飙升了。

他听到瑞琳以实在不像她的着急口吻呵斥道:"不要向儿童保护部门通报那个可怜的小女孩!答应我你不会做那种事!答应我!"

海曼太太被她这么一吼,显然戒备起来,扬声说:"那么做又有什么不对?那是他们的分内事。"

比利溜到门口,将耳朵贴在门板上。

"如果你真的不喜欢那个可怜的小女孩,"瑞琳说,仍是心急如焚的声音,"干脆一枪毙了她。我跟你担保,那比送她去寄养家庭人道一百万倍。"

"你这是什么话?"海曼太太回答。

瑞琳说:"因为我见过世面,见识过你不知道的事,你永远不必知道的事。你该庆幸自己的命好。"

"难不成你是义工?"海曼太太问。

瑞琳哼了一声,然后说:"不,我不是义工。我是美甲师。你明明知道的啊。我在大街上那间美发美甲沙龙上班。"

"噢。对,没错。你确实在那里上班。我一时忘了。"

然后,泄了气的两人走向通往海曼太太家的楼梯。她们持续对话,但传进比利门内的交谈声变得含混不清。

将近两个小时后,比利从玻璃落地窗眺望灰蒙蒙的冬日。他低头望向露台下方,看女孩还在不在。

她还在。

比利大可早点看的,他也这样想过。但他知道女孩一定在那里,而他知道一旦看到了她,他就会害怕。

比利提醒自己,下一回——假如他能鼓起勇气再度搭讪——要问问她怎么不坐到屋子里去。

## 葛蕾丝

根本躲不过柯提斯·尚菲德这个大猪头。葛蕾丝早知道他是猪头,因此她也不懂自己怎么会听信他的话,惹得一肚子火。

她怎么会相信他呢?但问题就在于,她或多或少是相信他的。

你也知道的,有时候天下第一大好人会对你大吼大叫,骂得你心里难受,只因为你在他们忙着思考或担心其他事(或两者都有)的时候,做了诸如讲太多话之类的事情。然而,葛蕾丝觉得,猪头恰恰相反,因为他们不时会张开臭嘴,讲出似乎是有凭有据的可怕话语。

事情发生在周六晚上的戒瘾互助会,在教堂里,不是在礼拜堂,不是进行宗教仪式的地方。他们在平时举办百衲被课程、餐叙等活动的房间,礼拜天的主日学也在那儿上课。只不过那天是星期六。

有的人甚至称之为儿童互助会。因为这儿有很多新成员,雇用保姆又得花钱,所以他们就索性把小孩带来。况且,那房间极大,大人可以坐在一端进行互助会,孩子们可以坐在另一端玩,但他们得保持安静。

那个脏话男在说话,他是葛蕾丝讨厌的家伙之一。他似乎对一切都气愤不平,即便他刚遇见你,就已经在生你的气了,而他根本还不认识你。从他嘴里说出来的话,每隔一个词就是那些葛蕾丝不太可能用的字眼。

"我是说,天哪!"有一回,她向妈妈埋怨,"每隔一个词啊。去翻翻字典吧。"她不是在意词义。她知道那个词,也听人说过。她只是觉得那样说很失礼。

总之,葛蕾丝跟柯提斯·尚菲德、安娜、河流·李在房间另一端。安娜和河流·李在玩抽棍子①,但柯提斯不能玩,他坐轮椅,身体弯不了那么低。他脊椎有问题,他总是说脊什么病,但葛蕾丝知道他只是懒或笨,省略了"椎",明明大家都知道是脊椎。他比葛蕾丝大,说不定有十二岁,所以葛蕾丝认为他应该懂这些词。

考虑到柯提斯不能玩抽棍子,葛蕾丝也跟着不玩。够好心了吧?这也是为什么葛蕾丝认为,她都已经这么好心,柯提斯居然还在这个节骨眼要猪头,实在是不识相。

也是在那件事之后——葛蕾丝可以毫不客气地说他是个大猪头。

总之,他那时把自己的大脑袋凑向她(柯提斯有颗大头和一张红脸),说道:"我听说你妈常常不省人事。"

葛蕾丝指着房间另一头,说:"柯提斯,你是白痴呀,她没有不省人事。她就坐在那边。"

柯提斯笑了,但是一点儿也不真诚,近似假笑,白痴的笑。笑声先是从他恶烂的嘴唇之间挤出来,就像拉扯气球,空气会从吹气的那端泄出来。后来,他刻意改变,发出驴叫一般的笑声。

葛蕾丝提起柯提斯的时候,多半尽量避免把他讲成不折不扣的猪头,毕竟对待坐轮椅的人应该客气些。但柯提斯实在太过分。有时候你就只能说这种家伙是个猪头,对此她坚信不疑,不管对方坐不坐轮椅。

"不是在这个房间不省人事,"柯提斯说,"不是在这个聚会昏倒。她昏昏沉沉,她嗑药。真不敢相信你竟然不知道。"

有一瞬间,房间似乎在旋转,葛蕾丝听到那一堆接连不断的脏话像玩具枪发射的细小砰砰声,像小小的爆竹炸开。葛蕾丝想起自己也纳闷

---

①将小棍子散乱地堆成一堆,玩家轮流抽走棍子,但不能碰到剩余的棍子,否则不计分。

她最近怎么一直睡,她是指她妈妈。

就在葛蕾丝判定柯提斯讲得绝非事实的那一秒,她振奋地说:"柯提斯·尚菲德,你真是个大猪头!"

脏话止住了,一切都中断,房间里鸦雀无声。葛蕾丝想,哎呀,我刚才好像太大声了。

葛蕾丝总控制不住音量。她天生大嗓门,得费一番力气才能轻声细语,要是松懈片刻,大嗓门又卷土重来。

葛蕾丝的妈妈从桌子前起身,来到孩子们待的那一头,另外三个孩子都用那种眼神看葛蕾丝。你知道,就是那种"这下子你惨了"的眼神。

妈妈扯着葛蕾丝的手臂,带她到外面。

天色已经暗了下来,有点凉。大家总以为洛杉矶与寒冷绝缘,可有时还真是凉飕飕的。此外,以她们所在的地段来看,待在屋外不是明智之举,但葛蕾丝猜想妈妈大概觉得她们离屋内的人够近,所以无妨。其实,她不是很清楚妈妈的心思,只知道自己的想法:倘若有人想接近她们,她就要拼命大叫,跑回屋内求救。她知道妈妈一定觉得够安全,因为她点了一支烟,在寒凉的街道坐下,背倚着教堂。

她一手扒过头发,叹了好大一口气,葛蕾丝看到她的牛仔裤出现了一条有点丢脸的裂缝。

"葛蕾丝、葛蕾丝、葛蕾丝。"她说。妈妈未免太心平气和了吧,葛蕾丝纳闷她怎么没发飙。

"你安静一下会死吗?"

"我很努力了。"葛蕾丝说,"我努力安静了,真的。"

妈妈又叹了一口气,继续抽她的烟,她的动作似乎有点迟缓。

葛蕾丝凝聚起所有的勇气,问道:"你又嗑药了吗?"

她做好了妈妈会大发雷霆的心理准备,结果没有。

妈妈只是吐出一长串的烟,望着青烟一点点散开,仿佛只要盯得够仔细,就会看到青烟在载歌载舞似的。葛蕾丝也想起来,以前妈妈不论做什么事都比现在利落许多。

等到妈妈终于开口时,她说的是:"我得回互助会。现在我正在参加互助会。我还天天打电话给尤兰达。我也是铆足全力在振作啊,小鬼,真不知道你到底还要我怎样。"

"什么都不用。"葛蕾丝说,"对不起,你不必为我做什么,没问题的。对不起,我太大声,我会努力保持安静,真的,都是柯提斯太可恶了。亏我对他那么客气。他是大骗子。真希望不用在互助会上见到他。我们不能换个地方,改去没有柯提斯的互助会吗?"

她等了很久很久,才等到妈妈的答案。

"哪个互助会?其他地方都不准带小孩,你又不是不知道。"

"活动中心那个戒酒互助会,就很不错。"

"现在我更需要戒瘾互助会。"

"噢。"

"你和安娜玩就好啦。还有……那个……名字很怪的那个。"

"河流·李。"

"对。"

"我没跟柯提斯玩。不用跟他玩,他也是那副猪头样。他就是那种人,躲都躲不过。"

妈妈踩熄香烟,看看手表。因为天黑,她靠得特别近,鼻尖快要碰到表面才能看得到。

然后她说:"你再撑二十五分钟,好吗?"

葛蕾丝叹了口气,音量大到她妈妈都听得见:"好的。"但那口吻活像脏话男试图说出"很高兴认识你",可是心里明明就是不高兴。

当葛蕾丝回到房间,其余三个小孩都盯着她。河流·李以近乎耳语的声音问:"你挨骂了?"

葛蕾丝回答:"没有,根本没有,连一句都没有。"

她对柯提斯有点视而不见,她心里有数。

没人马上开始玩，因为气氛很怪。但他们不玩的话，就只能听互助会的内容。有个邋遢女在发言，她看起来像睡在街上的人，她说因为协助男友抢劫银行而入狱，所以孩子就被带走了。她和男友都吸毒。他们放弃儿女以换取更多毒品，在当时，他们觉得这笔交易很划算。

这话听了真让人难受。

之后，有几个人说了自己的故事，他们的发言大致算中度难以忍受。

不是每一个互助会都那么丧气。葛蕾丝觉得活动中心那个优质的戒酒无名会就好多了，因为学员参与的时间较久，通常不会让人听到想死。

众会结束后，尤兰达走到葛蕾丝面前，低头对她微笑，葛蕾丝也回以微笑。

"嘿，葛蕾丝。"她说，"你有我的电话吗？"

葛蕾丝摇头，说："没有，我怎么会有你的号码？应该打电话给你的人是我妈，不是我。"

"我只是觉得也许你会想要。"

她给葛蕾丝一张写了号码的字条，葛蕾丝念给自己听，但她不确定为什么。也许是因为这感觉像上学、像作业，像尤兰达在说："看看这些数字，看看你是不是全部认得。"葛蕾丝早把她的电话倒背如流，却照念不误。

"好。嗯……我为什么会想要你的号码呢？"

"以防万一。"

"以防什么万一？"

"以防你需要什么东西。"

"我跟妈妈要就行了。"

"这个嘛，只是以防万一她不在，或你出于某种原因，不能找她。"

"怎样的原因？"

"任何理由。比如你只有一个人之类的，或你叫不醒她。如果你遇到什么害怕的事情，都可以打电话给我。"

听到这里,葛蕾丝决定还是别再追问了。

"好,谢啦。"她说,将号码塞进口袋。

"别跟你妈说。"

"好。"

别再说了,她心想,但没有作声。

然后,尤兰达开车送她们回家。这很好,因为晚上坐公交车很恐怖,而葛蕾丝已经很害怕了。

## 比利

比利猛然惊醒,有人在外面咆哮。叫声来自公寓前方的人行道。

只有一个字——

"喂!"

他又紧紧地闭上眼睛,哀悼自己对新的一天的期待就这么瞬间破灭:他不过是期待日子宁静宜人,没有冲突。

然后,务实的他一跃而起,悄悄溜到屋前的侦察哨,也就是露台的大落地窗,躲在窗帘后面窥看。

女孩还在那里。不,不是"还",是"又"。又,才是他想表达的意思。

住楼上的邻居菲力派·阿瓦雷兹蹲在她身边,显然在攀谈。另一位也住楼上的邻居杰克·拉弗提沿着步道,小跑着过来干涉,似乎非常看不惯这一幕。

话说回来,根据比利多年来耳闻目睹的琐碎观察,他归纳出火暴脾气的拉弗提什么都看不顺眼。事实上,拉弗提是大剌剌地把不满写在脸上,当成对付人的……嗯,某种东西。比利想判定那是什么,却想象不出来。

现在拉弗提跑到楼梯底部喊:"喂!荷西!你在对小女孩做什么?"

菲力派站起身。不是要打架,没那么激动——嗯,比利觉得他是气恼和戒备。这下子,比利疲惫的可怜心脏又怦怦跳,因为它硬生生地遇上冲突，这是他最不能胜任的生活元素。

要是小女孩肯进屋子就好了！她待在阶梯上，日复一日，俨然一张扔进比利生活中的鬼牌，害他手上的牌出现难以预料的转折。

但不论惊恐与否，他都想听听后续发展。因此，他悄悄将露台落地窗拉开几寸，以便观看和聆听。

"首先，"菲力派以流畅却口音浓重的英语说，"我不叫荷西。"

"嗯，那不是我的意思。"拉弗提说，"那只是个说法。绰号，你懂吧？"

"我不懂。"菲力派说，"我一点儿都不懂。我知道的是，我跟你报过名字不下十次。而你说一次你的名字，我就记牢了，从来没忘。你叫杰克，对吗？不然，我称呼你'乔'，如何？反正，大部分美国白种男性的名字都是乔，没错吧？你觉得怎么样？"

比利俯视小女孩，看她有没有惧色。但她仰望两位男士的脸孔却是一派坦然，近乎热切，仿佛接下来会看到一场趣味横生的好戏。

这小女孩胖嘟嘟的。这年头孩子们多余的体重是怎么来的？在比利那个年代，小孩四处奔跑玩闹，根本胖不起来。就算有，也很稀罕。

话说回来，比利的童年几乎都在舞蹈教室里度过，那地方本来就不会有胖小孩——噢，他当然上过学。他能有什么选择？不过他尽力想要阻断那些回忆。

"我知道他的名字！"葛蕾丝说。不是说，是大叫。

但菲力派向她扬起一只手，说："慢着，先别讲。我们看他知不知道。"

"你给我听着——"拉弗提说，看来已经受够了。

比利的心脏跳得更厉害，忖度会不会有人先动手。但拉弗提连说出后半句话的机会都没有。因为，不管你把小女孩的嘴巴堵得多紧，也只在当下有效而已。

"是菲力派！"她大喊，显然很自豪。

"好吧。"拉弗提说,"菲力派。现在你可以回答我的问题了吗?菲力派。"

"哦,可以啊,那是我要说的另一件事。"菲力派说,"我只是在问葛蕾丝怎么没去上学,没别的,我不喜欢听你话中有话的暗示。"

"你真是随时都想找人吵架,是吧?"

"我?我?想吵架的人不是我,compañero①。每次我看到你,你都是一副气呼呼的样子。我不跟人吵架的,尽管去跟认识我的人查证。你才是走到哪儿吵到哪儿,还假装是别人找你麻烦。你一定是怒火闷太久,才会察觉不到自己在生气。我敢说,你根本不知道一大团怒气遮蔽之外的世界究竟长什么样子。"

拉弗提鼓起胸膛,张口欲言,但聒噪的小女孩抢先一步。

"你们一定要打架吗?"她说,音量陡升。

比利笑了,暗暗佩服她。那股勇气是打哪儿来的呀?话说回来,她是小孩。小孩不管做什么,几乎都能全身而退。

拉弗提一脸不高兴地低头看着女孩。

"你怎么没去学校?"

"她叫葛蕾丝。"菲力派说。

"我知道。"拉弗提说,语气却有点虚。听他的口吻,比利也说不准拉弗提究竟知不知道。"你怎么不去学校,葛蕾丝?"

"因为按规定,我不能自己走那么远的路。得由妈妈带我去,可是她在睡觉。"

"都早上九点了还在睡?"

"九点了吗?"

"是啊,九点五分。"

"噢,对啊。都九点了还在睡。"

---

①西班牙语:伙伴。

"这样好像不太对吧？"

"戴手表的人是你。"葛蕾丝说。

拉弗提无奈地叹口气，说："你有钥匙吗？"

有，比利心想，她有钥匙。钥匙很新，亮晶晶，闪亮亮，那特质美好又难以定义。

"有。"她举起钥匙给拉弗提看。钥匙仍旧用一条长长的细绳挂在她的脖子上。

"你回去叫妈妈起床。"

"我叫过了。"

"再叫一次，好吗？"

女孩呼出一口气，响亮又夸张，然后她站起来，踏着沉重的脚步走回公寓。

她一走，菲力派便步下阶梯。拉弗提上前，站在较年轻的菲力派面前，两人几乎胸碰胸，双双别开眼睛。

比利靠在落地窗的边缘，轻微晕眩。

"我不是你的compañero。"拉弗提说。

"你连这个词的意思都不懂。"

"对，我不知道，这正是问题所在。"

"那不是脏话。"

"我哪知道？在你这个年纪时，我被教育要尊敬长辈。这是我父亲教我的道理。"

"你知道我父亲教我什么吗？如果要别人尊重我，最好是让自己配得上别人的尊重。我不过是下楼关心那个小女孩怎么没上学，你就不知道从哪里冒出来了，好像我是什么性侵小朋友的犯人。"

"你根本不该问她那么多。这是个疯狂的世界，每个人都疑神疑鬼，像你这种年纪的男人，连走到小女孩身边问问题都不应该。别人会误会。"

"我这个年纪的男人?你确定你在意的是我的年纪吗?那你呢?你也问她话了啊。"

"那不一样。我年纪大了。"

"噢。我都忘了,五十几岁的男人绝不会性侵小孩。"

"小子,你还真敢讲。"

"我不是你儿子。"

"你打死都不会是。假如你是我儿子,就会懂得尊敬我。"

这时葛蕾丝又走回来了,两个大男人连忙退开,仿佛小女孩是他们的家长或老师,逮到他们俩在吵架。就比利这个局外人来看,那场面很荒谬,但换个角度,他可以想象在一时慌乱之下,是很可能出现那种反应的。

"她起不来。"葛蕾丝说。

拉弗提望向菲力派,菲力派也望向他。

"事情好像不太对。"拉弗提对菲力派说。然后他对女孩说:"你看到乱丢的瓶子了吗?"

"没有,什么瓶子?"

"就是装酒的瓶子。"

"她没有喝酒。"

"她还好吗?是不是该请医生来?"

"她没有生病,只是她一睡着就叫不醒。"

她在楼梯坐下,看来打算坐上好一阵子。

拉弗提又望向菲力派,然后揪着他的衣袖,拉他越过杂草丛,到小女孩听不见的地方。

而不巧的是,他们也同时脱离了比利耳力所及的范围。

两人没吵架。比利看他们的肢体语言就知道了。两人交头接耳,在商量并决定某事。拉弗提几度回头,看看葛蕾丝。

"想个万全之策吧。"比利说,但音量不大,以免葛蕾丝察觉,她依然坐在楼梯上,近在咫尺,"因为这绝对是个麻烦。"

但菲力派不一会儿就走了,越过青草斜坡,踏上人行道,沿着街道离去。

拉弗提来到楼梯,比利满怀期待,仍盼着他的邻居或许有了锦囊妙计。但他从葛蕾丝旁边走过去,仿佛某种外星人的能量场突然令葛蕾丝隐形。

当他踏上最高的那一级阶梯,他抬起头,瞥见比利在窥看——看到比利的一只眼睛——躲在窗帘缝里的比利大概只露出一只眼睛。他在半途停住脚步。

"你看什么看?"他咆哮道。

比利向后弹,退回自己家里,弯腰坐在地毯上:心脏怦怦直跳。他维持这种高度的自我保护姿势,直到听见邻居穿过公寓大楼的前门并关上,才继续穿过走廊,爬上楼梯。

然后他跳起来,狠狠地关上露台的玻璃落地窗,动作迅速警戒,仿佛落地窗是导致这场不快的全部原因。

那天早上,比利再没有往外看一次。

他知道女孩一定还在外面,但他没有勇气去看。

将近黄昏时,他跟自己辩论,还发出声音。

"我才不急着想知道。"他说。

然后,他思考一下,接着说:"我确实想。确实如此。只是也没那么想。"

"况且,"他在片刻后补充,"天还不够黑。"

他又望向玻璃落地窗。

"话说回来,等街灯亮了就太迟了。不是吗?到那时候,我们就会整晚胡思乱想。而胡思乱想常常害我们失眠。"

他深深叹息,系紧了陈旧的睡袍。倒不是心痒难耐想提问,也不是想大着胆子出门寻求答案,主要是一直跟自己争辩不休实在太累,这是唯一的脱身之道。

当他拉开露台的落地窗,小女孩抬头看过来。

一开始,比利没有走出去。

跟上次出去时相比,这次时间早一点儿、天色亮一点儿。好骇人的想法,他蓦然惊觉。他出去过?当真?他真的去了外面?或许那只是一场梦。

比利又甩开这个念头,硬是拉回思绪,好好面对眼前的事实:这回天色没那么暗。黑暗很好,必要时,黑暗可以充当基本的掩护。

他想要后退,回到安全的家里,重新关好落地窗。但小女孩在看他,等他出来。假如他现在退缩,她会觉得他神经到什么程度?而他又愿意让她发现多少关于他的真面目?

他朝薄暮的凉意踏出一步,随即跪下,四肢并用,前进一两步,然后肚皮着地,匍匐到露台边缘。这不是预先想好的行动。对,他知道这比直接退回屋内怪异许多。但事情就这么发生了。木已成舟,反悔或哀叹都为时已晚。

他从露台边缘往下看葛蕾丝。

"你怎么趴在地上?"她问,以她出名的大嗓门。

"嘘。"他本能地说。

"不好意思。"她说,音量只收敛到不能更低的一点点,"我总是控制不住嗓门。"

"说来话长。"

"说说看。"

"改天吧。我出来是有一个问题要问你。"

"好。"

"你为什么坐在外面?"

"你上次就问过了。"

"是啊,但你没有回答我。"

这一回,她也没有回答,至少停了一时半刻。

"我是说,我知道你妈妈在忙别的事,所以没时间照顾你。这显而易见。但你有钥匙,你可以坐在屋子里啊。"

"对。"

"那么,是为什么呢?"

"也许你应该先告诉我,为什么你要趴在地上爬出来。"

"我想那不妥当。我觉我们今天应该谈我提出的问题。"

"为什么是你的?"

"因为是我先问的。"

"不对,不是你。是我先问的。"

"我上次就问过了。你刚刚才说过。"

"哦,对。"葛蕾丝很正式地说,似乎认为这些规则不证自明,"确实如此。好吧,是这样的,如果我坐在屋子里,就没人知道我遇到了麻烦。那样的话,就没人会帮我。"

比利的心往下沉,真的,他感觉到了。他真真切切地感觉到心在下坠,撞击到腹部。当然,天底下不会真有这种事,但他真切地感受到了。

"啊,你遇到麻烦了?"

"你不知道吗?"

"大概知道。"

"是这样的,我只能找住在这里的人帮忙。这样的话,才可以继续待在妈妈身边。"

沉默。比利看得见也感觉到话题的走向,因此他没有回应。

"你能帮我吗?"

另一阵漫长的静默,这段时间里,比利只感受到露台上的小石头抵着他的前胸和腿。

"我连自己都帮不了。"

"是啊,我想也是。"

即使是以比利的标准,这也是让人丧气且极度黑暗的时刻。这不只巩固了他百无一用的事实,还显示小女孩自始至终都看穿他的无能,甚至在他招认之前就了然于心。

"抱歉。"他说,"真抱歉,我派不上用场。我以前不是这样的,但现在是。"

"没关系。"她回答。

"那么,晚安。"他说。

"时间还不太晚。"她说。

"但我在上床睡觉前不会再见到你,所以要说晚安。"

"晚安。"她说,语气相当呆板。

比利匍匐着爬回屋内,结束这一天。

## 葛蕾丝

葛蕾丝错过了一天的课，但第二天，尤兰达开车来接她上学。在葛蕾丝看来，这实在很凄惨。说真的，她情愿从今以后直到世界终结都错过上课，而且丝毫不觉得可惜。

"回家的时候怎么办？"葛蕾丝问尤兰达，"按照规定，我不能自己走回家。"

"你妈妈会来接你。"

"你确定？"

"确定。"

"你怎么那么有信心？"

"因为我跟你妈妈谈了很久，她答应我了。"

"万一她说话不算话呢？以前也发生过。"

"我会盯着她，但这次我很肯定，她说她准备振作起来。"

"太好了。"葛蕾丝说。

但那只是嘴上说说。说不定这一次会成真，那就太棒了，可也有可能不会。葛蕾丝知道，若是整天想着那多美好，最后却希望落空，只会更加难受。葛蕾丝最讨厌那样了。

因此，她努力让自己不要整天挂念这件事，但在等下课铃响的时候却想了很多，以致她神经兮兮，阴阳怪气；以致她想吃掉藏在背包里的最后一条巧克力,但她忍住没吃,因为她怕被老师逮个正着。万一被逮到,会被没收的,那可是葛蕾丝最后一条巧克力。要是她有充足的钱,就可以多买点巧克力,但她的零用钱就那么点儿,况且一周的额度已经用光了。葛蕾丝总告诉自己,糖要留着慢慢吃,却始终做不到。

铃声响起时,她吓了一跳。

她跑到外面的走廊,拿出巧克力,一边拆开包装一边跑。嗯,是快走。她在去后门的途中把巧克力吃掉。妈妈总是在后门和她会合。

她在那里。妈妈来了!葛蕾丝吃了一惊,起码,有一点点意外。

"你在吃什么?"妈妈问。她说话并不迟钝,神志清醒,至少葛蕾丝看得出这一点。

"没有啊。"

"别想骗我,葛蕾丝·艾琳·佛格森。你嘴巴上还有痕迹,看来是巧克力。"

"噢,你说那个啊。我们在最后一节课吃的。"

"那我得跟你的老师说,叫她别给你垃圾食物。你知道我不喜欢别人给你垃圾食物。"

"拜托不要嘛。我好几天没看到你了。我是说,我没看到你,只有看到你……你懂我的意思。我是说,我希望我们不要吵架。"

葛蕾丝知道妈妈在内疚,因此就稍微利用了一下那份内疚。

"好吧,你说得对。"葛蕾丝的妈妈说,"我们回家吧。"

在回家途中,葛蕾丝想着,哇,妈妈振作起来了,真好。但她没有说出口,因为她不想让妈妈知道直到这会儿她才开始相信妈妈。

妈妈为葛蕾丝做了芝士热狗通心面。在妈妈做的晚餐当中,她最爱这一道。看来有时妈妈心怀罪恶感……嗯,也不尽然是坏事。她们用餐时,葛蕾丝的妈妈问她想不想去活动中心那个很棒的戒酒无名会聚会,葛蕾丝说:"当然想。"

因此,晚餐后,她们搭公交车去。

公交车上有个怪叔叔一直盯着她们。他坐在她们正对面。葛蕾丝觉得他的外表还算正常：身穿一件不错的外套，还戴着婚戒，头发也干干净净，但从他看人的眼神，她知道他内心不正常。

妈妈似乎浑然不觉。

葛蕾丝的妈妈将装水的小塑胶瓶夹在膝盖之间，不一会儿，她仰起头，将某个东西抛进嘴里，灌一口水咽下，但葛蕾丝看不出她服下的是什么。

于是，她问："怎么了？"

"没什么。"妈妈说，"我头痛，没别的事。别忘了谁是妈妈，谁是小孩。"

"是。"葛蕾丝说，"我知道了。"

"我可以信任你今天晚上不会碰糖果篮子里的糖果，对吗？"

"我可以吃一块甘草糖，对吗？"

"你可以吃一颗你想吃的糖果，但一颗就够了。"

妈妈每次都这么说，但她没法分分秒秒都盯着糖果篮，因此葛蕾丝通常会多吃几颗。

但这一次的事态发展截然不同。一方面，这很好；但从另一方面看，也不太好。

糖果篮的规矩是，桌前的每个人轮流传篮子，从中取出一颗糖（不吃的人就不拿，但葛蕾丝想不通怎么会有人不要糖），传完一轮后再传第二轮，每个人又可以从剩下的糖果里再拿一颗。但是葛蕾丝没和他们一起坐，她可以自由走动，只要不打扰大人即可。因此她会随意走到糖果篮旁边，不断拿糖。唯一能阻止她的人是她的妈妈。

只不过，在那一晚，葛蕾丝的妈妈没有拦她。这很好，同时也不太妙。好的是葛蕾丝拿到多得破纪录的糖果；不太妙的是，妈妈又变得昏头昏脑，所以才没阻止她。

后来葛蕾丝满肚子火，因为她开始明白妈妈为了头痛而吞药，如假包换的药。她很生气,别人家的妈妈闹头痛就只服阿司匹林。至少,她在学校认识的每个小孩,他们的妈妈都是那样。葛蕾丝越是看到妈妈以手托腮,昏昏欲睡,头还从手上滑开,她想吃糖的心意就越坚定。

因此,葛蕾丝来到糖果篮所在的位置,从一位女士面前伸手过去,挑走每一颗红色的甘草糖。她一次就拿了两手合捧的量。

然后她回去坐在角落,背倚着墙,一边吃甘草糖一边生闷气。

后来散会了,大家穿上夹克离去,有些人一直对葛蕾丝笑眯眯的,仿佛在为她难过,葛蕾丝最痛恨别人这样。

过了一会儿,一个蓄着灰色小胡子的高个子男人走过来,他蹲下身子后跟葛蕾丝差不多高,说:"那是你妈妈吧?"

这时,妈妈的头已经靠在桌子上。

"对。"葛蕾丝说,语气非常不满,但她随即提醒自己要注意态度,再怎么说,妈妈仍是她唯一的妈妈。

"她这个样子不能开车带你回家。"男人说。

"我们连车都没有。"葛蕾丝说,"我们是搭公交车来的。"

"哦,也许玛莉·乔可以开车送你们回去。"

"玛莉·乔?"

这个叫玛莉·乔的女人来到他们面前,她极为娇小,一头灰发,一脸皱纹,而高个子男人搀着葛蕾丝的妈妈站起来,将她架到玛莉·乔的车上。车非常小,只有两个座位的那种,他们将她妈妈安置在前面的副驾驶,为她系上安全带,葛蕾丝只能缩着身体,挤进座位后方的空间。

一路上,葛蕾丝必须指示那位女士走哪条路回她们的公寓,同时还要回答许多问题。

比如,女士问她:"你知道你妈妈的辅导员是谁吗?"

她说:"我知道,是尤兰达。"

那位女士说:"我没听过尤兰达这个人。"

葛蕾丝说:"她是另一个互助会的人。"

女士似乎很诧异，问道："她只有戒酒者家属团体的辅导员吗？"

葛蕾丝说："不，不是那个，是另一个。是戒瘾的，不是戒酒的。戒瘾的才对。"

"原来是这样啊。"女士在一分钟后说，"怪不得她闻起来不像喝过酒。"

顿时，葛蕾丝介意起这位女士、这些问题、这一整晚发生的每一件事。她介意起全世界的一切。她不肯再和这位女士交谈，情绪变得恶劣。她想继续吃甘草糖，但早已一颗不剩了。

她不得不帮忙搀扶妈妈进屋，这可不容易。她以为这就是今晚最后一件恼人的事，结果还不是。这位女士不愿离去，她逼葛蕾丝找出尤兰达的电话号码，她打给尤兰达，说要待到她来了才肯走，因为她认为放一个小孩独自在家不妥当。葛蕾丝根本不懂那是什么意思，气炸了。到了这个节骨眼，大概任何事都会引爆她的怒意。

不久，尤兰达来了，玛莉·乔走了，葛蕾丝才松了一口气。葛蕾丝理应向她道别，并谢谢她的便车，但她不愿意，脾气特别拗，就是不肯开口。

玛莉·乔告辞后，尤兰达低下头，露出葛蕾丝最最讨厌的怜悯眼神。没有比这更令她憎恨的了。

尤兰达说："啊，小朋友。看来我们出状况了。"

尤兰达留下来过夜，第二天早上送葛蕾丝上学。葛蕾丝白天上课时并没有多想，因为假如尤兰达多少想要插手的话……也挺好的。这绝不是世界末日。曾经有过几次，尤兰达专横得有点恐怖，通常是在和葛蕾丝的妈妈打交道时。平日里尤兰达很平易近人。

因此，在最后的铃声响起后，葛蕾丝一边慢吞吞地从走廊走向校门口，一边吃着一条用几乎一整份午餐换来的糖果。她只顾着吃糖，不小心撞上另一个学生——不止一次,而是两次。当她走到门外,总算抬起头,环视四周寻找妈妈或尤兰达。但两人都不在,她的脸色沉了下来。

有个女人在挥手。

"是我。"她说,"你的邻居,瑞琳。记得吗?"

"记得。"葛蕾丝说。

她继续左右张望。

"我是来接你的。"

"你来接我?"

"对。"

"怎么会呢?"

"为什么不会是我?"

"尤兰达呢?"

"她要工作。"

"她说要请假来接我。"

"但这种假只能请一次或几次,不能天天请。所以我们商量,既然我今天刚好有空,可以明天再让她请假。我很意外她没跟你说。"

"她可能提过,说过会由别人来接我,但她没说是谁。我猜,也有可能是我忘了。"

她们并肩踏上回家的漫漫长路,穿过灰色的路段,一辆车驶过,车内飘出震耳欲聋的饶舌乐曲,瑞琳皱起眉。葛蕾丝腹部的每一块肌肉都感受到低音的冲击,但她没有皱眉。

当她们终于听得到其他声音时,葛蕾丝说:"所以你只有今天能接我?"

"平常我得上班。今天我提前开工,本来预约下午最后一个时段的客人,后来跟我改成最早的时段。"

"如果尤兰达只能请一两次假,过了明天之后谁来接我?"

"等我们到家以后,我想我们可以去跟海曼太太商量。她退休了,说不定会答应。"

"万一她说不行呢?"

"那样的话……我想,船到桥头自然直。"

"哦?这话是什么意思啊?你又怎么会认识尤兰达?"

"其实不认识。"

"那她怎么会请你来接我?"

"今天早上我在走廊里遇到她,她在等你出来。我只是跟她谈了一下你的状况,就这样。"

"噢。"葛蕾丝说。

她没有继续问,直到她们到家为止。

她们回到公寓时,葛蕾丝问:"现在要上去找海曼太太吗?"

瑞琳说:"你不想先回家放书包吗?"

"不太想。"

"你应该先放书包的。"瑞琳说。

葛蕾丝对此没有强烈的意见,满不在乎地耸一下肩膀作为回应。

瑞琳跟随葛蕾丝进屋。

瑞琳在葛蕾丝妈妈敞开的房门口短暂停留,看了一下——她在床上呼呼大睡。瑞琳似乎满心以为葛蕾丝的妈妈会有点什么反应,结果她纹丝不动,眼皮没有睁开,悄无声息。窗外的阳光被阻断了,蒙尘百叶窗都关着。葛蕾丝凭着从窗缝渗入的些许午后阳光看了看妈妈。她的乱发披散,盖住脸。葛蕾丝有点介意瑞琳见到她妈妈这副德行,却说不上来为什么。

"要走了吗?"葛蕾丝问。话一出口,她就涌出熟悉的愧疚感,她发现自己太大声了。

瑞琳跳了起来,僵在门口,仿佛以为葛蕾丝的妈妈会睁开眼皮。其实——有那么一下下——葛蕾丝也觉得妈妈或许会醒。她们都在等待,但她一直没醒。

"好。"瑞琳轻声说,"我们去找海曼太太吧。"

但她没有走。她走的方向不对。她踱到厨房,打开几个橱柜。葛蕾丝想不通瑞琳为何对橱柜的东西充满兴趣——谁会想看那种东西。瑞琳一度打开冰箱,瞪着里面。

"你家里没有能吃的东西。"

"那个柜子最里面应该还有一些谷片。我也会做水煮蛋。"

"但只剩一枚蛋。"

"哦。"

"也许我们应该叫比萨。"

葛蕾丝仿佛接上电源,整个人顿时活了过来。她真的跳上跳下,欢快尖叫。

"我爱你,我爱你,我爱你!这是全世界最棒的点子,你是我最要好的朋友,我爱你,我爱你,我爱你!"她嚷着说了好多话,意思都跟这几句一样。

"好了,"瑞琳手按在朝向葛蕾丝的那只耳朵上,"我的耳膜受不了。"

葛蕾丝的妈妈依旧没醒。

电话突然响了,瑞琳又吓了一跳,响起第二声,葛蕾丝便奔向电话接起来。

"喂?"她说。呃,其实是嚷嚷。

电话另一端的女人问她是不是葛蕾丝·艾琳·佛格森。

"对,我是葛蕾丝。"

女人要她请妈妈听电话。

"她现在不能接电话。"葛蕾丝说。

女人问她是否独自一人。

"不是。"她说,"还有瑞琳在。"

女人说想和瑞琳谈谈。

葛蕾丝将电话递给瑞琳："她要跟你讲话。"

瑞琳接过电话,动作却拖拖拉拉的,仿佛这个电话特别危险。

"你好!……我是瑞琳·强森……我是她的邻居……那个……说真的,假如你不介意,我想知道我是在跟谁讲电话……噢。嗯,对。整天都没人在家,所以你一直打到现在才有人接。葛蕾丝白天在上学,我刚刚才把她接回来……是的,女士,我在照顾她。"长时间的停顿后,瑞琳声音小到像是在喃喃自语,"是这样的,女士。"但葛蕾丝依然听得一清二楚,"我想你会接到通报,要算我一个人的错。完全不是葛蕾丝的妈妈不好,是我不对。不知道是谁通报你们的?……噢,也是啦。抱歉。你当然不能透露。不好意思,我竟然还问你。我一时糊涂了。总之,是这样的。葛蕾丝的妈妈背部受伤,所以她服用了很多药物。你知道的,就是止痛药啊、肌肉松弛剂那些让人昏昏欲睡的药。所以她付钱请我照顾葛蕾丝。可是……唉,我连承认都不想承认,因为我真的很过意不去,总之有一天我弄错时间,该来的时候没来,葛蕾丝就落单了一段时间。但我向你发誓,假如你要的话,我把手按在一本《圣经》上也行,我保证绝对不会再搞乌龙。人总有犯错的时候,对吧?我就犯了一个错。但我是优秀的保姆。我很负责的,没骗你。在葛蕾丝的妈妈康复前,我会把她照顾得好好的。"

长时间的停顿之后,瑞琳又报出姓名,还一字字拼出来——其实只拼名字,毕竟任何白痴都知道强森(Johnson)怎么写,就算是四年级的葛蕾丝也不成问题(至少,她以为自己会,直到后来才知道里面有个"h")——并说明她的地址和葛蕾丝相同,只不过她住在D户,而不是F户。之后,她报出电话号码。

葛蕾丝注意到瑞琳的双手在发抖,但不知为什么。也许她的手原本就会抖,只是她从没注意过。

"但她有点……是的,我一定会叫她打电话的。你给我电话,我来记一下。"

瑞琳挂断后,葛蕾丝等着瑞琳解释是谁打的电话,以及来电原因,但她只字未提。

她只是拉起葛蕾丝的手,带她一起出门,说:"我们现在去找海曼太太。"

"谁呀?"葛蕾丝听到海曼太太在顶楼公寓的门内喊道。她的语气很害怕,仿佛已确定门外的是强盗或某种歹徒,正拼命思索如何抵御,以保障人身安全。她似乎根本没想到来的人或许和蔼可亲。

"我是你的邻居瑞琳,"瑞琳说,"还有葛蕾丝。"

"噢。"海曼太太隔着门说,语气只愉快了一点点,"等我一下,马上好。这个门闩不太灵活,我弄一下就好了。"

葛蕾丝对瑞琳说:"谈完后,我们就叫比萨吗?"

偏偏就在这一刻,海曼太太开了门。

"哎呀!"她说,"瑞琳,发生什么事了?你看起来很不高兴。"

"我有事要跟你谈,"瑞琳说,"很要紧的事。"

仍然牵着葛蕾丝的瑞琳,带着她大步进入公寓,在厨房桌子前停下,瞪着接龙游戏的牌面——是用如假包换的纸牌,不是电脑上的。葛蕾丝只看过电脑上的接龙。

瑞琳说:"想不到还有人玩接龙。"

葛蕾丝说:"大家都用电脑玩。"

瑞琳说:"是啊,电脑接龙。没人用货真价实的纸牌了。"

海曼太太仍然忙着拨拨弄弄,重新锁上每一道门锁:"我没听过那么蠢的事。一部电脑要几千块,一副纸牌大概只要九十九分钱。"

"不对吧,电脑没那么贵。"葛蕾丝说,"而且,电脑可以做很多事,纸牌就只能打牌。"

"你们找我有什么事?"

"对了,不好意思。"瑞琳说,"我们想知道你这几天有没有空去接葛蕾丝放学,只要持续到她妈妈……身体好一点儿。"

"你不是认真的吧?"

"为什么不能是认真的?"

"你知道那所学校有多远吗?"

"知道,我刚去过,大概十条街。"

"这还只是单趟呢,单趟就大概十条街。你们可能没注意到,我已经是个老太婆,哪有办法一天走二十条街,膝盖会肿的。光走到市场我就膝盖痛,那来回才四条街而已。"

瑞琳重重地在海曼太太的沙发坐下,非常沉重,重到她只弹起一点点。

"我惹上麻烦了。"她说,"我做了一件事,就在刚才。我不认为自己错了,因为我不觉得有什么不好,但我可能因此惹祸上身。我欺骗郡政府的一个社工,跟她说我是葛蕾丝的保姆。所以我现在成了她的保姆,不做都不行。因为他们可能会派人来视察,突袭检查。可能会有人登门造访,到时如果没人照顾葛蕾丝,他们不但可以带走她,连我也会遭殃,因为我是负责照顾她的人。"

"天哪!"海曼太太说,"想不到你这么糊涂。"

"我只是不愿意看到这可怜的孩子被政府接管。"

这时海曼太太望着待在瑞琳身边的葛蕾丝,说道:"我们还是改天再谈吧。"

瑞琳说:"不行,我看不行。我觉得大家老是畏首畏尾的。把孩子蒙在鼓里,就怕孩子难受。我们在讨论她的人生,她有权利旁听。总之,我可以在早上上班前送她上学,但我需要找人接她放学。"

"怎么不找拉弗提先生问问看?"

瑞琳嗤之以鼻。真的,她哼了一声。葛蕾丝觉得那声音很好笑,但眼前的局面很清楚,除了那个哼声,整件事并不好笑,因此她小心翼翼地忍住笑。

"那个讨厌鬼？我才不要让那种人靠近葛蕾丝一步。他刻薄、失礼，又偏执，我一点儿都不喜欢他。"

海曼太太凑上前，低语："他对她不会偏执的。"

"那不是重点。重点是，她不该跟那种人走太近。"然后，瑞琳对葛蕾丝说，"我对拉弗提先生不放心。你认识他吗？"

"应该吧。他就是不喜欢菲力派的那个人，对吗？"

"应该没错。是这样的，我不确定他是不是恰当的人选。"

"为什么不找菲力派呢？或是比利？"葛蕾丝开心地问。

"比利？比利是谁？"

"你知道的，比利啊。我们的另一个邻居，他住一楼。"

"在我家对面那个？你认识他？"

"对，怎么了？"

"嗯，没人认识他，我连见都没见过他。我在这里住了六年，从没见过任何人拜访他。我听说他连日用品都请店家送来，你怎么会认识他？"

"我就是认识呀。我们只有聊天。"

"菲力派或许很合适。"瑞琳说，"对，也许我们可以问问菲力派。"

"但在你下班回来之前，谁来照顾她？"海曼太太问。

瑞琳的脸色变得柔软，仿佛既悲伤又害怕，仿佛她即将乞求一件极为重要的事。

"我本来希望你能帮忙。"

"哎呀，这个嘛，这样不好吧。"

葛蕾丝察觉现在是关键时刻，赶忙插嘴："拜托啦，海曼太太，拜托！我会很乖的，我会努力不吵人，只要一阵子就好，直到我妈妈好起来。"

"我相信你会很乖的，亲爱的。"海曼太太说，"但恐怕那不是重点。我真的不是照顾你的适当人选。我太老了，体力不够。"

就在瑞琳从沙发起身之际，海曼太太扯住她的袖子，拉她过来，附耳对她低语。但葛蕾丝还是听见了。大家怎么总是这样？他们当她是聋子吗？葛蕾丝的听力很敏锐，但似乎没人知道。

海曼太太说："这不是你的问题。你只会越帮越忙。你这样只是在推迟早晚要来的结果。"

瑞琳缩回手臂，将袖子从海曼太太的手中拉出来。她不声不响，牵起葛蕾丝的手，一言不发地走了。

才到门口，葛蕾丝就说："我们现在可以叫比萨了吗？"

结果她们得先去找菲力派。

在大人允许你叫比萨前，总是还有一件待办事项，葛蕾丝心想。现在她变得垂头丧气。


菲力派一开门，瑞琳就说："菲力派，你还好吗？"

菲力派答道："很好啊，怎么了？"

"你看来气色好差，确定没事？"

"你好像很伤心。"葛蕾丝以大嗓门补充。

说时迟那时快，葛蕾丝的话一出口，菲力派就一副强忍泪水的模样。葛蕾丝很确定她目睹了什么，但同时又暗暗觉得自己或许错了，菲力派是个大男人，大男人不会哭。嗯，十之八九不会。其实，葛蕾丝也不确定。她只知道自己从没见过哭哭啼啼的大男人。女人就很会哭，她们不时嘤嘤啜泣，但男人不会；至少，就她所知是如此。不过这会儿疑似看到反证，因此值得她思考一下。

菲力派用一只手揩揩眼睛，然后紧紧地合上眼皮，他的眼睛似乎在发疼，他伸手去揉。

"该死的过敏。"他说，"我快被搞疯了。请进，请进。但只能聊一下，我就要出门上班了。"

瑞琳没有进屋，葛蕾丝便按兵不动。葛蕾丝忖度或许是因为菲力派要去上班,也或许是因为他在伤心,但她不确定。因此她采取保险的做法,当然就是看看大人在做什么,照样跟着做就对了。

"我们想请你帮忙。"葛蕾丝兴高采烈地叫道。

"是啊。"瑞琳说,"你现在白天都不做建筑工人了吗?"

"是啊,不干了,我找到更好的差事了。在餐厅,薪水没那么好,但很稳定。我需要稳定的收入。你们要我帮什么忙?"

"我想请你这几天去接葛蕾丝放学。"

"这样啊。没问题,我可以。"然后他脸色一变,似乎临时想到什么难处,"啊,不对。不,我收回。我不行,抱歉。但愿我可以,要是可以的话,我一定帮忙。问题是住走廊对面的那家伙,他会找我麻烦,我知道他不会放过我。前几天,我单膝跪在地上,问了葛蕾丝一声她怎么没上学。只是这样,他就差点要把我扔进囚车,押我到州立监狱。"

"可恶,该死,那家伙是大浑蛋。"瑞琳。她突然低头看葛蕾丝,仿佛这才想起她站在旁边,"啊,对不起,葛蕾丝。"

"我以前也听别人说过这种话。"葛蕾丝说。

毕竟,她不是三岁小孩。

"还是很抱歉让你听到这种话。这样吧,菲力派,如果我拜托拉弗提不要找你麻烦呢?"

"嗯……"

"我去问问看,好吗?如果能确定他不会干预,你就可以帮忙了,对吗?"

"对,我不介意去接她放学几天,但你下班回家前要由谁来照顾她?因为把她接回来以后,我就差不多得去上班了。"

瑞琳皱起额头,比平常皱,至少是比接到那通电话还要更皱。

"我们正在想法子。"她说,"我现在只知道不能让她落单,包括放任她一个人跟她妈妈单独待在家里。她身边随时要有大人在。"

"比利!"葛蕾丝贡献意见,"我们找比利帮忙!"

"比利是谁?"菲力派问。

"我们的另一位邻居!"

瑞琳插手接管局面,说:"葛蕾丝宣称她认识住在楼下、我家对门的人。"

"开玩笑吧。没人认识那个人,我连他是男的都不知道。我在这里住了三年,一次都没看到有人进出那扇门。我还以为是空户呢。"

"才不是。"葛蕾丝说,"比利住在那里。"

"你怎么认识他的?"

"我们经常聊天。我知道他的每一件事。他以前是舞者,兼歌手跟演员,但现在不是了。他的名字是比利·闪亮,但这不是他母亲给他的名字。他母亲取了一个名字,我忘了是雷诺还是道格拉斯。他的姓氏是费雷斯丁,但他自己改名,因为费雷斯丁不是舞者的名字,我不知道他怎么知道是不是,但他说,这种事你自然就会知道的。他人很好。"

菲力派望着瑞琳,瑞琳望着菲力派,葛蕾丝则同时望着他们俩。她看得出他们正在判断要不要相信她,但她实在想不通认识比利有这么难以置信吗?

"我想葛蕾丝的想象力很丰富。"瑞琳说。

"没错!"葛蕾丝说,"我的确如此。这我最清楚了,因为每个人都这样说我。大家都这么说。"

"总之,"瑞琳说,这次是对着菲力派,"我们还没解决放学后的那些问题。但拉弗提……交给我去摆平,好吗?"

"好呀,你去吧。有情况再随时跟我说。可是……不好意思……我差不多该走了。"

"噢。我都忘了,对不起。我们现在立刻告辞,让你准备出门。"

"拜拜,菲力派!"葛蕾丝嚷道。

"再见,菲力派。"瑞琳接着说,语气比较悲凉。

然后他关上门。

她们一起穿过走廊时，葛蕾丝说："我看菲力派没有过敏。我不是说他绝对没有，也许他真的过敏。但我怎么可能知道真相呢？我只是很肯定他在难过，或许他在哭。我想，他说过敏，只是不想让我们知道。"

"也许吧。"瑞琳说，她的语气听来像在思考截然不同的另一件事。

"我也不太喜欢别人看到我哭，大概只有我妈例外，因为从我还是小宝宝的时候，就在妈妈面前哭过了。但是，在学校的话，我就最讨厌被别人看到。如果我在学校为什么事情哭，又被其他小朋友看到，我会跟菲力派一样，骗人说我不是在哭。我知道我一定会那么做。其实我还打算记下来——过敏，这借口很棒。"

瑞琳却说："我得想想在我去跟那个姓拉弗提的人交涉的时候，要让你待在哪里。"

"杰克。"葛蕾丝说，"我想他的名字是杰克，还有，为什么我不能一块去？"

"因为场面可能不好看。"

"无所谓。我早就见过别人撕破脸了，你知道吧。"

葛蕾丝知道瑞琳没专心听她说话，满脑子都在想别的事，大人差不多随时都是那副样子。通常，大人都不听别人说话，更别提对象是小孩了。

"我也得想想谁能在你放学后照顾你。"她说。

于是葛蕾丝又说："我们去问比利。"因为，不论她说了多少次，瑞琳似乎都听不进去。

"好像不太好。"瑞琳说。

"他人真的很好，而且，我们都知道他一定在家。因为他从不出门。"

"这倒是很难反驳。"

"我知道海曼太太和菲力派不肯照顾我的原因。"葛蕾丝说，"我知道他们是怎么回答我们的，但我也知道真正的原因。那就是他们不喜欢我。"

041

葛蕾丝说出这番话时,她们已经到了楼下,顺着走廊往瑞琳家走,那似乎是她们要进去待一会儿的地方,至少要待到瑞琳决定要不要带她去跟拉弗提先生商量为止。但当葛蕾丝说出那些话时,瑞琳停下了脚步。

她仍然牵着葛蕾丝的手,但葛蕾丝不明白原因,毕竟现在又不是过马路。在走廊能出什么意外?至少,葛蕾丝觉得不会。葛蕾丝想,或许是因为瑞琳心情不好,所以就认为葛蕾丝也心情不好而牵住她。只是葛蕾丝并不沮丧呀。也有可能瑞琳只是想要有人牵牵手,而葛蕾丝是唯一在她身边的人。

总之,不论何种原因,瑞琳停下脚步,惊愕地低头看她,仿佛葛蕾丝刚才说了什么骇人的话,但葛蕾丝飞速地在脑子里回想一遍自己说的每一句话,她没有找到不好的字眼。

"你怎么会这样说呢,葛蕾丝?"

"因为这是事实。"

"他们怎么会不喜欢你?"

"噢,我也不太确定,但我知道有的人不喜欢我。可能是嫌我太吵吧,因为大家总是说我嗓门太大,而且听他们的口气,好像不喜欢大嗓门。我想,也许有的人喜欢小孩是因为他们不用一直跟小孩相处,他们可以跟小朋友讲几句话,再把他们交还给他们的妈妈。也许因为现在要把我还给妈妈没那么简单,所以别人就不太喜欢我了。"

她说这番话时一直看着瑞琳,瑞琳则是满脸凄楚,好像看着葛蕾丝就令她心碎,但葛蕾丝不明所以,因为她说的都是实话。

"我相信每个人都喜欢你。"

葛蕾丝说:"不,不是每个人。"但瑞琳一脸悲哀的样子,让葛蕾丝决定改变话题,因为除非她管不住自己,否则她不想惹人难过。因此她说:"你喜欢我吗?"话一出口,她便察觉这跟原本的话题相差得没她想得那么远。

"那当然。"

"你喜欢我什么地方？"

结果你知道吗？瑞琳想不出答案。

"啊，我跟你还不是很熟。等我多认识你一阵，我一定可以说出一大堆喜欢你的理由。有一大堆哦，一定的。"

"所以说，你不是真的喜欢我。你现在只是没有不喜欢我。"

"不是的，我喜欢你，我真的很喜欢你。我只是需要一些认识你的时间，才摸得清所有的原因。"

"我喜欢你。我也知道原因，是因为你允许我叫比萨。"葛蕾丝认为提起比萨说不定是明智之举，而且也是为了再次确认瑞琳没忘，"也是因为那么多人看到我坐在楼梯上，只有你决定帮我。"

葛蕾丝等待着。但瑞琳没有说话，她甚至没有再次举步。她们仍然站在那里，待在走廊中间，手牵手。简直就像刮来一阵大风，将瑞琳的话语都刮走了。

既然没人开口，葛蕾丝便说："我们去问比利吧。"

瑞琳从呆滞中回过神来，说道："也好。我们去找他。我想见见你这位朋友。"

"然后就叫比萨。"葛蕾丝说。

"对，"瑞琳说，"然后就是比萨时间。"

## 比 利

"天哪!"比利说完,愣了许久,仿佛一声单纯的"天哪"就足以排除状况。

但在门外的人又敲门了。

"看样子我们的门外有人。"他说。

他轻声细语,语气通情达理,然后以片刻时间,赞许自己保持镇静的能力。

有人敲门,这不全然是陌生的现象,有过前例。但那一向只发生在送货员送日用杂货来的日子,然而这次不是。

"天哪!"他又说一遍,回应第三次敲门。

那是礼貌的敲门声。打家劫舍的歹徒会温文有礼地敲门吗?可能会。他们八成如此。他们应该会使出这招,来哄骗门内的人误以为自己安全无虞。

他溜到门口,背贴沉重的木门站立,仿佛刚才是毫无掩护地在狙击枪火中冲锋陷阵。

"谁呀?"比利嚷道,小心地确认自己的声音稳不稳。可惜全是枉然,他嗓音分岔,像青春期的变声阶段。

"我是住在走廊对面的邻居,瑞琳,还有葛蕾丝。你认识葛蕾丝吧?她说她认识你。"

"是的，我们——我认识葛蕾丝。"他声音稳了一点儿，然后他压低音量，"但我不认识你。"他喃喃地说，声音轻了很多，"隔着窗看过你，也认为你很体面，但算不上认识。"

"不好意思。"瑞琳隔着门说，"你现在有客人吗？我们是不是应该改天再来？"

好问题。该叫她们改天再来吗？假如这么做的话，她们必然会二度上门。那他就得在同一把斧头再次劈下来之前又折腾好几天，这种前景令人不快。不，能以最少的痛苦解决这件事的时机就是现在。

比利打开两道门锁，将门拉开几寸，安全门链却未取下。

他低头看葛蕾丝，她向他挥手。他只敢看瑞琳的中段身躯，也就是大约葛蕾丝身高之上的部分，但他没法看她的脸。以防她想和他对上视线，或进行其他难以忍受的人际交流行为。

"嘿，比利！"葛蕾丝嚷道。以葛蕾丝的标准不是嚷，但对其他人来说，绝对是嚷。

"嘿，葛蕾丝。"

"我们来请你帮忙！"葛蕾丝说得活像助人一臂之力很有趣似的，就像吃冰激凌蛋糕，或是可以玩棍子打破皮纳塔[①]。

比利弯腰到葛蕾丝的高度，双手撑在膝盖上，从门缝里，以只能称为舞台低语[②]的音量对她说话。

"葛蕾丝，我以为我们已经说好了。"他说。

"是啊，我知道。但这次不一样。"葛蕾丝模仿他的舞台低语，于是音量就近似于一般人的正常交谈。

"哪里不一样？"

---

[①]皮纳塔（pinata），指庆祝节日或生日的纸糊玩偶或容器，里面装满糖果，挂好后由人蒙眼持棍击破。
[②]在舞台剧中，意图让观众听到，但舞台上其他演员会装作听不到的独白。

"因为实际上帮助我的人是瑞琳。你只要让她来帮我,这样就简单多了。"

"我就在这里。"瑞琳说,吓了比利一跳,"你们说的话我都听得到。"

"我知道。"葛蕾丝说,"我也讨厌这种事。大家总是这样对我,好像我耳聋似的,但我每次都听见了。连你也这样对我,瑞琳,就在今天,还有海曼太太也是。我觉得这很傻。我耳朵很尖的,什么都逃不过我的耳朵。我是说,除非远到没人听得见。我敢说我的耳朵跟狗狗一样灵敏,但我也不敢百分百确定,因为我们没有养过狗。妈妈说光是照顾我就够辛苦了。"

瑞琳叹了口气,然后对比利说:"我们可以进去吗?"

比利深吸一口气,试图稳住心跳。

"我家有点乱,最近都没空好好整理。"

"没关系。"瑞琳说,"我懂,我的保洁人员去度假了,我也很不满意现在的室内设计师,因此我了解你的心情。但说真的,这里每一户的破烂程度都是五十步笑百步。而且这件事至关重要,不然我也不会来叨扰。我们真的不会批评什么,我保证。"

比利打起精神,既然想不出优雅的脱身之道,只好合拢门缝,解开安全链,拉开门扉。

"请进。"他说,双手和声音都在抖。

他挨着沙发边缘坐下,用牙齿咬食指的指甲。瑞琳没有坐,自行走到客厅中央站定,说:

"葛蕾丝需要一个能在下午收容她两小时左右的地方,直到我下班回来为止。应该只要一阵子就行了,希望如此。但听我说……这件事非同小可。郡政府已经盯上她了,要是有人来访查……她身边必须有大人。其他的我就不多说了。"

同时,葛蕾丝在他家东转西转,看比利年轻时的相片。她似乎没在听，但比利觉得她有。

他撕开食指的指甲，一个不留神撕得太大块，裂到软肉处，流血了。

葛蕾丝走到他坐着的沙发边站定，近得惊人，离他仅仅几寸。近到令他僵住，一只手指按着撕裂的指甲止血。

"你在做什么？"她问。

"咬指甲。"比利说。

"为什么？"

"我紧张就会这样。不然你紧张时都怎么办？"

"不怎么办，大概就是一直紧张。"

"每个人都会做点什么的。"

"有时候我会在紧张时吃糖果。"

"看吧！经典案例。"

"但有时候我不紧张也吃糖，所以我不确定那算不算。"

她似乎没了兴致，又走开，往比利的厨房走去。

比利仍旧不愿和他的成年访客对上视线，专心向拇指的指甲发动猛烈的攻击。

不到一秒，葛蕾丝又到他跟前，简直是贴在他脸上，向他的额头摇晃一只手指，斥责他。

"比利·闪亮，你马上给我停止咬指甲！"

时间静止。比利吸一口气，感觉女孩的鼻尖几乎快碰到他的鼻子。然后，他毫无征兆地迸出大笑。然而更让他惊奇的是，葛蕾丝也情不自禁地咯咯笑起来，仿佛他的笑声感染了她。

"口水不要喷到我。"葛蕾丝擦擦脸。

比利爆出第二回合的大笑，葛蕾丝又一次当场笑出来。这一场咯咯笑很顽强，她费了好大一番劲，才止住笑。

"好。"比利站了起来，以这个幽微的举动暗示这场拜访就此结束，或至少已近尾声。

"好？"葛蕾丝问。

"好什么？"瑞琳问。

"好，葛蕾丝可以每天来这里待上两小时，只能一阵子。"比利说。然后，出人意料，他说的下一句话是，"呜。"

因为葛蕾丝整个人扑向他，扎扎实实地撞上他的肚子，两条手臂环抱住他的腰。

他一手放在她头上，赞叹她头皮的微微温热。一个活生生的真人。他多久没有碰触过另一个人，或是得到任何形式的感动？十二年？十五年？

他觉得那感觉正在融化他，整个人几乎要化了。

他扑通跪下，如此一来，便差不多和她一样高，也回抱她。他忖度——希望在旁人看来，这是刻意的举动。实际上，他只是腿软了。

"你答应了。"葛蕾丝说，声音莫名其妙地近似于耳语，"其他人都说不行，可见你一定是喜欢我。"

"说真的，我很喜欢你。"比利说，在话语出口的那一刻察觉到这个事实。

"你喜欢我什么？"

"你很勇敢。"他说，从拥抱中抽开身体，双手搁在她的肩头，和她保持一臂之遥。任何形式的亲密够了就是够了，尤其是在一天内。

"我怎样勇敢呢？"

"这个嘛，你会去外面。"

"是的，我跟地球上的其他人都会出门。"

"那你阻止两个大男人吵架的那一次呢？"

"哪来的两个大男人？"

"杰克·拉弗提和菲力派·阿瓦雷兹。"

葛蕾丝脸色一亮。她没问他从哪儿听说的，又怎么会连没打过照面的邻居的名字都一清二楚。

"对啊。哇，我想我真的很勇敢，对吧？"

她又一次扑上前，又一次抛出一个拥抱。

"我就知道你不是没用的人。"她对着他的耳朵低喃。然后，又大声地说，"好，明天见，比利。"

说罢，她大步走出门外。

"谢谢。"瑞琳在离去之际说。

她关上门，留下比利独自寻思他刚刚蹚了什么浑水。但此时此刻实在无法剖析这件事，明天才能见分晓。这下子也无可奈何啦！他都答应人家了，只能接受现实。

他决定小寐片刻。他已经气力耗尽，需要休息。

比利被嘭嘭嘭的敲门声吵醒。

他想在床上多躺一会儿，被子紧紧拉到下巴。尽管已有心理准备，第二回合的敲门声照样令他心惊。

他深呼吸，接受事实：只有一个办法能避免敲门声再次响起。

他起身，小心翼翼、蹑手蹑脚地穿过客厅到门前。

"谁呀？"

"我是杰克·拉弗提，住楼上的。"

"噢。"比利说。

若是他说得更多，嗓音里的颤抖就会过度招摇、鲜明地传到门外，泄了他的底，那等同于猎物向掠食者展露自己的血迹或断腿，可能会招致凶险。

"我要问你一件事，我得在你开始照顾那个小女孩之前问清楚。"

"好。"比利说，藏不住声音里的颤抖，尽管用语精简。

"你到底要不要来开门？"

"还是不要好了。"

"有特殊原因吗？"

"我觉得你有点……可怕。"

"见鬼了。"拉弗提说,"这正好是我对你的感觉。你是同性恋吗?"

"什么?"

"你真的没听清楚我的问题吗?"

"不,并不是。我是在表达我不敢相信你这样问我。"

"你给我听着,在这件事情上,我有质问你的权利。因为你要照顾那个小女孩,对吧?若非如此,是不是同性恋就只是你的事。所以我不得不问一声,毕竟那是人尽皆知的常识。"

客厅在比利脑子里微微旋转,他提醒自己要呼吸,趁没昏过去之前赶快呼吸。

"嗯,不对,不是这样。人尽皆知的才不是那样的事。因为那些根本不是事实。"

"你开什么玩笑?不然性侵那小男生的都是些什么人?"

"嗯,就你这个年纪的已婚男性。"

"你想说什么?"

"我只是说你错了,你对世事的看法大概统统不对。"

"别以为我没注意到你还没回答我的问题。"

"为了讨论方便,"比利说,"姑且假设你的见解完全正确。但其实你是错的。我们只是暂且想象一个你完全正确的世界。你见过葛蕾丝吗?"

"当然见过。"

"那她是……男孩?还是女孩?"

"哎呀。"拉弗提说,"这倒是,好吧。"

比利听到拉弗提穿过走廊的脚步声,然后他低声咕哝了一个词——"郁闷"。

比利回到床上,尽管他知道继续打盹的指望早已消失。

那一夜,他神志清醒地躺在床上的时间约莫有四十五分钟。在那四十五分钟里,他感觉到振动的翅膀包围他、吞噬他,比平日更长、更白、更热情。翅膀拍动发出了混乱的杂音。

"谁把你从学校带回来的？"他问葛蕾丝。

他坐在沙发的前缘，看着她在他家里一会儿东张西望，一会儿又盯着他的照片看——她明明前一天才仔细检视了那堆照片。

他因为睡眠不足而精神不振。失眠令他神经衰弱，神经活像最近被砂纸磨过。

"是菲力派。"她说，"这样尤兰达就不必请假了。因为尤兰达请假的话会被扣钱。"

"那尤兰达是……"

"我妈的辅导员。"

"辅导员？哪种辅导员？她辅导你妈妈做什么事？"

"参加戒瘾互助会。你知道吧？跟戒酒无名会的辅导员一样，只是尤兰达是戒瘾无名会的。"

"原来如此，天哪！怪不得。"比利说，随即暗恨自己没说这句话就好了。

"怪不得什么？"

"当我没说。噢，那是我在一家不受演员工会限制的剧场①演出《送冰的家伙来了》。"

"你这么一讲，我反而更看不懂这张照片。"

"杰克·拉弗提怎么会听说我要照顾你？"

"这个问题很简单。瑞琳得去跟他商量，不然菲力派不肯去学校接我，因为他觉得拉弗提先生一定会找他麻烦。所以瑞琳得去跟拉弗提先生讲好，我也得跟着去，因为我不去的话，就得跟我妈在一起，她在呼呼大睡，万一郡政府的人刚好来查看我的情况，那就惨了。所以我也去了。然后，哇，拉弗提先生气炸了。但瑞琳毫无惧色。她只对他说菲力

---

①在加州，非演员工会的演员可以在不到一百个座位的剧场演出，让自己有机会被星探发掘。

派要去学校接我,他最好不要干预。他不喜欢这个安排,但他只是讲:'我管那么多干吗?你们想怎样就怎样。'可是他又问,菲力派去上班以后我要待在哪里,我觉得他很奇怪,因为他一分钟前才说他不在乎。我跟他说了很多你的事情。"

"哦,好。怪不得啊。"

"你知道吗?你常常讲怪不得。怪不得什么?"

"怪不得他会下楼来问我的私人问题。"

"怎样的私人问题?"

"啊……我都说了是私人问题……我要怎么告诉你呢?"

"也对。"葛蕾丝说,"对不起。"

"你怎么跟他说我的?"

"我说你以前是舞者、演员、歌手……"

怪不得啊!比利心想,但没出声。

"……还有你的名字是比利·闪亮,但你以前的名字是……"

"是唐诺。"

"噢,对,唐诺。对不起。我还跟他说,你以前姓费雷斯丁,可是你改成闪亮,因为费雷斯丁不是舞者的名字。"

"我姓费尔德曼。"比利说,瞬间疲惫指数加倍。

"啊,费尔德曼。那我从哪里听说费雷斯丁的?"

"我不愿冒险猜测。"

"你又在讲怪话了。我大概跟他讲错了。这张是在干吗?是你在跳舞吗?"

她从沙发旁边的茶几上举起一张装框相片——确实是比利跳舞的照片。

"对。其实,那是我在百老汇跳舞。"

"什么是百老汇?"

"一条街道,在纽约。"

"这不像马路。你看起来是在室内跳舞。"

"对,在戏院里面。戏院在百老汇大道上。"

"噢。这样很棒吗?"

"棒到不能更棒。"

"可惜你不跳了。我是说,你是这么热爱跳舞。"

"我们换个角度讲吧,葛蕾丝。假如我还在跳舞,我现在就会在百老汇,那谁来照顾你?"

"也没错啦。但我在想,这是另一个我们可以聊的,因为如果你还是舞者——"

"也许我们应该玩安静的游戏。"比利打断她。

"什么是安静的游戏?"

"你知道的,就是比赛谁可以最久不讲话。"

"呃……"葛蕾丝将百老汇的照片放回原来的位置,但角度错了,"感觉很无聊。"

"但我累坏了。"比利边说边侧身调整百老汇照片的角度,"我昨天一夜没睡,实在不知道自己还剩下多少体力来讲话。"

葛蕾丝冷不防地来到他面前,踮着脚尖蹦蹦跳跳,双手放在他的膝盖上。

"你能教我跳舞吗?"

"那也要花体力。"

"拜托,比利,拜托拜托,拜托拜托拜托!拜——托!"

比利深深叹息,疲惫万分。

"好。"他说,"我看教你跳舞比听你拜托个不停要省力些。"

## 葛蕾丝

隔天,菲力派到学校接葛蕾丝,但没带她回公寓,而是走到大街上,去了瑞琳的美发美甲沙龙。那沙龙不叫瑞琳沙龙,瑞琳也不是老板,那只是她上班的地方。

"去那里干吗?"她在去沙龙途中问菲力派。

"不清楚。"菲力派说,"她只吩咐我带你去。她说她告诉过你了。"

"哦。"葛蕾丝说,"也许吧。她可能说过,我不记得了。"

"你不想去吗?"

"也不是啦。不是真的不想去。我只是很期待去比利家,他要教我跳舞。他要教我跳时间步。他说那是我第一个要学会的最基本的舞步。但我不懂为什么叫时间步,一步又跳不完。基本算一整支舞了。我是说那里面有几百步要跳,但我才上了一堂课,我记不清顺序,是踢踏舞。你知道那是什么吗?踢踏舞?"

"当然。"菲力派说,"我看过踢踏舞。"

"我得穿专门的鞋子,踢踏舞鞋。可是,我哪有舞鞋呢?所以比利借给我穿他那双超级特别的舞鞋,那是他的第一双舞鞋。那时候他跟我差不多大。结果你知道吗?我穿还是太大了。比利就算在我这个年纪,脚也比我大。我猜那是因为他是男生。总之,我得穿三双袜子,鞋子才会合脚。我不能把鞋带回家,因为那双鞋子太特别了,但我在他家可以穿。还有，我得在厨房跳舞，因为不能在地毯上面跳踢踏舞。总之，我有点期待去上第二堂课，但明天再去也可以。你没在听我说话，对吧，菲力派？"

"噢，对不起。"菲力派说，"我大部分时候都在听。"

"你在想伤心的事情吗？"葛蕾丝问，因为他面露悲色。

"有一点儿。应该是吧，有一点儿。"

"要不要告诉我？有时候讲一讲，心情就会好了。"

"今天还是算了。"菲力派说，"也许改天吧，但大概不是今天。反正，你可能很难理解，那是大人的事。你知道的，男人和女人的事。"

"哦。"葛蕾丝说，"确实，大人的事真的很难懂。"

他们静静地走了一条街左右，然后葛蕾丝问："菲力派，你会讲西班牙语吗？"

"嗯，会呀。我的西班牙语比英语好。"

"我觉得你英语很棒。"

"谢谢夸奖。"

"你教我西班牙语好吗？"

"嗯，"菲力派搔搔头，说，"应该可以。我大概可以教你一点点。有一句很方便的话。'Como se dice en Español...'意思就是'怎么用西班牙语说……'你指一个东西，然后我告诉你它的西班牙语怎么说，或是你跟我说那东西的名字，我翻译成西班牙语。这样，我们每天就可以学一个新词。"

"Como se dice in Español..."葛蕾丝说，"里面怎么夹了一个英文字？"

"没有啊。"

"有个in。"

"是en，"菲力派说，"是e-n。"

"噢。Como se dice en Español。"

"很好。"

"但你得教我讲点什么，今天就要。只学问问题哪够？今天也应该

— 055

要学一个答案。"

"好。你想学讲什么东西呢?"

"踢踏舞。教我怎么讲踢踏舞,好吗?"

"但你得用正确的问句。"

"啊,对哦。不好意思。Como se dice en Español...踢踏舞?"

"Baile zapateado。"

"哇,好难。"

"今天还是学个简单的吧。"

一位老伯伯牵着一只牛头犬在散步。葛蕾丝说:"Como se dice en Español...狗?"

"Perro。"

"Perro。"葛蕾丝说。

"很好。"

"菲力派,你喜欢我吗?"

"那当然,我喜欢你。"

"你喜欢我什么呢?"

"很多啊。"

"说一个吧。"

"好。你请我教你一点点西班牙语,从来没人要我教过。每个人都觉得讲西班牙语的人应该学英语。他们都没想过要学几句西班牙语。可见你很尊重我,对吧?可见你也尊重我的母语,没错吧?因为你请我教你。"

"我喜欢我的西班牙语课。"她说,"既然我不能去上我的踢踏舞课,能上西班牙语课也不错。不知道瑞琳要我去她的沙龙做什么。"

"应该跟你的头发有关吧。"

"对啊,我的头发,有道理,"葛蕾丝说,"怪不得啊。"

"我的老天!"名叫贝拉的女士拉起葛蕾丝背后的头发惊叹道。

贝拉是一位体形健硕的重量级非洲女士。不是瑞琳那种非裔美国人，而是来自非洲的尼日利亚人（瑞琳告诉葛蕾丝的），操着非洲人有时会有的悦耳口音，还有一绺绺的雷鬼发辫。

她是瑞琳那间沙龙的一位发型设计师，跟瑞琳是朋友。瑞琳此刻正站在一边摇头，咂舌。

葛蕾丝可以从镜子里看到她们。

"梳得开吗？"瑞琳问。

"哎呀，亲爱的，那会痛死人的，而且会扯掉一大堆头发。我看应该剪掉。"

葛蕾丝看着镜中的瑞琳，只见她眉头深锁。

"不知道她妈妈会做何感想。"

"你何必在乎她妈妈怎么想？在需要做这个决定时，她妈妈在哪里？总得帮她处理啊，总得有人决定动手，那个人就由你担任吧。"

贝拉说得越多，葛蕾丝越喜欢她的口音。即使她觉得贝拉对她妈妈的评论很不中听。话虽如此，把头发剪了也好，强过把纠结的头发统统梳开，很残暴。葛蕾丝最讨厌那样了。因此，由她们决定也好，就在此时此刻。

"但她妈妈到时只会骂我一个人。"瑞琳说。

瑞琳这个人，身材苗条又漂亮。葛蕾丝望着她，活像生平第一次见到她，因为从镜子里看她并不一样，也因为贝拉就站在她身边。倒不是贝拉不漂亮。葛蕾丝觉得她好看，但她不瘦，也不如瑞琳长得美。

葛蕾丝感觉到贝拉长长的指甲轻轻扒过她的头发——至少扒得过的部分——并擦过她的头皮，很舒服，像在按摩。

"你确定她下床的时间长到可以教训你？你到底叫她打电话给郡政府了没？"

"她说她打过了。"瑞琳说，讲得非常没把握。

"她打了！"葛蕾丝大声说，"我知道她打了，因为那时候我在旁边。"

"啊，太好了。她有没有给一个合理的说法？"

"有，她说你是我的保姆。对。"

瑞琳的眉头又一次紧锁："她……她讲电话的时候……是不是……很清醒？"

"半清醒。"

镜中的瑞琳和贝拉望着彼此的眼睛，贝拉翻了个白眼，葛蕾丝看到了她的眼白。

"我们只能希望平安过关了。"瑞琳说。

而贝拉说："好了，言归正传，小姐们。这个头发要怎么办？"

"我看还是应该让葛蕾丝决定，头发是她的。葛蕾丝？"

"嗯，"葛蕾丝说，"我们大概应该剪掉。我很讨厌头发打结打得乱七八糟的时候硬被梳开，扯得很痛。但是……我不知道，剪掉会好看吗？"

"你怕不好看？"贝拉大吼，"我的老天爷呀！小妹妹！你不知道自己在跟谁说话！如果是我剪的头发，保证超级赞！"

"我不知道'赞'是什么意思。"葛蕾丝说。

"就是很好的意思，"瑞琳说，"但比很好高一级。"

"这样啊，那剪吧。"

于是贝拉将一块围布披到葛蕾丝身上，在她颈部系紧。葛蕾丝发出快被勒死的声音，当然是假装的。

"你不希望头发掉到衣领里面吧？"贝拉说，"会很痒哦。"

"对，那很讨厌。"葛蕾丝说，"我最讨厌那样了。"

"我们还应该教她梳头发。"瑞琳说。

"我会梳头。"葛蕾丝说，音量稍显大了点。

她心不在焉，正透过镜子看坐在她后面的女客，因为那女人把一只小巧的棕褐色吉娃娃抱在大腿上。

"Perro。"葛蕾丝说，但没人注意。

"那你怎么不梳？"

"我家只有一把梳子，在妈妈房间的梳妆台的顶端，我拿不到。小时候,我曾经拉开抽屉,当成阶梯,想爬到上面。不是拿梳子,是拿别的,但我不记得是什么了,现在忘光了。我爬的时候觉得那个东西很重要,现在却根本不记得。是不是很好笑?总之,整座梳妆台倒下来压住了我,我又哭又叫,妈妈只好跑去找邻居搬开梳妆台。那时我们还不住这里,是住在阿尔瓦拉多街旁边。反正,我不敢再爬了。"

"处理掉打结的部分之前,我没办法好好洗你的头发。"贝拉说,似乎完全没在听。她抽出一把又长又细又尖的剪刀,举在葛蕾丝的头部上方,停下动作。

头发再见了,葛蕾丝心想,总好过大费周章地又梳又拉。

"我很意外学校的人都没注意到。"瑞琳说,"好几个礼拜没人替她梳头了,她的老师不是应该注意到吗?"

"或许吧。"贝拉说,仍举着剪刀不动,"再怎么说,你还不知道是谁向政府通报的。"

"嗯。"瑞琳说,"对啊,我还没想到这一点。"

跟瑞琳走路回家时,葛蕾丝的视线离不开她的指甲。她将指甲举在面前,一次两只手,把指甲看了又看,结果被人行道的裂缝绊倒两次,呃,是三次。

"走路要看脚下。"

"可是指甲好漂亮!"

剪完头发后(看来怪怪的,大概是葛蕾丝还不习惯吧,但同时也有点时髦漂亮),瑞琳帮葛蕾丝做指甲,是粘上去的那种,粉红的色泽美极了,上面还粘了亮片和其他可爱的小玩意儿。比如,其中一件饰品是粘在她的中指上,银的,造型像一只小小的飞马。她情不自禁地一直看飞马。

"很高兴你喜欢。"瑞琳说。

"我会讲西班牙语。"葛蕾丝说,眼睛仍盯着指甲。

"什么时候的事?"

"就今天啊。"

"今天一天就学会了西班牙语？"

"只会一点点。我知道como你dice en Español……狗，就是perro。你dice'狗'用Español的时候，要说perro。"

"好，我修正。你一天就学会了很多西班牙话，了不起。小心点，葛蕾丝。你要看路啊。"

葛蕾丝及时抬起头，迂回绕过两个从人行道上走向她们的年轻女子。

"对不起。"她对她们说。然后对瑞琳说："也许到家以后，我们可以叫比萨。"

"也许吧。"瑞琳说，"但这次不能跟上次的比萨一样了。那比萨重到我差点搬不进屋子。我都不知道比萨能贵成那样。那家伙跟我说价钱时，我以为他在说笑。谁会在同一个比萨上加香肠、肉丸、意大利辣香肠、加拿大培根？"

"我啊。"

"还附加三份芝士？两份芝士我倒听过，但……"

"要是花了太多钱，我很抱歉。但你说我想吃什么尽管点。"

"对。"瑞琳说，"我是说过。所以，学无止境。但这一次，比萨要由我来叫。而这一次，我先跟你说，你就只吃芝士意大利香肠比萨，不加别的料。"

葛蕾丝自顾自地微笑。因为比萨终究是比萨。再说能吃到瑞琳招待的比萨，总比没人请她吃比萨要强一百万倍。

"你想过你喜欢我什么了没？"

"有啊。"瑞琳说，"其实，我想过。你是打不倒的人。还有，你不发牢骚。这是我第一个想到的，而且只是到目前而已。我就说嘛，等我跟你熟了，就会有一大堆喜欢你的理由。"

"现在这样就够了。"葛蕾丝说，又匆匆偷瞄一眼指甲。

一枚指甲上贴了一个小小的新月装饰——她的右手小指："而且还有一个比萨，今天这样就够了。"

## 比利

比利一把拉开他家的门,窜到走廊,挡在瑞琳和葛蕾丝面前。

"你怎么没跟我说葛蕾丝今天不来?"他吼道,被自己愤怒的声音吓了一跳,"我担心得要命,真的。整个下午我都愁云惨雾,糟糕透顶。我以为她出事了,真是六神无主,指甲都啃光了,啃到肉还停不下来,每一片指甲都是。你看。"

但他没有真的亮出指甲让她检视。

瑞琳站了一会儿——嘴巴张得大大的,听他说话。然后她低头看葛蕾丝。

"葛蕾丝,"她说,"你没有告诉他。你答应过会告诉他的。"

葛蕾丝仰头看着瑞琳的脸,说:"哎呀。"

比利唯一能做的就是愣愣地站在那里,全部的激动和怒火都耗竭殆尽。毕竟谁能一直气葛蕾丝这种年纪的孩子忘记一件事?

"对不起,"瑞琳说,"是我不好,我负全责。我不该只交代葛蕾丝告诉你。如果下次计划有变,我会自己告诉你。"

"我也很对不起,比利。"葛蕾丝说,"我不是故意害你啃指甲肉的。"

比利深深叹息,呼出一整个下午可怜的慌张之情。

"今天还可以上跳舞课吗?"葛蕾丝问。

"啊,不行,不可以。今天就免了,恐怕做不到。今天下午实在太累人。我不能——天哪！看看你！看看你的头发！"

"喜欢吗？"

"你改头换面变成大女孩了！我是说，你现在焕然一新了。我对你刮目相看！"

"看我的指甲！"她举起双手，得意扬扬地给比利看。

"了不起。"他说，"实在不得了。你重获新生了。"

她仰头对他笑了一会儿。

冷不防，就像一个泡泡爆裂，比利恢复清醒。

"噢，我的天，我站在了走廊上。"他说，接着连滚带爬地回到屋内。

"是啊，还穿着睡衣。"葛蕾丝说。

他将门几乎整个关上，从一寸宽的门缝往外看。

"我们以为你自己知道呢。"葛蕾丝说。

葛蕾丝对比利说："昨天的事我还是觉得很抱歉。"

她站在他家的厨房——因为厨房没有地方可坐——背靠着洗衣机，试图将比利的特别踢踏舞鞋套进穿了三双袜子的脚上，而且不能让袜子拱起。

"你不用一直过意不去。"

"但看看你可怜的指甲，好惨啊。"

"不，不要看我悲惨的指甲。"比利把双手深深插进旧睡袍的口袋。痛啊，他的十只手指仍然发疼。

"为什么不要看？"

"因为很惨。"

"我只是觉得那是我的错。"她说，总算套上一只鞋。

"听我说。我是连一点点压力都应付不了的大怪胎，但这不是你的错。"

"别那样说自己。"她皱眉的模样活像在镜头前——戏剧化，一个会让比利怜惜的女孩,"我不喜欢。"

"况且,"他说,"那是无心之过。过去的就过去了,烟消云散,谢天谢地。"

"我以为你喜欢你的过去。"

"有一部分,我喜欢;也有一部分,不喜欢。"

"但你四处摆满照片,提醒自己你的过去。"

她将穿好鞋的那只脚放在比利厨房的塑胶贴皮地板上。那响声利落地刺穿比利所有的防线,触动他的心。有点像巧遇旧情人,蓦然间,你毫无征兆地见到把你伤得无以复加却仍然深爱的那个人。

他将多少时光奉献给那细小却绝对独一无二的声音。

"我喜欢记住美好的部分,忘掉其他的。"

"那应该行不通。"葛蕾丝说。

"你这样认为吗?"

她立刻试验起踢踏舞的声音,凭着第一堂课的记忆,刻意慢慢地跳了一次拉步舞,然后又开始套另一只鞋。

"那就像只要快乐却不要悲伤的人。"她说,"怎么可能呢?你不是有感觉,就是没感觉,哪能挑三拣四的。至少,我觉得不行。"

比利没有立刻回答。他只是站着,肩倚着门框,看她套上第二只鞋,欣赏她凝定的专注。

几秒后,她抬头看他:"你好安静。"

"你这个年纪的孩子不该讲这种话。"

"为什么?我讲了傻话吗?"

"不,是聪明话。聪明得过头了。"

"没有聪明得过头这种事。哈!成功了!"

她绑好第二只鞋的鞋带,踱到厨房中间的地板上,全程踩着比利教她的时间步,每个步骤都弄错,但她跳得很愉快,至少下半身是。

踩在厨房塑胶地板上的踢踏声并不完美,但那声音又一次在比利受惊的内心填满回忆。他察觉,这些回忆没法分成要保留和要丢弃这两类,根本无法切割。

"慢着,慢着,慢着。"比利说,心思回到舞蹈本身,"你忘了几件事。"

"噢,我昨天没有上课。"

"我们先不练时间步。"

"但我想学!"

"你会学到的,我保证。但你要有手,记得我说跳舞要有手吗?"

"我有手啊。"她说,举起双手为证。

"我说过'有手'的意思。记得吗?我说'要有手'是什么意思?"

"哦!对!我想想。不,对不起,我不记得了。"

"嗯,你只专注把舞步跳对,满脑子就只想着脚。这我能理解,因为你得用脑子记住时间步,尤其是才上完一次课的人。但我要你踏出正确的第一步。这不是双关语。"

"明明就是。"

"天地良心,真的不是。我是说,我不希望你养成坏习惯,只顾着踩对脚步,身体其余部位却像尊雕像。这又不是大河之舞[①]。大河之舞没什么不好,只是这不是大河之舞。"

"我没听过大河什么的。"

"对,我早该料到。我们从最基础的步法开始,来做连续的踏步和弹踏步,等你踩出了简单的节奏,就能专注在躯干和手臂上。"

"什么是躯干?"

"上半身。"

"哦。干吗不直接讲呢?"

"不要讲话,不要让老师伤脑筋,尤其在你没付学费的状况下。

[①]爱尔兰的传统踢踏舞,着重在下半身的动作,上半身基本保持不动。

好,用右脚,踏步。"

葛蕾丝抬起右脚再往下踩,发出令人满意的声音,然后再来一遍,抬头看他,笑眯眯的。

"那不是踏步(stamp),那是弹踏步(stomp)。"

"可恶。"她说,笑意褪去,"我老是分不清这两个。"

"我教过你怎样分辨。记得我说的吗?"

"不太记得。"

"信封上的邮票(stamp)?"

"我记得了!当你在信封上贴邮票,邮票就固定在上面。对,所以踏步就是固定在地上,两个铁片同时踩在地上,前铁片和后铁片,然后把重心放在这只脚上。"

"对。用右脚踏步,重心移到右脚,抬左脚,用左脚踏步,重心移到左脚,重复步骤。"

"这简单,"葛蕾丝在完成三四个回合的踏步后说,"太简单了。"

"现在你应该想想身体的其他部位。"

"噢,对。手臂。"她说,仍在踏步,"手要怎么动?"

"问它们。"

"好白痴。"

"试完再来说白不白痴。"

葛蕾丝将手举到腰部的高度,开始随着踏步的节奏移动。比利在内心微笑。

"幸好只有我们住在楼下。"葛蕾丝说。

"确实是好事。"比利回答。

只不过,就在这一刻,有人来敲门。厨房的活动戛然而止,他们默默等了一两拍的时间,从敞开的厨房门口望向比利家的前门。

"该死!"比利压低音量说,"怎么一直有人来敲门?以前只有送货员会上门。清静了好多年,现在好像每天都有人敲门。"

"是我的错。"葛蕾丝说,以出奇自制的低语说。

"应该不是。"

"是从你答应照顾我开始的。"

"这倒是。"然后他加大音量,嚷道,"谁呀?"

"我是艾琳·佛格森,住你楼下的邻居。"

比利跟葛蕾丝互看一眼。

"她知道你在我家吗?"

"我不确定。"

比利深呼吸,走到门口,打开全部的门锁,只留下安全链,然后将门拉开几厘米,希望只有自己听得到怦怦怦的心跳声。

"对不起。"他说,"吵到你了吗?"

"对,有点吵。我想睡午觉,我不知道你在做什么,听起来像是脚穿垃圾桶盖跳重踏舞的那个舞团在这里登场了。"

"对不起。我没想到会有人在这个时间睡觉。"

若说她察觉到那轻微的刺探,她就是选择不形于色了。

她蓬头垢面。比利知道自己没资格批评,但爱批判的性格又不能动手术割除,这早就是他根深蒂固的一部分。当然,他自己也是够邋遢了。但是话说回来,他又不会去敲邻居家的门。况且真要出门的话,他绝对会稍微整顿仪容的。

他当然不会出门。讲话要实在,但假设总可以吧?

"我就是在睡觉啊。你有没有看到我的女儿?葛蕾丝。你认识葛蕾丝吗?"

"每个住户都认识葛蕾丝。"

"你知道她人在哪里吗?"

"我……知道她人好好的。"

她狐疑地看他一眼:"既然你不知道她在哪儿,又怎么知道她是不是没事?"

"因为我们订了一个排班表。"比利说,犹豫自己是否透露太多,"葛蕾丝会先去上学,然后会有人去接她放学,也会有人照顾她,直到瑞琳下班,然后她就待在瑞琳那里。所以,她不是在学校,就是跟菲力派做伴,或是跟我,或是跟瑞琳。"

"但如果她在你家,你不就知道她在哪儿?"

"一点儿没错!"比利在打哈哈,尽力对失态装作若无其事。

"我不知道你们排班的事,还以为只有瑞琳一个。这应该不错,很好,对葛蕾丝有好处。好了,如果你看到她,叫她回家好吗?"

"好。如果我看到她,就跟她说。"

"谢谢。"她说完,从走廊离开了。

比利关上门,重新锁好,背抵着门站着,呼出过剩的压力。

他回到厨房找葛蕾丝,她的踏步正练到一半,但脚完全没离地。只有移动重心和打弯膝盖,还有手臂。

"手臂动作不错。"他说。

"谢谢夸奖。讨厌,现在我不能跳舞了。她怎么会被吵醒呢?平时天塌了都叫不醒她,一天大概只醒来一小时。偏偏现在就是那一小时。"

"她要你回家。"

葛蕾丝叹气。"好吧。"她说,"应该不会花太长时间。"

她解开鞋带,脱掉比利的踢踏舞鞋,依依不舍得像在跟老朋友道别似的。

果然,不到两分钟她就回来了。

"她又在呼呼大睡。我敢说这次她不会醒。"

"我不想冒险。"比利说。

"我们可以出去。"

"是你可以出去。"

"噢,对。我忘了。那我们到你家露台好了,露台不在我家正上方。"

"葛蕾丝，现在是大白天。"

"有什么关系？"

她等他回应，等了很久。比利很惊讶她耐得住性子。但，当然，她终究放弃等待。

"你连露台都不敢去？"

"也可以说我是选择不去。"

"但有两次我看到你就在那边。"

"有一次是天快黑了，另一次是黄昏。而且如果你记得的话，我是在地上匍匐过去的。"

又一次，葛蕾丝良久不语。

久到比利开始希望她开口。在那当下，不管她说什么，大概都强过一言不发。

最后，比利再也按捺不住，打破了沉默。

"我从来没说自己正常。"他说。

"这倒是真的。"她说，"唉，随便啦，我还是喜欢你。不然我到露台上，你站在这里，隔着玻璃看我，要是我哪边错了，你就打开落地窗跟我说。"

"这样可以。"比利说。

瑞琳下班来接她时，葛蕾丝已足足跳了一个小时，只休息了一两分钟。她的脸蛋红通通的，汗水顺着短发滴下，但她照跳不误。

她不但有手臂动作，还慢慢地以正确的顺序回头练习时间步，当她记住步骤，加快为正常速度时，手臂居然勉强跟上了。

她有当舞者的潜力，比利心想。如果她够有心，肯花时间，也不因为男孩子或自尊或世界上任何一样而分心，她就可以成为舞者。或许还需要不被野蛮的人生压垮吧。只是这样想，比利的心都痛了——跟太阳神经丛的痛楚有幽微的差异——但他说不上心痛是因为以她为荣、嫉妒她,还是替她害怕。大概以上皆有。

瑞琳来的时候,葛蕾丝将她拉进比利的公寓,带到玻璃落地窗前,逼瑞琳观赏她在露台上表演时间步。瑞琳跟比利并肩而立,扮演观众的角色。

"了不起。"瑞琳说,"你知道她现在也在学西班牙语?"

"不错啊。但愿我能多懂一点儿西班牙语,在洛杉矶很实用的。但……大概只有平时出门的人才用得上。"

瑞琳看他一眼,在葛蕾丝来不及察觉她分心之前又移回视线。

"我想,我该向你道歉。"她说,"之前我没明说,但……我本来不放心她来你家。"

"感觉这想法很正常。"比利说。

她又瞥他一眼,挑起眉毛。

"嘿,"比利说,"我的想法是不太正常,但那不代表我不知道正常人怎么想。"

她伸出一只手,放在他肩上,放上去就没动。于是又来了,融化的感觉再度来袭。只是这一回不适合跪下,要是跪了,绝对找不到掩饰的借口。因此他努力打直膝盖,不融化。

片刻后,葛蕾丝手舞足蹈地结束表演,弯腰行礼。瑞琳将手缩回去鼓掌,比利既庆幸那只手移开,又暗自失落。

然后,葛蕾丝开始跳出安可的踏步和弹踏步,证明她明白两者的差异,并且转换自如。

"她妈妈来过。"比利说,"我没让她知道葛蕾丝在这里。我不确定能不能向她透露。"

瑞琳鼻息浊重地深呼吸两次。

"可以,"她说,仿佛一边做决定一边说话,"她可以知道。让她知道没关系的。我刚刚才决定的。葛蕾丝在这里过得很好,没人能质疑。谁有意见,就让他来找我。"

"谢天谢地。"比利说,"因为我真的很讨厌跟别人杠上。"

## 葛蕾丝

两天后,傍晚七点左右,葛蕾丝和瑞琳听到葛蕾丝的妈妈从地下室的楼梯上喊她。

"葛蕾丝,你在哪里?"她妈妈吆喝着,仿佛四处找不到葛蕾丝已引爆她的脾气,其实她才刚刚开始找而已。

"你最好去跟她说一声你在这里。"瑞琳说。

"可是我的蛋卷会变凉。"

"跟她说你在这里,然后再回来吃。"

"我这样有点难走路。"

"棉花不要塞得太低就可以。还有随便你要怎么做,总之脚趾要张开,这样指甲油才不会糊掉。"

"我以为棉花就是用来撑开脚趾的。"

"脚趾要张得更开哦。"

"好吧,我尽量。"葛蕾丝从硬木椅上滑下来,摇摇摆摆地走到门口,一手举着一个蛋卷。然后,她不得不将一个蛋卷塞进嘴里,以便开门。但她手上残留了一些蛋卷的油渍,直到她脑筋转过来,才捏着衬衫下摆开了门。

在这期间,葛蕾丝的妈妈吼了第二遍,听起来更加愤怒了。

这时,她蹒跚地来到走廊,来到妈妈看得到的地方,但她正咀嚼着蛋卷,根本开不了口。

"总算看到你了,"她妈说,"回家吧。"

她妈妈的头发乱蓬蓬的,跟葛蕾丝前几天没两样。眼底还有晦暗的黑眼圈,整个人看起来很邋遢。当然,葛蕾丝没有多嘴,就算她开得了口也不会说。有些话是不能说破的。

"不行啦。"她说,但只有嘹亮的发声从她嘴里出来,语音都太含糊。

"你说什么?"

葛蕾丝用另一个蛋卷指着嘴巴,以默剧手法请妈妈等她咀嚼完毕。

"你在吃什么?"她妈妈问,像是没看懂默剧的暗示,也或许是佯装看不懂。

葛蕾丝指着嘴巴,多嚼了一会儿,这才说:"蛋卷,不是垃圾食物。"

"回家吧。"

"不行。我在吃蛋卷,还在修脚指甲。"

"修脚指甲。谁在帮你做这些?"

"瑞琳,你知道的啊,我的保姆。"

"对,瑞琳。她应该知道,她这个保姆,我是不付钱的吧?"

"我不知道,应该吧。我再问问看。但我得走了。"

"我要你回家。我都不知道你上哪儿去了。"

葛蕾丝双手牢牢叉腰,连拿着蛋卷的那只手也是。

"妈,你其实一连好几天都不知道我在哪儿。你是刚刚才想起我跑哪儿去了吧?只因为你终于起床了,然后发现不知道我在哪儿,所以就要我放弃蛋卷跟修脚指甲吗?"

"我昨天才问过你去哪儿了。"

"是啊,但你大概一分钟后又睡着了,我还来不及跟你说话。"

全是勇敢之语,葛蕾丝清楚,这些话来自一些怒气,一些残余的坏东西。一句句都是环绕着批评及些许伤心的话语。

她等着看妈妈有何反应。以前妈妈不会因此动怒。葛蕾丝只确定这么一件事。

"好,那就这样吧。"妈妈说,"等你都弄好了,就马上回家。"

"好。"葛蕾丝说,将另一个蛋卷塞进嘴里。

然后她摇摇摆摆地进屋,坐回椅子上,让瑞琳继续做趾甲(尽管只剩检查指甲油干了没有,以及取出脚趾之间的棉花)。

咀嚼完毕后,葛蕾丝说:"我对妈妈会不会太凶了?"

瑞琳说:"不会。坦白说,我不觉得。而且我觉得你讲得很棒,凶得刚刚好。"

葛蕾丝光着脚,拎着鞋,下楼梯到地下室。她拧了拧自家的门把手,发现上锁了。她大声敲门,隔着门嚷道:"妈,是我。帮我开门,好吗?"

门大大地敞开,葛蕾丝的妈妈站在门口,嘴巴张开,下颌垂下来。

"我的天哪!"她妈妈在吐气时喃喃说道,"葛蕾丝·艾琳·佛格森,你的头发怎么搞的?你拿剪刀剪的吗?"

葛蕾丝想回答,却开不了口。她妈妈一手搭着她的下巴,将她的头转到左边,又转到右边,从不同的角度检视她剪短的头发。

"不,不是你剪的,你办不到。这是专业的理发、昂贵的理发。谁剪的?"

"贝拉。"她说,将下巴拉回来。

"她是谁呀?"

"瑞琳的朋友,她们在同一间沙龙工作。怎么了?你不喜欢吗?大家都说好看。"

葛蕾丝的妈妈一言不发,拉着她的手,大步上楼,带着她走过走廊。

母女俩大步行进时,葛蕾丝说:"你刚刚明明就已经看到我了,你看到我站在走廊吃蛋卷,脚趾间夹着棉花。那时你怎么不骂我剪头发?"

"我没看到啊。"

"我就站在你面前！"

"你在那么远的另一头。我以为你只是绑成了马尾。"

"你不喜欢吗？其他人都很喜欢。"

她们在瑞琳的门前站定。妈妈狠狠地敲门，力道大得跟电视上的警察一样，像准备要用破门槌撞进去似的。

葛蕾丝从眼角瞥见比利的门打开三五厘米，门缝露出他的一只眼睛。她向比利挥手，但他将一只手指放在嘴上，葛蕾丝明白他的意思，于是装作没看到他。

瑞琳来应门，当她看见来者是谁，便叉腰而立，像是准备用拳头以外的方式来打架。

"你做得太过分了吧？"葛蕾丝的妈妈说，听来怒气冲天。

"我不知道你是指哪件事。"

"你不知道？听我说，我很感谢你照顾葛蕾丝，真的，尤其是我没付你钱。你知道我不会给你薪水，对吧？"

瑞琳没吭声，面无表情地站着。葛蕾丝看得出她接下来要说的话，必然是仔细思考过的。

"现在状况有点怪怪的。你太过分了。再怎么说，她仍然是我女儿，而不是你的孩子。这你明白吧？我是说，我睡了一觉，醒来时你就给她换了新造型。"

漫长的沉默，冰冷的脸色。葛蕾丝渐渐察觉，瑞琳越是生气就越安静。

"葛蕾丝的头发是三天前剪的。"瑞琳说，"你这一觉睡得可真久。"

那静默令葛蕾丝颈背的细小汗毛统统竖立起来。

"嗯……听我说，我很感谢你……真的，我没骗你。但你突然决定给葛蕾丝剪短发，她留长发还是短发，好像你有资格决定似的——"

瑞琳插嘴，打断她："你这样想吗？葛蕾丝，告诉你妈这是怎么一回事。"

"好。"葛蕾丝说,"是这样的,妈妈。梳子放在梳妆台上面,我拿不到,自从上次的意外以后,我就不敢再爬上去了。你记得那件事,对吗?所以我的头发打结打得一塌糊涂,瑞琳不得不带我到发廊,请她的朋友贝拉把打结的头发梳开,可是贝拉说打结太严重,梳开会痛死人,还会扯掉一大把头发。然后她们让我自己做决定,问我想怎么办。你知道我最讨厌拉拉扯扯梳开打结的头发,而且这回严重一百倍啊,所以我就说剪掉吧。你不喜欢吗?大家都说好看呢。"

葛蕾丝在长长的静默中等待。等待时,她看到妈妈变小了——不是真的缩水,只是感觉如此——好像她在走廊上占据的空间越来越小。其实是她的怒气渐渐消减,不是身体真的变小。

"剪得是还不赖。"葛蕾丝的妈妈说。

然后妈妈哭了起来。葛蕾丝以前只看过妈妈哭过两三次,所以这下她也变得难过了。

"对不起。"葛蕾丝的妈妈边哭边对瑞琳说,而且越哭越厉害。

接着,她牵着葛蕾丝的手沿走廊折返,葛蕾丝向比利挥手道别,他也挥挥手。然后葛蕾丝被牵下楼时,她妈妈还在反反复复地说她很抱歉。

好歹可以跟妈妈消磨一个晚上,葛蕾丝心想,即使她在哭,即使她满心抱歉。

但葛蕾丝压根儿就错了,她并没有跟妈妈共度什么时间。

不到一小时,葛蕾丝又到瑞琳家门口敲起门来。她轻巧地敲着,以免听来像生气的人。

瑞琳应门时好像以为门外会是一个高个子。她不得不低下头,才看到葛蕾丝站在那里。

"我可以到你家吗?"葛蕾丝说。

"可以啊,你还好吗?"

"应该吧。我可以在这里过夜吗?"

"如果你妈妈答应的话。你妈怎么了?"

"又嗑掉一堆药。"

"噢,"瑞琳说,"不好意思。没问题,你可以待在这里。"

过了一会儿,瑞琳拿出一条毯子,帮葛蕾丝在沙发上铺出床位,说:"你说你妈嗑了一堆药,真有意思。你之前每次都说她在睡觉。"

"是啊,我讲腻了。"葛蕾丝说,"她是嗑掉一堆药。"

## 比 利

"你心情好像不太好。"葛蕾丝一进门,比利就对她说。

她的心情果然不是一般的差,居然没有直扑他的宝贝踢踏舞鞋,只甩干她可悲的小雨伞,扑通坐到沙发上。

"唉。"葛蕾丝说。

"怎么啦?"

"没事。"

"葛蕾丝·艾琳·佛格森,真想不到你是骗子。"

"我才不是!你为什么这么说……啊!我知道了。对,不是没事,是有点小事。"

他也在沙发坐下,坐在她旁边,说:"跟我说说。"

虽然微微带点内疚感,但他发现自己颇庆幸有这么一面挡箭牌。他本以为葛蕾丝会蹦蹦跳跳地进屋准备跳舞,逼他不得不抛出坏消息,如此一来,浇熄那股童稚热忱的唯一冰水,就是他跟他的精神症状。

下雨了,比利不愿心存侥幸,让她到露台以外的地方跳舞,都怪那个不能遮风挡雨的露台。

要是运气再好一点儿,他就不必报告噩耗。

葛蕾丝夸张地大叹一口气:"拉弗提先生跟我说了一件事。"

听到这个名字,比利觉得自己每天少得可怜的平静又一次被打破了。

"那个恐怖的家伙跟你说了什么?你是什么时候见到他的?"

"就刚刚啊,在走廊上。我跟菲力派走进大门,菲力派在教我西班牙语的'门'——就是'puerta',怕你不知道,所以顺便跟你讲一下——我是刚刚才学到的,说不定你也没学过,我不知道你懂多少西班牙语……"

"葛蕾丝,"比利说,"讲重点。"

"好。拉弗提先生在走廊,他看看我,又看看菲力派,摇着头说我们为妈妈做的事只是在纵容她。"

"啊,"比利说,"没想到你能听懂这个词,还会为此苦恼。"

"其实我本来不是很懂,但是他说了一大堆,听到后来,我就懂了。比如,他一直说他认识很多酗酒、嗑药的人,他说那些人几乎没一个会好起来,好起来的都是不得不好起来。否则,他们就会失去无法承受失去的事物。他说,就连他们的房子、车子或工作,可能都还不够分量,因为有些人会干脆搬到桥下住,这样就不必振作了。他说,一定要等到他们快要失去老公、老婆或小孩的时候。他之前就说过,等哪天政府决定强制把我带走,妈妈或许就会愿意收拾烂摊子了。但她现在何必改过自新?拉弗提先生说,既然有你、瑞琳、菲力派分摊了她的全部责任,她还振作什么?连振作一下的理由都没有。我想,这就是纵容。"

"对,"比利说,发现她的沮丧会传染,"这是纵容。"

"但他搞错情况了吧?"

比利没有应声。

"我的意思是他是个浑蛋,这是你说过的,对吗?"

"我没那样说。"比利说。

"可是你不喜欢他。"

"一点儿都不喜欢。"

"所以是他弄错了,对不对?"

比利看着地毯,没有回答。

"好吧,算了。"葛蕾丝说,"我们来上舞蹈课。我跳跳舞就开心了。"

"舞蹈课,好。但你要有心情好不起来的准备。我不太想让你在我家厨房跳舞了。"

"为什么?是因为妈妈?"

"对。因为你妈妈,也因为我受不了别人跑来我家门口,对我大吼大叫。"

"她那不算大吼大叫。"

"下次就会了。因为下一次,她会觉得自己已经好声好气拜托过我了。"

"但她每次都睡到天塌了也不知道。"葛蕾丝说,快要哀叫出来。

"没错,几乎每一次。我们没办法判断何时会出现例外的状况。老实说,就是这种提心吊胆让我吃不消。"

葛蕾丝叹息。

比利留意到她没有抗拒,他也明白这代表什么。可怜她这么了解他,知道跟他的焦虑讲道理是多此一举。

他们坐在沙发上,肩并肩,不言不语,垂头丧气了好一会儿。也许有十分钟,或更久。两人只是望着外面的雨幕。

"今天糟透了。"葛蕾丝说。

他转过头,看到葛蕾丝用手紧紧捂着嘴。

"这个词不算太糟。"比利说,"我是说,以词语本身来说。"

"不是啦,我在意的不是脏话,而是我抱怨了。"

"那又怎样?每个人都会发牢骚。"

"瑞琳说我从来不抱怨,这是她喜欢我的一个原因。"

他们重新陷入沉默,望着雨,如此过了一会儿。

然后比利说:"我会帮你保密的。"

"谢啦。不然我在地毯上跳,总比不跳好。"

"好,去穿你的舞鞋。不对,我是说我的舞鞋。"

这次他看都没看一眼,她则忙着执行让他的旧踢踏舞鞋合脚的冗长步骤。他整个人都被吸进晦暗的心情里了。

似乎才一晃眼,他就看到她做了个弹踏步,接着是拉步舞,接着一屁股摔坐在地上。

"哎哟……"

"小心。"比利死气沉沉地说,"在地毯上跳,很滑的。"

"现在告诉我还真是时候。"她说着爬起来。

葛蕾丝试探地跳了一两次拉步舞,重心仍然放在平踩地面的那只脚上。

"烂透了。"她说,"哎呀,我又抱怨了。"

"你再抱怨,我就告诉瑞琳。"

葛蕾丝的脸可怜兮兮地垮下来。

"真的吗?"

"假的,只是开个玩笑。"

"不要逗我,我没那个心情。地毯根本不能跳,这太滑了。我好想念踢踏舞。"

"我也是。"比利说,"只不过我是从你出生前就开始想念了。"

葛蕾丝回到沙发,又瘫坐在那里,看着雨势。

"听说整个礼拜都会下雨。"她说。

"其实有一个解决办法,但我不知道要怎么做到。"

"什么办法?"

"做个练舞的小舞池不会很难。我们只需要一大片三合板,一到两平方米,或者什么尺寸都行。然后,放在客厅的地毯上,地毯可以吸音,这样传过地板的声音就不会太刺耳。要是有三合板就好了。不过,那就像说要是有高速公路经过我家客厅就好了,很不容易,对吧?我不能出门,你又不能自己去木材市场……"

"我去拜托菲力派请他帮忙!"

"他有车吗?"

"应该没有。但也许他可以走路,或者搭公交车。"

"要搬那么大片的木板回来。"

"我可以问问看。"她才说完,人已经快到门口了,"假如他还没去上班的话。"

"鞋子啊,"比利说,"鞋子还我。"

葛蕾丝低头看脚,丧气起来:"但我得赶紧去找他。"

一阵左右为难的迟疑。

然后他说:"好。去吧,快去。"

葛蕾丝踩着舞步到了走廊,比利便感受到分离的深切焦虑,活像葛蕾丝是带着他的小狗或宝宝出门,前提是他有小狗或宝宝。他凝视着雨势,刻意将空气吸进胸腔的那团焦虑中,试图尊重焦虑,而不增加焦虑。

然后葛蕾丝溜进屋,真的是溜进去的。她进到门内,就在地毯上滑一跤,屁股再次着地。

"一直摔跤烦死人了。"她说,仍然坐着。

"也许你该脱掉舞鞋,今天就别跳了。"

葛蕾丝叹了口气,动手解开鞋带。

"他说没办法,最近的伐木场也在很远很远的地方。他肯定一清二楚,因为他以前是盖房子的。他说要搬那么大的东西回来,靠走路实在太远,而且东西也太大,上不了公交车。他说拉弗提先生有一辆小货车,但他不会跟拉弗提先生打交道。我大概知道为什么,因为拉弗提先生对他不太客气。菲力派说问题出在他是墨西哥人。你觉得,真的是因为菲力派来自墨西哥吗?"

"大概是,没错。"

"这个理由不太充分。"

"我也有同感。"

她捧着踢踏舞鞋过来,跟他一起坐在沙发上,轻轻将舞鞋放在两人之间的空位上,仿佛她也把舞鞋看作一个宝宝或一只狗狗。

"他说他不会去找拉弗提先生商量,但我可以请拉弗提先生帮忙。

假如我要的话。"

"瑞琳有车吗?"

"有啊,瑞琳有车。"

"啊,太好了。"

"但车坏了,她的钱不够修车。"

"唉,真是太糟了。"

"你觉得我该怎么办?"

"我觉得你该缓一缓,在问过瑞琳之前,什么都别做,尤其是暂时不要找拉弗提。"

"好。"葛蕾丝说。

他们又看了几分钟的雨。

"真的好无聊。"葛蕾丝说。

"通常我会同意这个说法。"

"我没来这里的时候,你都在做什么?"

"大致就是我们现在在做的事。"

"我们来玩游戏。"葛蕾丝说。

"我好像没精力。"

"也可以玩单纯讲话的游戏,像真心话大冒险那种,你应该知道吧?"

"唉,"比利说,"不好吧,好像很危险。"

"只是说说话而已,怎么会危险?"

"你要学的事情还多着呢,没有比语言更危险的东西。"

"这很白痴。那枪呢?枪会把人打死。"

"那只是身体死掉。"比利说,"枪打不死灵魂,但语言可以杀死灵魂。"

"如果我们不讲那种话总可以了吧?你知道的,会有危险的那种话。"

"你想玩什么游戏?"

"我曾经有过一个朋友。其实,我现在也有几个朋友啦,只是我们不会在上学以外的时间一起玩。不过,我以前有个很要好的朋友,珍奈儿。但我一年级的时候,她们家就搬到了圣安东尼奥,在德州。"

"我听说过。"比利说。

"我们会在过夜的时候玩这个游戏,看是她来我家过夜,还是我去她家过夜。那时候我妈妈很正常,家里干干净净,食物什么的统统都有,可以请人到家里玩。总之,我们会爬到床上,钻进被子,盖住头,就像在帐篷里一样,一顶两个人可以窝在里面的帐篷……"

"我们不玩帐篷的部分。"比利说。

"好啦,我知道,你别插嘴。"

"不好意思。"

"这个游戏只问两个问题。全世界你最想要什么?全世界你最不想要什么?或者说,你最害怕的是什么?"

比利想反对,又觉得反驳太麻烦,于是他说:"你先。"

"好。全世界我最想要的是妈妈好起来。我最怕的是拉弗提先生说的话,他说几乎没有人会好转。因为那样的话,我就得考虑她可能永远都不会好起来。"

静默。雨似乎变得更大了——像是一口气从斜槽倾泻而下,甚至没有分散成雨滴。

"你这么快就讲完了。"他说。

"换你了。"

"我知道。这就是我刚才有意见的地方。好,我说了。我最想要的是……什么都不要。这就是问题所在,我在乎的一切都过去了,我不再有想的东西。顺带一提,这也让我害怕,没有未来,没有想追求的事物。葛蕾丝,我告诉你,这种日子不是人过的。"

他们又静静地注视着雨势几分钟。

"玩这个游戏通常会让我心情好一点儿。"葛蕾丝说。

"别说我没警告过你。"

"今天是什么鬼日子?"

"假如你问我,我会说今天并不算特别糟。"

"下次不玩了。"葛蕾丝说。

时间还不够晚,瑞琳应该还没到家。他却听到她来敲门。瑞琳有独特的敲门手法,她敲得有节奏,轻巧的四下:一、二、三……暂停……四。假如她敲得够久,你几乎可以随之起舞。而真正奇妙的是,根本不用比利开口告诉她,特殊敲门法能有效舒缓他的焦虑症。她自己就想通了这一点儿。

他把头歪向仍然闷声不响的葛蕾丝:"你锁门了吗?"

"啊,我忘了。我滑了一跤,脱掉舞鞋,就忘记回去锁门了。"

但这是事态的自然发展,比利心想。这个局面真正诡异的地方在于他也忘了锁门。

"门没锁,"他叫道,"进来吧。"

门大大地敞开,瑞琳望着门内的他们,充满疑问。

"你们两个出什么事了?"她问。

比利叹了口气:"没有人是每天都开心的。"

"瑞琳,"葛蕾丝说,"我可不可以请拉弗提先生帮我们跑一趟木材市场?我知道你不喜欢他,我也知道你不太喜欢我找他,但我只要请他帮一次忙,只要能拿到一大块木板就好。拜托你,我可以找他帮忙吗?"

"你要一大块木板做什么?"

"做一个让我跳踢踏舞的舞池。木板可以放在地毯上,跳舞就不会吵醒我妈,她就不会上来对比利大喊大叫。"

"不好吧,葛蕾丝。他很难打交道。要是他肯帮忙,我会很意外。"

"问一声而已。"

"当然。你可以问问看。"

葛蕾丝穿着袜子跑出门外。

比利抬头看瑞琳,瑞琳打量了他好一会儿,然后他拍拍屁股旁边的沙发,她过去陪他坐。

"我问你。"他说,"我们照顾葛蕾丝,是不是在纵容她妈妈?"

"嗯,"瑞琳说,"我没想过这点。"

"真可惜,我还指望你会说不是。问题是她除了每天睡二十三小时的觉,什么都不做。要不是有我们,我想她是过不了这种生活的。"

"也许她还是会过这种生活,但葛蕾丝会受苦。"

"但有我们在,她就能毫无歉意地这样做,而且没有不良后果。"

"你怎么会想到这个?"

"这是拉弗提跟葛蕾丝说的话。"

"拉弗提!我想也是。臭老头,我真的很讨厌他。也许我该拦下葛蕾丝,别让她上去。"

"来不及了,我敢说她现在正在跟他说话。"

瑞琳叹了口气,坐回位子,透过比利家的大落地窗看雨。到底是什么吸引人看雨呢?

"雨下得真大。"她说。

漫长的静默,比利对于雨势无话可说,下雨就是下雨。他觉得,下雨不是会让人想多聊两句的话题。这是那种"本来就是这样"的事。

"好。"瑞琳说,"我老实说,或许吧。我不知道。这问题我得再想一想。"

"居然让那种人说对了一件事,真的很不是滋味,对吧?"

"在难得一次说对的时候,对。"

## 葛蕾丝

葛蕾丝单脚站立在拉弗提先生家门前的走廊上,她正抬脚隔着三层袜子搔抓另一只脚的脚背。她将比利的羊毛袜穿在最里面,因为奋力把踢踏舞鞋套到袜子上时,羊毛袜最容易拱起,但穿在里面脚又会痒。

门开了,拉弗提先生的视线从她头顶掠过,眉头皱了起来。当他低下头,眉头便舒展了。

葛蕾丝觉得奇怪,怎么会有人一看到高个子就皱眉?似乎只有葛蕾丝不会激发他的那一面。

"噢,是你啊。"他说,一副觉得葛蕾丝还过得去的口吻。

"是啊,是我,拉弗提先生。我来请你帮个忙。"

"你还好吗?遇到什么困难了吗?"

"不算大事。只是除了你以外,公寓其他人的车都坏了……"

"你要去哪里?"

"你先听我说完。"她试图掩饰自己的挫败。

假如是比利或瑞琳,她就用不着隐藏情绪,她会直截了当地说:"别插嘴!不要打断我!"但这可是拉弗提先生,对他得戒慎一点儿。

"对不起。"他说,令她诧异起来。

"我得找人帮我去一趟木材市场,买一大块木板。"

"你要哪一种木板?"

"不知道。"

"要多大？"

"比利说，一到两米都可以。"

"但这样信息不够齐全，这个尺寸是从哪里量到哪里？"

"嗯。"葛蕾丝这么说，是因为瑞琳在相同情况下总是发出这种声音。

"我最好去问他。"

"不行！"呃，葛蕾丝本来想用正常声音说的，结果变成了大嚷，"不行，请不要再去敲比利的门，拜托。他讨厌有人敲门。"

她看到拉弗提先生眯起眼，一时不确定该怎么办，但他的表情似乎跟刚才发现是个小孩子来敲门的模样类似。

为什么大家都讨厌别人敲门呢？葛蕾丝就挺喜欢有人来敲门，说不定是新搬来的邻居，或是美好的惊喜。她想，会不会长大了就不再有这种开心？毕竟这儿的每个大人都是如此。

然后拉弗提先生说："我们换个方式，你告诉我要木板做什么，或许我可以帮上忙。"

"噢，好。木板是要做舞池的，因为我在学踢踏舞。"

"啊。"拉弗提先生说。要是比利，就会说这声"啊"已经解释很多事了，"所以你要一片木板，最好是一大块四方形的三合板。"

"对！"葛蕾丝嚷道，这下子精神全来了，"他就是这样说的！需要三合板，还说要一到两米。"

"没问题。"拉弗提先生说，"我可以帮忙。"

"你愿意帮忙？"

"是啊。"

"哇，真没想到。"

"如果你觉得我不会答应，干吗来问我？"

"问一声又不会少块肉。"

"你的鞋子呢?"他问,带着些许不快。

"在比利家。我换穿他的踢踏舞鞋。但我应该买自己的舞鞋,因为只有在他家才能穿他的鞋。舞鞋不能带回家。可是我真的很需要在家里和在瑞琳家练习,因为我练习得不够,而且,比利的鞋一点儿都不合脚。不过我没有买舞鞋的钱,我想比利和瑞琳也没有。我知道妈妈没有钱,所以我不知道该怎么办,但如果我有了木板,就可以多练习一点儿。你知道的,总比完全不练要好。"

"好。"他说,仿佛这可以当作结语。

葛蕾丝愣愣地站着。她很想问:"你什么时候去买木板?"这样问似乎很失礼。毕竟,人家都说他会去了,这就够吓人了,还追问其他问题似乎不对。

"好,谢谢。"她说。

然后她挪动穿着袜子的脚,沿着走廊轻轻地走下了楼梯。

回到一楼时,瑞琳正好从比利家出来,她在走廊上奔向瑞琳。

"他答应了!"她尖叫道。

"当真?"

"是真的!他说'好'!"

"真让人跌破眼镜。他什么时候去?"

"不知道,我没问。"

"我是不是应该拿钱给他?"

"不知道,我没问。"

"你究竟问了什么?"

"我问他能不能帮忙,他说可以!"

瑞琳一手搭在葛蕾丝肩上。葛蕾丝察觉她似乎很低落。她刚下班回家时心情并不差,现在却不太开心,或许是受了比利的影响,而比利则是受到葛蕾丝的影响。因此也许全都要怪她不好。

"到我家吧。"瑞琳对她说,"我得想想我们晚餐吃什么。今天有个客人取消预约,还有一个放我鸽子,所以我们没钱叫外卖。"

"噢,没关系。"葛蕾丝说。

"不知道家里有什么吃的。"

"那拉弗提先生带木板回来的时候呢?我们的钱够吗?"

"不知道。"瑞琳说,"我对三合板的价位没概念。"

但葛蕾丝看得出她越来越沮丧。

她们进了屋子,瑞琳去翻橱柜和冰箱。"看来不是吃麦片就是吃鸡蛋了。"她说。

"啊,没关系。"葛蕾丝说。

她又一次想到今天比平日更糟,但比利认为今天跟其他日子一样糟。然后她提醒自己木板的事,便觉得认定今天倒霉并不公平,因为不是天天都有人愿意出门为你买一块木板的好事。

"可以两个都吃吗?"葛蕾丝问。

"可以呀。"

瑞琳一副累得要死的样子。她将酥脆燕麦片和一盒快空了的牛奶放在葛蕾丝面前,自己打了几颗蛋到碗里搅拌,每个动作都仿佛没有半丝力气。

葛蕾丝倒出一大碗麦片,因为麦片很多,整整一盒呢,但她只加了一点点牛奶,因为她要留一些给瑞琳。

瑞琳站在炉台前,在她背后看着。

"你想多加一点儿牛奶吧?"

"那你怎么办?"

"我只吃炒蛋。不过谢谢你,那么贴心。"

"牛奶都给我吗?你确定?"

"我确定。"瑞琳说。

好一会儿后,她将两盘炒蛋端上桌并落座,葛蕾丝这才开口。

"有番茄酱吗?"葛蕾丝问。

瑞琳起身从冰箱取出一瓶给她。

"谢了。"葛蕾丝说,将番茄酱挤到炒蛋上。

而瑞琳说:"哇,你加这么多番茄酱啊!"

然后她们只顾着吃,静静地不说话。

大概十五分钟后她们用完晚餐,在瑞琳快要把餐具都擦干并收好时,她们听到一记敲门声。

葛蕾丝跑去开门,但外面没有人。她来到走廊,脚上仍然套着三双袜子。她左右看一看,只看到一大块三合板,非常大,比她高。木板靠在瑞琳家门边的墙壁上。

她转身要跑进屋里告诉瑞琳,却一头撞上她。

"哇,动作真快。"瑞琳说。

"但木板不会敲门。"葛蕾丝说。

"我想不是木板敲了门,应该是拉弗提先生敲完门就走了。"

"噢,对,这样比较合理。我刚刚在想什么呀?"

"我敢说你没在想。你明白这代表什么意思,对吧?"

葛蕾丝并不明白,但她从瑞琳的语气知道绝非好事。感觉上,那必然糟糕透顶。

"不知道。所以是什么意思?"

"这表示他为我们做了一件好事。这下我们得去跟他说一声谢谢。"

"噢,只要这样就行了吗?"

"我觉得这样已经够糟了。"

"不然我自己去?"

"不,我也去,去跟他说声谢谢不会要我的命。再说,我大概得付他买木板的钱。"

"万一你的钱不够呢?"

"船到桥头自然直。"

"好,"葛蕾丝说,"但我还是不懂这句话的意思。"

瑞琳没多说，只是锁上家门，牵起葛蕾丝的手，两人一起爬上楼梯。

瑞琳敲敲拉弗提先生的门。他照例皱着眉头来应门，不过这回他看到瑞琳，眉心继续深锁。他倚着门框，只是望着她，而且眼神不怎么愉悦。

"我们来道谢。"瑞琳说。

"我觉得她学踢踏舞很不错。"拉弗提先生说，"她需要活动筋骨。那是很不错的活动，很健康，不像这年头小孩子沉迷的那些垃圾。"

"踢踏舞的确很不错，"瑞琳说，"尤其动作那么快。"

"对！"葛蕾丝应声附和。

拉弗提先生瞪了瑞琳一会儿，脸色依然不太高兴，然后他说："我也会对人好的。"

瑞琳深深地吸了一口气才回答，仿佛她需要先数到十，然后她说："显然如此。我该给你多少钱？"

"假如我想拿回木板钱，就会用胶带把收据贴在上面，不会只放下木板就回家。我会到你家门口，交代你欠我的金额。"

他的口气不太开心，好像哪里出了差错，但葛蕾丝一头雾水，明明一切都很顺利呀。

"非常感谢。"瑞琳说，一副言尽于此的口吻。

葛蕾丝跟着说："对，真的很谢谢你。"

然后瑞琳拉起她的手，牵着她走下走廊，但还没到楼梯，拉弗提先生就对着她们嚷嚷。

他说："葛蕾丝有没有跟你说我对你们的看法？她有没有告诉你，我说你们只是让她妈妈可以放心嗑药？"

瑞琳当场停步，而葛蕾丝继续走到瑞琳手臂伸长的极限，然后被反拉回来。瑞琳回头看着拉弗提先生，静默不语。

一秒后，瑞琳说："我听说过了，对。"

"你是不是哄骗她，说我错了？"

又一次漫长的静默。葛蕾丝紧张起来，她一直纳闷瑞琳怎么不快点开口。她平时回答都很快的呀。

在沉默了很久之后,瑞琳说:"没有。"

接着她牵起葛蕾丝的手,两人便下楼了。

葛蕾丝敲敲比利的门,说:"是我,葛蕾丝。"省得他紧张。

他开了门,是真的打开,安全链都解开了,因为来的只是葛蕾丝。呃,是葛蕾丝跟站在她背后的瑞琳,但以比利的标准来说无妨。至少这阵子是如此。

当他看到木板,眼睛瞪得好大。

"原来你们刚才在外面是在讲这件事。"

"来帮忙搬木板,好吗?"

比利眼神一变,变得晦暗一些,眯得比较小。

"我懂,我懂。"葛蕾丝说,"木板在走廊,但只要帮个小忙,一分钟就能搞定了。"

比利抬头看瑞琳。

"我会抓这一边。"瑞琳说,"如果你出来一下,抓另一边,只要几秒就能搬进去。"

比利站着,呼吸,拼命呼吸,活像他人在毯子底下吸不到充足的空气。他数到三,大声数。"好。"他说,"一、二、三!"

他说出"三"的时候,同时跳进走廊,抓住木板的另一边,随即带着木板往屋里跑,快到瑞琳跟不上,差点要摔跤。

"关门!葛蕾丝!关门!"他在大家都进屋后说。

她听命行事。

"原来今天还是可以跳舞的嘛!"她说。其实,是放声大叫。

"啊,不好吧。时间很晚了。"

"才怪!才六点半而已。"

"但我只从三点半照顾你到五点半。"

"那又怎样？我今天来得比较晚。"

"但我习惯的时段是三点半到五点半。"

他们站着面面相觑了一会儿。葛蕾丝明白比利的意思，她是在要求他打破惯例，做不同的事，而他不擅长此道，只要碰到他不擅长的事，跟他争辩似乎是白费力气。

葛蕾丝望着比利。比利望着葛蕾丝，然后视线向上移向瑞琳，再回到葛蕾丝身上。

"哎呀，葛蕾丝，"他说，"别一副丧气样。"

"我忍不住。"她说。

"好，好，好，"他说，"跳就跳。"

第2章

## 比利

比利睡了。幸福、无梦的深眠，没有窸窣的翅膀拍动的声音。

蓦然间，他毫无征兆地站起来，瞬间清醒，拼命喘气：心脏怦怦跳，纳闷是否真有枪声，或者那只是梦境的一部分。

"但我们没有做梦。"他发出声音。

尽管如此，如果夜里遇上莫名其妙的怪事，你多半正在梦境中，不论你是否认为自己在做梦。

就在几个月前，这条街上确实发生过一起飞车枪击事件，十发子弹穿过这栋公寓再射进第二栋公寓的一楼窗户内，幸好没闹出人命。但杰克·拉弗提在凌晨两点跑遍整栋公寓，用力捶每一户的门，确认大家平安无事。他肩上还扛着猎枪。比利从猫眼看到了那把枪，因此拒绝开门。

但这一记枪声……若说哪里不同，就是听起来比飞车枪击事件更响亮。

"大概是我们梦到的吧。"比利说。

毕竟，这一回杰克·拉弗提没有演保罗·瑞维尔[①]那一出夜间报信的戏码。因此必然是梦。

---

[①] 保罗·瑞维尔（Paul Revere），美国爱国志士，于1775年4月19日莱辛顿和康科德战役前一夜，向美国民兵通报英军即将来袭的消息。

只不过,就在这时,有人来敲门了。

"听起来不太像杰克·拉弗提的敲法。"比利出声说,"这比瑞琳·强森敲的声音大一些,但比杰克·拉弗提的小。"

他打开卧房的灯,看了看钟,发现还不到十点半。

"比利,你还好吗?"他听到葛蕾丝在门外喊。

他连忙走到门口,开了门。

瑞琳站在走廊上,将葛蕾丝抱在怀里,小女孩一脸又困又受惊的神情。嗯,她们俩都是。大概他们三人都是,但没有镜子——他一面镜子都没有——所以,比利只能猜测自己的模样。

"那是怎么回事?"瑞琳问,"你还好吗?"

"会不会是飞车枪击事件?"

"天知道。我想拉弗提应该早就带着猎枪下来了吧。"

而比利笑了,只是微微一笑,他实在忍不住。

"这不好笑。"葛蕾丝说,仍旧抱住瑞琳,双腿圈着她的腰,头靠在她的肩膀上,"这很恐怖。"

"对不起,你说得对。你们要不要进来坐?"

"不了。"葛蕾丝说,"我们得去找妈妈,还有菲力派、拉弗提先生、海曼太太,看大家是不是平安。噢,等等……看!菲力派在那里。"

比利抬起头,看到菲力派在阶梯上停下脚步,看来很庆幸大家安然无恙,而且都在一起。

"菲力派,"葛蕾丝嚷起来,"你能不能去看看拉弗提先生和海曼太太?"

菲力派掉了头,小跑地回到楼上。

"我们去拿你的钥匙,"瑞琳对葛蕾丝说,"然后去找你妈妈。"

"我自己去。"葛蕾丝扭着要挣脱瑞琳的拥抱,"她是我妈妈,我去找她。"

瑞琳放下葛蕾丝,让她赤足站在走廊的木地板上,她冻得两脚轮流跳跃。

"真的不用我陪你吗？"瑞琳问她。

"真的。"

"去拿你的钥匙吧。"

可是葛蕾丝直接往地下室公寓前进，谨慎地踏出一两步后，她从睡衣里面掏出钥匙，举起来给他们看——钥匙，仍用一条细绳挂在她脖子上。

"谁知道她会戴着那东西睡觉？"瑞琳问比利，比利只是耸肩摇头。

比利仍然站在敞开的门扉内，不愿踏出一步——这是当然的。而且，他也不太愿意在就寝时间后邀请任何人进屋。其实，他还不算太清醒。

"我应该陪她去。"瑞琳说，"万一她妈——"

"拜托你，"比利插嘴，打断她，"连说都别说。那种事根本想都不要想。"

"抱歉。"

"你家地板上那个是什么？"

比利指着瑞琳家敞开的门，一个信封挨着门槛摆放，在磨得绽线又发黑的地毯上更显得白惨惨的。

"咦？"她说，"不知道，之前我没注意。"

她回去拾起信封，边拆边走回比利家门口。可是走廊光线不够，无法辨识里面那张小方卡上印了什么，只看得出颜色颇为缤纷，内容似乎不是手写的，比较像某种广告。

"你还是进来好了。"比利说。

他把客厅的三盏灯全部打开。

就在这时，菲力派和葛蕾丝都回来了。

葛蕾丝蹦蹦跳跳着进屋，嚷着："她没事！她嗑药了，无法完全叫醒她，但她没有中枪，因为她还会跟我发牢骚。太好了。"

比利抬起头,看到菲力派在敞开的门口前踌躇。他和菲力派只隔着玻璃看过,比利觉得菲力派应该没见过他。他们以陌生人之间常有的试探目光互相打量。

"我可以进去吗?"菲力派问。

"噢,可以。请进。"

但菲力派来到比利的客厅,才走一两步又停下。

"海曼太太没事。"菲力派说,"她有点受惊。拉弗提不肯应门,八成是因为我报出了自己的名字。"

"他应该回应你了吧?"瑞琳问,"我是说,你听到他人好好的吧?"

"没有。他要么不在,要么是假装没听到。"

"那是什么?"葛蕾丝问,指着瑞琳手上的信封。在这场风波引发的恐惧和困惑之下,她的声音拉高到近乎嘶叫。

"是一张礼券。"瑞琳说,仿佛说出口时才意识到那是什么,"是一张七十五美元的礼券,可以在一家叫舞者世界的店消费,而且指名给你。"

"给我的?"

"葛蕾丝·艾琳·佛格森,这是你的名字,没错吧?"

葛蕾丝尖叫起来,蹦蹦跳跳,跳了十下、十五下、二十下。她高声大喊:"我可以买舞鞋了,我可以买舞鞋了!"然后她停下来,忧愁地看着比利,"七十五美元能买到舞鞋吗?"

"应该能买到不错的。"比利说。

葛蕾丝一听又蹦跳起来:"以前都没人送过我这么棒的礼物!告诉我是谁送的,好吗?我要知道是谁送的,才可以去亲吻拥抱那个人一辈子!现在就告诉我可以吗?拜托!"

比利看着瑞琳,瑞琳摇头。然后瑞琳望向菲力派,他也摇头否定。

"我们不知道。"比利说,"有人把礼券塞到瑞琳家的门缝里。"

"也许是你妈。"瑞琳说,"对,一定是你妈。"

"应该不是她。"葛蕾丝说。礼券之谜必然陷进她心里,因为她不再蹦跳尖叫,浮现着若有所思的神情,"她连我在学踢踏舞都不知道。"

"那还有谁知道?"

"没人,只有你们。噢,对了,我跟我们老师讲过。但如果老师要送我买舞鞋的礼券,应该会在学校给我才对,不是吗?再说,我只跟她说我在学踢踏舞,她应该以为我已经有舞鞋了,因为我没跟她说我得买一双舞鞋。只有你们知道。啊,对了,还有拉弗提先生。我去请他买木板的时候跟他说过。"

"嗯。"瑞琳说。

"好了,既然大家都没事,"菲力派说,"我就回去了。如果这是飞车枪击案,待会儿就会听到警笛声。"

"晚安,菲力派。"葛蕾丝嚷嚷道。他走了以后,葛蕾丝的嗓门只收敛了一点点,"我去问拉弗提先生是不是他送的。如果他说是,我就跟他说声谢谢。"

"十点半了,"瑞琳说,"要去敲他家的门有点晚了。况且,菲力派刚才说他不在。"

"说不定他是不想理菲力派,才不肯应门,而且假如他在家,他一定没睡,因为刚刚有人开枪。"

"好吧,你去试试,"瑞琳说,"但问完了要赶紧回来。"

"好。"葛蕾丝说,一溜烟跑了。

她一走,瑞琳就换上只在成年人面前流露的表情,比利的神情跟她差不多。

"你怎么看这件事?"

"不知道。"他说。

"你想拉弗提真的会大发慈悲吗?"

"也许,说不定呢。葛蕾丝找他帮忙买舞池的木板,他不到一小时就买回来了。也许他就是讨厌大人,喜欢小孩。有的人只容得下小孩或小狗,这种人也是存在的。"

"你想这两件事该不会有关联吧?"她问道,举起礼券。

"哪两件事?"

就在这时,葛蕾丝蹦蹦跳跳地又回到楼下。

"他一定不在。"她说,"因为我清清楚楚地说了是我在敲门。"

"好了,"瑞琳说,"我们回去休息了,继续睡觉。"

"你开玩笑吧?我满脑子想着舞鞋,哪里睡得着!"

葛蕾丝叹了口气,无精打采地走回瑞琳家。

瑞琳又抬头看比利。

"没有警笛。"她说。

"就是啊。在我们这个区,警察没在几分钟内赶来,就可能拖到几百分钟之后,甚至要一直拖到早上才来。说不定连警方都不想在晚上到这里来。如果他们想等安全一点儿的时间再来调查,我也不会觉得奇怪。"

瑞琳"哼"了一声:"而我们全都习惯这种狗屁倒灶了,要是没人中枪,搞不好没人会报警。我要回去睡了。"

"你本来想问什么?关于两件事的关联。"

"噢,算了。只是一个夸张的想法。"

"你知道吗?我觉得有一件很耐人寻味的事。"他问她。

"不知道,是哪件事?"

"我想到几个月前的飞车枪击案,拉弗提在走廊跑来跑去,确认每个人的安危,就像……就像他需要掌控大局才行。"

"哪是什么'好像'?"瑞琳说,"他就是喜欢大权在握的快感,如此而已。"

"但不只是那样,那时没人去查看其他人的安危。我们都待在自己家。"

"那时我们谁都不认识谁,状况不一样。"

葛蕾丝又回到走廊对面,满脸不耐烦地站在瑞琳家敞开的门外。

"你要回来了吗?"她问。

然后她翻个白眼,又进屋了。

"我在想那正是差别所在。"

瑞琳只淡淡一笑,默默地自行离去,比利随后锁上门。

他走回卧室,挨着床沿坐下。

"这下子我们别想睡着了。"他说。

但他并没有完全料到,虽然大致上是没错。

在曙光降临之后,大概有二十分钟,他脑袋还迷迷糊糊,差点被翅膀拍动的气流刮走。然后一声突如其来的刺耳响声,驱逐了翅膀,瞬间烟消云散。

他睁开眼睛,对亮光眨眨眼。

"先别说,让我猜猜。"他轻轻说,"有人在敲门。"

第二次敲门声。

"我想回到以前的生活。"他说。

葛蕾丝的声音从门外传来。

"比利,是我,我是葛蕾丝。如果你还在睡觉就不用起床,我只是来跟你说一声,我今天要很晚才来,因为菲力派要带我去瑞琳的沙龙,等瑞琳下班后,她要带我搭公交车到舞者世界买舞鞋。"

"好。"比利嚷道,"我早料到了。"

"真希望你可以一起去,这样我才能知道是不是买到最棒的鞋。"

"你没问题的。只管相信店员大哥哥,跟他说你有多少钱,他会帮忙的。"

"假如店员是女生呢?"

比利叹了口气:"店员大姐姐一样可以信赖。"

现在门外传来瑞琳的声音。

"只是跟你说一声,我来确认你听到她的通知,比利。"

"谢谢你。"他说。

"继续睡吧。"

"好。"他说。

但他当然睡不着了。

"瞧瞧我的鞋。"葛蕾丝蹦蹦跳跳,一进门就说,"这双鞋应该很不错,但我真心希望你也觉得很棒。舞鞋店的人说这双鞋非常棒,他是说以这个价钱来说非常棒。这双鞋在打折,本来要一百多,所以一定是好鞋,对吧?因为我根本没那么多钱,是现在打折才买得起。"比利来不及接腔,她又说,"我有点担心拉弗提先生。他昨天晚上不在,我今天上学前他也不在,我刚刚去敲门,他还是不在。他怎么会出去这么久?你想他会跑哪儿去?"

"这样啊。"比利说。

他们陷入沉默,比利忖度起几个模糊的念头,其实那些念头一直都在,只是他还没思考过任何一个。

"比利,"她说,"醒一醒。我问了你这么多事,你一个都没回答。"

"抱歉,"他说,"我只是在想事情。"

"你在想什么?"

"没什么,"他说,"其实没什么。"

"喂,想不到你是大骗子!"

"好啦,"他说,"对不起,我有点担心拉弗提先生。"

"但你根本不喜欢他。"

"确实如此。我相信他没事的。"比利说,但其实他一点儿都不确定,"让我看看你的鞋。"

"你猜礼券是谁送我的?"

"你打听到啦?"

"对。猜猜看。"

"猜不到，说吧。"

"是拉弗提先生！"

"但你说你还没见到他。"

"对，是没有。"

"那你怎么知道的？"

"舞鞋店的人说的。你说得对，店员是男的。你说我会在店里遇到值得信任的大哥哥，果然没错。总之，卖礼券给拉弗提先生的人就是他。他昨天才卖给他的。他没讲拉弗提先生的名字，但他说买的人是男的，有点年纪，但不是真的很老，他还说那人脾气很坏又很无礼。"

"对，拉弗提先生就是那样的人。"比利说。

"闭上眼睛，我拿给你看。"

比利闭目时，他的心轻轻飘向前一夜。他听到瑞琳问："你想这两件事该不会有关联吧？"现在他明白她的意思了。她是在说礼券和枪声。也许一部分的他在那个当下就了然于心了。

他闻到簇新的皮革味，就在他面前。

"好了，睁开眼睛！"

他睁开眼，心瞬间融化了。

"是黑色的。"葛蕾丝说，仿佛他是瞎子，"你觉得黑色好吗？"

"黑色很沉稳，百搭。"

"那个人也这么说，他说鞋子有强壮鞋头。"

"强壮？"

"是一个差不多的词。"

"强化吗？"

"有可能。他说这样比较……我忘了，反正这样很好。"

"坚固？"

"对，应该是。他说还可以改变声音——你知道的，就是大小"

声——我不知道那要怎么弄，不过也许你可以教我。还有别的款式，有蝴蝶结的，有粗鞋带的，但你的是细鞋带的，所以我觉得应该买细鞋带的；而且，那些款式没有打折，跟我付的钱比起来不太划算。你喜欢我的鞋吗？"

"很喜欢。"

他又深深吸气，让新鞋的芬芳充满鼻腔和肺部。他有一丝丝晕眩，陶陶然的那种晕，融化的那种晕。

今天我们有新发现呢，他心想，但没有说出口。原来一个人的第一双踢踏舞鞋总是洋溢着魔力，即使那不是我们的第一双。

他一抬头，看到瑞琳站在门口。

"也许我们应该联络房东，"比利对瑞琳说，"请他确认一下……状况。"

"对，"瑞琳说，"我也有点担心现在的状况。"

## 葛蕾丝

葛蕾丝再次上楼找拉弗提先生时，走廊上出现了一个她不认识的男人。他高高胖胖，穿着一身工作服，叼着一根雪茄，却没点燃。谢天谢地，葛蕾丝心想，因为她最痛恨雪茄点燃的气味。那人在和菲力派说话，菲力派从自己家打开的门里探出身。

葛蕾丝穿越走廊，听到他跟菲力派的部分谈话。

"……可能连地板都得整个换掉，说不定只要切除一部分地板再补回去，反正一定得放一块新地毯上去，所以地板是什么样子其实不重要。有一面墙必须找专业清理，重新粉刷。"

"嘿。"葛蕾丝说，在距离男人两步远的地方站定。

"噢，你好啊，小姑娘。"他说。

嗯，听来怪怪的，葛蕾丝心想。

"你是谁？"她问。

"我是这栋公寓的维护员。"他说，总之这话莫名其妙。

菲力派很了解她，知道她需要解说，说道："卡斯柏是负责维修这栋公寓的人，东西坏掉时，房东就派他来修。"

葛蕾丝眯起眼睛，抬头看卡斯柏："那我怎么一次都没看你来过？"

卡斯柏进出粗鲁的大声嗤笑，说："大概是没东西要修吧。"

"开什么玩笑？这里每样东西都该修。"

卡斯柏停止了笑。就在这一刻，葛蕾丝瞥见拉弗提先生家的门开了一条缝。

"他在呢！拉弗提先生总算在家了！我得去跟他说谢谢。"

一瞬间，她发现菲力派抓住她，让她双脚悬在半空中，离地将近半米。

"不行。"菲力派只这么说。

"拦住她。"卡斯柏说，尽管菲力派已经抓住她了，"别让她进去。天哪！她会做一个月的噩梦，而且这根本就不卫生，有害人体健康。得用大把钞票请专业生化清洁公司来清理才行。房东一定会很不爽的。"

葛蕾丝在菲力派怀里稍微放松了身体。

"为什么我不能进去？"葛蕾丝在他耳际低语。

"因为拉弗提先生走了。"菲力派说。

"你的意思是他死了？"

"对。"

"噢。"

说时迟那时快，瑞琳洪亮的喊声飘上来，她在喊葛蕾丝，因为葛蕾丝没交代去向。

"葛蕾丝？亲爱的，你在哪儿？"

"太好了，你快上来把小孩带走。"卡斯柏嚷回去，吓了葛蕾丝一跳，"这里没她的事，带她回楼下。"

葛蕾丝抬起头，看到瑞琳站在走廊的尾端，满脸尴尬。

"啊，"卡斯柏说，"我还以为你是她母亲。"

瑞琳闻言似乎不太高兴，没有应声。她只是大步穿过走廊，从菲力派怀里抱起葛蕾丝，紧搂着她。

"你想得没错。"卡斯柏说，"你知道的……就是拉弗提的……情况。谢谢你打电话来通报。你也知道，要是过一个星期都没人察觉，处理起来会比现在更麻烦。光是现在就够伤脑筋了，很难想象到时会是什么样子。"

"好了,葛蕾丝。"瑞琳说,"我们现在回楼下。"

"原来你知道。"葛蕾丝说。

她坐在瑞琳的厨房桌子前,喝着牛奶,不时看天花板一眼。

"不,"瑞琳说,"我并不知道,我只是怀疑,两者不一样。"

"但你没跟我说。"

"因为我怀疑的情况未必符合事实,那我就会害你白白伤心。"

"嗯,我现在真的很难过。"葛蕾丝说。

"我知道你不好受,亲爱的,我知道。我们大家都是。"

"你一点儿都不喜欢他。"

"是,没错。但我也不希望他出那种事。"

"他为什么那样做?"

"不知道。我跟他真的不熟。"

"你觉得呢?"

瑞琳叹息:"我猜他不快乐。如果一个人凶巴巴的,通常代表他不快乐。"

"他对我不凶。"葛蕾丝说。

瑞琳没再回应她,或许也用不着。真相就是那样,而且不管谁来解释给她听都太迟了,就连对这些大人来说,也是为时已晚。

"他对我很好,足足三次哦,而且全都是最近几天的事。所以这样算很多次,对吧?"

似乎迷失在思绪中的瑞琳猛然回了一下神,但只一点点,就像打盹时被什么惊醒一样。

"三次?"她问。

葛蕾丝的心思已经向前迈进:"我们得开个会。"

"谁呀?"

"我们全部。你、我、比利,还有菲力派。"

"什么会议?要讨论什么?"

"所以才要开会嘛。"葛蕾丝说,"开会就是为了告诉大家要讨论什么。我去找菲力派。"

她往门口跑,但瑞琳在她背后喊:"别上去,葛蕾丝。从楼梯下叫他就好。"

"好啦,好啦,我知道。"葛蕾丝有些不耐烦地说。瑞琳居然以为她还不懂这种事。

"慢着,"瑞琳说,"先别去。你说拉弗提先生为你做了三件好事,但我只知道两件。"

葛蕾丝深深叹一口气,心想:这哪里还用得着说明。

"舞池。"她说,竖起一根手指,"舞鞋。"她说,竖起第二根。"还有,我们帮助妈妈的方法不对,也是他告诉我的,所以是三件好事。我可以去找菲力派了吗?"

但葛蕾丝根本没等瑞琳回应就跑到楼梯底下,嗓门大到无人能及——至少,她认识的人都比不上。多数时候,葛蕾丝必须努力克制她洪亮的声音,并为此感到羞赧,但偶尔碰上需要大嗓门的情况,就是葛蕾丝一显身手的时候了。

"菲力派!下来一下好吗?我们要开会!"

然后她跑去敲比利的门,同时说:"是我,葛蕾丝。"

他立刻应门,安全链也解开了。

"拉弗提先生的事你听说了吗?"她问他。

而他说:"没有,但我就担心他会出事。"

"你也是?怎么都没人跟我说?"

"因为我们不确定,只是担心而已。"

"是哦,瑞琳也这么说。算了,我们要开会。"

"我知道。"

"你从哪儿听说的?"

"葛蕾丝,以你刚刚宣告的音量,外面路上的行人都知道了。吓死

— 107

人了,开车路过的人大概也听到了。大家要在我家开会吗?都不用先跟我商量一声吗?"

"不知道。你想在哪儿开会都行。慢着,对哦,我都忘了。"瑞琳从走廊对面说。

"是的,你忘了。你想在哪里开就在哪里开,但如果要在下共襄盛举,选择很有限。"

葛蕾丝说:"什么跟什么呀?"

这会儿瑞琳已走到葛蕾丝的背后,说:"他是说如果要他参加,就只能在他家开会。"

"那还用说,你一定要和我们开会。"

"那我家就是拍板定案的地点。"他说。葛蕾丝翻了个白眼,于是他补充道,"意思是不来我家,开会就免谈。"

"好。这个我刚才听瑞琳讲就懂啦。"

这时菲力派也到了,比利只得将门敞得更开,让众人进屋,几乎是所有人。葛蕾丝正要进门之际,一转头看到海曼太太站在走廊上,站在几步之遥外打量他们。

葛蕾丝说:"嘿,海曼太太。"伸手就要关门。

但海曼太太说:"等一下,大家要开什么会?"

"没有啦。你不用参加,海曼太太。这是我们的会议,只有我们。你知道的,就是照顾我的人。"

"这些人都照顾你?"海曼太太问道,凑近一两步,向门内窥看。

"对!除了你以外的每个人。"

然后葛蕾丝关了门。但关门时,她瞥见海曼太太略微难过的神情。但她抽不出时间多想,至少在那当下不行,因为这是重要的会议。

比利挨着沙发边缘坐,屁股看来随时会滑落到地毯上。菲力派站在离门不远处,手臂交叉在胸前。只有瑞琳稍微自在一点儿,盘着腿坐在比利那张有扶手的大椅上,但也是一脸好奇。

"好。"葛蕾丝说,站在客厅中央,觉得自己像个独当一面的成年人,"这是我们集合的原因。我们要开会讨论怎样做才……不会……啊,糟糕……我现在想不起那个词。拉弗提先生怎么说的?关于我们是如何对待我妈的?"

"纵容。"比利说。

"没错!我们要讨论怎么做才不会继续纵容妈妈,不然她不会好起来。而我需要妈妈好起来。不要误会,你们对我好到没话说,但再怎么样,她都是我妈妈。"

比利、瑞琳、菲力派面面相觑,每个人都望着其他的人。

"我不知道。"瑞琳说,"我是指,我们能怎么办?"

"唉,不然你以为我们开会干吗?"葛蕾丝说,无意掩饰她的恼怒。

"我想,"比利说,"瑞琳的意思是或许我们无能为力。"

众人陷入漫长而痛苦的沉默,但在一片静默中,葛蕾丝认定自己一定要更用心思考,毕竟,那可是她的妈妈呀。

"但拉弗提先生说,只有到她快要保不住我的时候,她才会振作。"

瑞琳变了脸色,露出骇然的神情,活像她刚看到一只毛茸茸的大怪物站在葛蕾丝背后,牙齿和爪子统统露了出来。

"老天!葛蕾丝。"她说,"你不能打那个主意。你不知道被政府带走的小孩会过怎样的生活。"

"不是啦,我当然不要那样。"葛蕾丝说,尽管这是真心话,但话说出口的时候,她并不是真的知道自己在说什么,"但我们就不能把我从她身边带走吗?"

众人又鸦雀无声。

比利说:"我们不太确定你的意思。"

"我们干吗不干脆告诉她,除非她不再嗑药,否则她这辈子都别想见到我?"

又是沉默,这回掺杂了一次清嗓子的声音跟几声不自在的叹息。

"你的计划可能有几个漏洞。"瑞琳说。

"比如?"

"比如她现在每天见到你的时间就一小时左右,所以你的办法大概不足以给她洗心革面的动力,而且更要紧的是,警方可能会认为那是绑架。"

"我不能坐牢。"比利说,"绝对不行,免谈。"

"而且我被关起来的概率,比你们两个加起来还要高。"菲力派补上一句。

"是哦,警方还爱死我的肤色呢。"瑞琳立刻还以颜色。

"各位!你们能不能先听我说?这是我的想法,不是你们的。你们没有抢走我,是我妈妈不管我,你们才照顾我的。她不会报警的,不然警察会知道她嗑药。她要是想报警,就得先戒掉药瘾,把她嗑的药物丢光,如果她成功了,就不用报警了,因为我就会回家啦。"

"嗯。"瑞琳说。

"万一她不管三七二十一呢?"比利问,"万一她不按常理出牌呢?"

"那样的话,警察会问我,是这些人不让你回到妈妈身边吗?我会说,没有啊,没那回事,只是我不想跟嗑药嗑到什么都不知道的妈妈在一起,而现在她随时都嗑得昏头昏脑,说真的,这是事实,你们也都知道的。我只会说我跑去问你们能不能让我待在你们家,你们说只可以待一阵子,等我妈状况好一点儿就得回家,而这不犯法,对吧?"

"我觉得这样不好。"比利说,啃起中指的指甲。

"我有同感。"菲力派说。

但瑞琳说:"我觉得这一招挺不错的。我愿意冒这个险。就政府所知,我是她的保姆。我看,你们两个完全不用卷进来。我愿意下楼跟葛蕾丝的妈妈说她有三个选择:一、让政府带走葛蕾丝。二、让我们接管她。三、她振作起来。虽然她没资格报警,但万一她报警了,我就说葛蕾丝不肯回家,所以我让她待在我家,而葛蕾丝会替我做证。"

"哇,"比利说,"我以前从没有参加过绑架计划。"

"这不是绑架。"葛蕾丝说,音量大得过火,"是我的点子!"

"好了,够了!"瑞琳呵斥道,"我们讨论得够多了。我现在就去。"

她昂首阔步地出门。

葛蕾丝跟比利坐在沙发上,比利啃起拇指的指甲,她啪的一下打在他的手腕上。

"噢!"他说。

"不要咬指甲!"

"会痛。"

"我打那一下不会比你自己啃得更痛。"

他们听到从葛蕾丝家传来的敲门声,两人便静下来。

没人应门。

敲门声又来了,这回比较响亮。

依然没得到回应。

"太好了。"比利说,"她的独生女被绑架了,她却根本不知道。"

葛蕾丝捶了他手臂一拳,但力道一点儿都不大,并且说:"她会发现的,比利。她每天都会醒来一下。嗯,通常情况下。"

这时,面露疲惫的瑞琳回到比利家,说:"得改天再试了,一定要跟她见到面才行。"

散会后,葛蕾丝去顶楼公寓看海曼太太,因为她心里仍有个疙瘩,认为海曼太太会伤心或被冷落或两者皆有。

她敲敲门,说:"是我,海曼太太,我是葛蕾丝。"

她学会了必须这样对待这栋公寓的每一位住户,因为他们差不多时时刻刻对任何人、任何事都感到害怕。葛蕾丝纳闷,是只有这栋公寓这样,还是全世界每一栋建筑里的每一位大人都是这样,但她只住过这一栋,实在没办法一探究竟。

"来了,亲爱的。等我一下。"

海曼太太总是得耗上大半天,才能解开全部的门锁。

她好不容易把锁统统打开,门当然也就开了,但是她仍旧一副担忧的样子,仿佛葛蕾丝会带着大批流氓混混来找她。

"可以让我进去吗?"

"嗯,当然可以,亲爱的。"

葛蕾丝走进海曼太太的客厅,看着她重新锁上每一道锁。

"你听说拉弗提先生的事了没?"

海曼太太点点头,咂舌发出不赞许的声音,有点类似"啧"。

"真是悲剧,真是遗憾,才五十六岁。他没有人可以依靠,半个都没有,连他长大成人的儿女都不跟他讲话。当然,不管是谁,总是会替无依无靠的人难过,但通常事出必有因。没人跟拉弗提先生讲话是有原因的。"

"我会跟他讲话。"

"那很好。我很高兴你跟他讲话。我很高兴在他过世之前,还有人跟他打交道。而我呢,我也无依无靠,但这实在不是我的错。我只是一路活到八十九岁,老公跟朋友走得不剩半个,我却还活着。"

海曼太太全都锁好,才蹒跚地走到厨房,说:"要不要喝杯果汁?我家没汽水。"

"没关系,我也不能喝汽水。"

其实她本来想说:"没关系,我不能待太久。"但她不忍心说出口。因为海曼太太无依无靠,与拉弗提先生同病相怜,然而这完全不是她的错,因为她一点儿都不凶。跟拉弗提先生相比,她并不凶。话说回来,跟拉弗提先生相比,谁都不算凶。

"那样的话,就喝杯苹果汁吧,如何?"

"嗯,好啊。"葛蕾丝说着,在厨房桌子前坐下,"刚才我们开会,好像让你觉得被冷落了,所以我来道歉。我只是没料到你会想一起开会,因为你不是帮忙照顾我的人。我不是说你不能像他们那样照顾我,如果你愿意也可以,只是你之前说不肯的。"

"这不是我肯不肯的问题。"海曼太太说,将一杯果汁放在葛蕾丝面前的桌上,"而是我觉得自己做不来。不过我在想……咦,我放哪儿去了?你等我一下,我先去找那本小目录,再跟你说我的想法。"

葛蕾丝啜一小口果汁,很讶异竟如此美味:"哇,我从没喝过苹果汁,真好喝。"

"你随时都可以来喝果汁。"海曼太太说,"噢,找到了。我拿给你看,我有一台老古董的缝纫机。很多年没拿出来了,从我先生过世以后就没摸过。不过以前我可是个高手。"

她来到桌前,坐在葛蕾丝对面。

葛蕾丝问:"你都用缝纫机做什么?"

"衣服。我以前给自己做衣服,还有马弗的衣服。来,你看看板型。"

"什么是板型?"葛蕾丝问,看着书中的图样,但不明白该怎么想眼前的东西。书上都是衣服的图画,多数是女装。

"板型是帮助自己裁剪衣服的模型。先裁出纸型,用大头钉固定在布料上,然后就知道哪里要裁开、哪里要缝合、哪里要缝褶子和装拉链。"

"这样啊,好,要我看这个干吗?"

"我只是想也许你看一看,挑几件洋装,然后我掸掉缝纫机的灰尘,给你做几件衣裳。"

"噢,我懂了。"葛蕾丝说,"这样你就不会再觉得被晾在一边了。"

海曼太太面红耳赤,似乎慌乱起来。

"我不过是觉得你可能没有很多好看的衣服,而且你发育得很快,对于这样的你来说,要是有几件漂亮衣服应该不错,就是这样。我是想帮你,不是帮我自己啊。"

"我可以自己挑洋装?"

"没错。"

"裤子呢?"

"我会做裤子。"

"那配牛仔裤的上衣呢?因为我最常穿牛仔裤。"

"目录里有各式各样的衣服。"海曼太太说,"全都看一看吧,如何?"

于是葛蕾丝待到喝完那杯苹果汁,又续了一杯半,并且挑了几件新衣裳。

"你一定猜不到的。"葛蕾丝一到楼梯底下,就朝站在走廊的瑞琳大嚷。

然后她看到了那位女士。她穿着窄裙套装,像职场女性,跟葛蕾丝住的公寓格格不入。

葛蕾丝僵在原地。

瑞琳说:"葛蕾丝,这位是凯兹女士。她是社工,她来看看你有没有被好好照顾。"

"星期六来?"葛蕾丝说,因为她想不出别的话。

"是啊,我们会在星期六访查。"凯兹女士说,笑容看起来并不真诚,"你的保姆说你去找住在顶楼的老太太聊天了。"

葛蕾丝走近两步,因为感觉上很安全,而且她猜想应该这么做。

"对。我去找海曼太太,我担心她觉得被冷落,就去看看她。她无依无靠,而那一点儿都不是她的错,只是她八十九岁了,活得比她认识的人都久。"

"你真贴心。"凯兹女士说。

"而且你知道吗?她会缝纫!她让我看一本衣服板型的书,各种款式随我挑哦,我选了几件,她要帮我做衣服。她心地很好,对吧?"

"的确。"凯兹女士说,"你运气真好,有一群好邻居。"

"嘿，是最棒的邻居啊！比利在教我踢踏舞，菲力派在教我西班牙语，拉弗提先生帮我买了做舞池的木板和新的踢踏舞鞋——但是他后来过世了。瑞琳让我剪了这个漂亮的发型，还有，你看我的指甲。"她举起双手给凯兹女士看，"啊，讨厌，已经掉了一片。"

"我可以帮你补。"瑞琳说。

"发型很好看。"凯兹女士说，"这么说，你过得很好？"

"还不错。"葛蕾丝说，有点担心万一说错话会有何下场。

"太好了。"凯兹女士说，"我会不时来看你，确认你一直得到良好的照顾。"

"什么时候？"

"不定时来一趟。"

"噢。"葛蕾丝说。

她想说："不行，不要来。"但她很清楚这不恰当。

幸好后来凯兹女士告辞了，否则葛蕾丝真的会说出口。瑞琳呼出一口气，像一小时没换过气似的，可见她也有同感。

比利家的门开了一条缝，他往外窥探。

"没事了。"瑞琳说，"她走了。"

"幸好葛蕾丝不是真的有麻烦。"比利说，"不然光等那女人来，她可能就等到疯了。"

"政府就是这样，每次不是做太少，就是做过头。"

葛蕾丝实在无法不注意到瑞琳的双手在发抖。葛蕾丝很确定其他时候没有，至少从瑞琳在她家接了那通电话之后就没有。可见没多少事能让瑞琳发抖，而她每次发抖，都跟政府有关。

她们回到瑞琳家，瑞琳打开电视，让葛蕾丝坐在电视前。不一会儿，葛蕾丝东张西望地找瑞琳，结果看到她瘫坐在厨房角落的地板上，哭了。

## 比利

周一,葛蕾丝脚上趿拉着舞鞋,垂头丧气地在老时间来他的公寓报到。他听着舞鞋踩在老旧硬木走廊上的清脆声响,也听着舞鞋踩在他家地毯上的闷响,不禁哀悼起他所失去的。

他以为她会直奔三合板舞池,不料她跟他一块坐在沙发上叹息。

"我想今天不应该跳舞。"她说。

"因为……"

"唉,比利。那还用说吗?有人过世了!"

"好。"他说,"我明白了。那你穿舞鞋干吗?"

"因为我很爱这双鞋。"

"噢。"

"比利?你看我以后能当舞者吗?"

"我觉得你现在就是了。"

"怎么说?"

"你在跳舞啊,不是吗?"

"我是说真正的舞者。"

"这么说,你觉得自己目前只是假装的舞者?"

"比利,别闹啦!你明明知道我的意思。"

她的语气不带半丝的打趣。他试着不放在心上,在内心的静默中——

笑置之。但其实他挨了一记闷棍，无法轻轻松松地从打击中走出来。

"是，我的确知道你的意思。所以我老实回答你，或许你可以，假如你愿意下十二万分苦功的话。我是说尽你该尽的那些努力，我猜你大概连世界上有那么多的努力都不知道。你不是天生的舞者，但还是有可能做到的。"

"什么是天生的舞者？"

"就是跳舞跟呼吸一样自然的人，他们的身体像专为跳舞而生。他们不像是在学舞，而是温习他们会的技能。但是另外一大群人，就只是一般人，他们得下很多苦功，但迟早也会成功。"

"你是天生的舞者，还是一般人？"

"天生的舞者。"

"嗯。"葛蕾丝说，"所以说，天生的舞者也不一定都会成功。"

"呜呜。"

"对不起。"

"但那是真话。很讨人厌，却是真话。制胜关键的十之八九就在于下苦功。有时候，苦功可取代天生的才能，但天生的才能几乎永远无法弥补后天的懒惰。"

"我听不懂什么十之八九，没关系，我知道你讲的话都怪怪的。但你不是懒惰，对吗？"

"对。"

"你是害怕。"

"我们聊别的吧。你有没有静下来想过，即使是这种时候，拉弗提先生可能还是希望你跳舞呢？或者说，尤其是在这种时候？"

"你这样想吗？"

"毕竟他送你踢踏舞的舞池和舞鞋。"

"没错。只是他刚去世了，我不知道自己还有没有心情跳舞。哎呀，你知道吗？算了，当我没说。我忘了我只是一般人，需要下苦功练习。"

她小心翼翼拖着脚走过地毯,到她的三合板踢踏舞池就位。她抬起一只脚,但还没来得及放下,便听到她的妈妈在走廊呼喊。

"葛蕾丝!你在哪里?葛蕾丝?"

他们面面相觑,愣在原地,有些害怕,两人早料到会有这一刻,也明白这一刻的意义。一旦葛蕾丝妈妈的头离开枕头,就得通知她的决定。他们就在等这一刻。

葛蕾丝以勉强算舞台低语的音量说:"我就说今天不适合跳舞嘛。"

"好了,我打电话给瑞琳了。"葛蕾丝从瑞琳家回来,并将瑞琳家的钥匙挂回脖子上。

"她要回来了吗?"

"快了,等她抽出时间就回来。现在在给倒数第二个美甲客人收尾。她说今天最后一位客人是她朋友,可以给对方改期,然后她就会立刻回来。"

叫喊声打断了他们的对话——是葛蕾丝的妈妈,这回她是在公寓前方的人行道上。

"葛蕾丝!你给我回家!"

比利竭力忽略叫喊,但这实在不容易。其实,那不过是装装样子,而且比利的演技已经大不如前。他瞥向葛蕾丝,看她是不是一样如坐针毡。她看起来快哭了。

葛蕾丝的妈妈又一次嘶吼:"葛蕾丝!"

比利在肚腹感受到此事引发的压力,仿佛葛蕾丝妈妈的声音从他的肚腹掏空他所有的活力,只留下静电一般的张力。那喊叫声似乎彻底消弭了他昔日的一切舒畅自在,尽管他的过去也不怎么样。

木已成舟,他心想。我们成了绑架犯。

他想到翅膀,宽大、覆盖着白色羽毛拍动的翅膀。老实说,他在等待翅膀出现。不如就让自己适应那些翅膀吧,他暗自想着。当夜幕降临,唯有翅膀陪我们。

"那个……你是怎么跟瑞琳说的?"比利细声提问,尽管葛蕾丝的妈妈距离他音量所及范围有十倍远,根本不可能听到。

"就说我妈妈……起床了……非常清醒……所以现在大概是跟她提那件事的好机会。"

"葛蕾丝!"

这回她妈妈的声音更刺耳、更骇人,不过她已经到了半条街之外。他们俩都吓了一跳。

"她现在慌了手脚。"比利说。

"听到她叫却不理她的感觉好奇怪,好像哪里不对劲。我觉得这样……"

比利按捺着性子等她说完,他问:"想不出该怎么说吗?"

"感觉不对。"她说,"我觉得这样不对。但我不想那样讲,因为我们开过会,我们认为这是对的。但……我们真的能确定这是正确的做法吗?我是说,万一我们做的事情不对呢?"

"我们说得准的只有一件事,"比利说,"就是我们之前做错了。这是我们一致同意的,连过世的拉弗提先生也站在我们这边,他几乎是每件事都跟人唱反调呢。所以,如果我们有点改变,好歹还有做对的机会。而且可以确定的是,如果不来个大改变,就不可能把事情做对。"

"对。"葛蕾丝说,"谢谢你提醒我。"

但她的语气没那么肯定,而且她还一脸打从心底焦虑的神情。

"你还好吗?"

"只是感觉怪怪的。你知道的,因为我们真的开始执行计划了。"

"事情就是这样的。"比利说。

大概过了二十分钟,瑞琳沿着人行道大步走来。

"她回来的时间破纪录得快。"比利对葛蕾丝说。

"你在说笑吧?我们等了好长一会儿。"

他们的肚皮贴在客厅的地毯上,肩并肩,从玻璃落地窗底部窥看。

"她走回来大概要花十五分钟。你根本不知道她回来得有多快。"

"感觉像过了一年。"

"是二十分钟。"比利说。

"真的吗?二十分钟?你怎么知道?"

"从这边看得到厨房的时钟。"

"怎么这个二十分钟比别的二十分钟长那么多?"

"这是千古以来的问题。"

"这么说你不知道答案?"

"可以这么说。"

"现在我连妈妈跑哪儿去了都不知道。瑞琳赶回来跟我妈妈谈判,我妈妈却在街角还是哪里找我,天知道她什么时候才会回来。"

她讲得活像是在发牢骚,语调却透出如释重负的轻松。

比利说:"你再看清楚一点儿。"

他讨厌直接揭穿她,却不得不说。况且,她马上就要目睹了。

她妈妈从人行道折回公寓,瑞琳则是从反方向过来,两人必定会在弯向公寓的人行道相遇。

"啊!"葛蕾丝用一只手猛力捂住嘴巴。

"今天说脏话大特价,把握机会。"

"你真是个大怪人,比利。"

然后两人默不作声,静观其变。

从局外看来没什么大不了的。瑞琳双手叉腰,一副轻松的模样,但比利知道才不是那么回事。葛蕾丝的妈妈足足矮了一个头,她鼓起胸膛,用尽人类的一切肢体语言让自己显得高大。她在两人对话时频频用手向后拨弄自己的长发。或许,是她紧张时的下意识动作。

两个女人站的地方刚好够远，从比利和葛蕾丝的藏身处完全看不到她们的面部表情。

"她气炸了。"葛蕾丝喃喃道。

"你妈妈？"

"不然还有谁？"

"那边有两个人。"

"是没错，不过她们哪一个会听到令她生气的消息？"

"你真的看得出她不高兴？还是一厢情愿地认为她一定是在生气？"

"看她的站姿就知道。她有各式各样的站法，我一看就知道，现在的站姿表示她气疯了。"

就在这一刻，葛蕾丝的妈妈撇下瑞琳，踩着重重的步伐，从人行道走到公寓大门前方。

"哎呀，你说得对，"比利低喃，"她是气疯了。"

"也许我们不该这么做。"

"恐怕大势已去。"

"说正经的，比利。"

"意思就是太迟了。"

他们听到公寓大门砰的一声撞上走廊的墙壁，发出令他们心惊的碎裂声。

"葛蕾丝！"葛蕾丝的妈妈大吼。

真的，是大吼。

葛蕾丝哭着说："我不喜欢这样。"

比利伸出一只手，将她揽到身边，她妈妈又一次喊叫。

"葛蕾丝！别这样，宝贝！你是爱妈妈的，对吗？你知道妈妈爱你，对吧，葛蕾丝？"

葛蕾丝的眼泪不停地流下来，但没有发出任何声音。

"葛蕾丝！你想跟我在一起，不是吗，宝贝！"

"再跟我说一遍,"葛蕾丝小声说,"重新告诉我为什么这样做是好事。"

"葛蕾丝!我可以改变,宝贝!我现在就改变!"

"她现在就会好起来!"葛蕾丝绝望地低喃,显然她知道自己是在乱抓最后一丝希望。

"要是她真的振作起来,一切就会平静落幕。但她必须先拿出好的表现,不能只是发誓以后会改变。"

"再说一遍为什么不行。"

"因为那绝对会落空的。"

"噢。你刚才正要重新告诉我,我们这样做是为了什么。"

"因为我们只有出此下策,才能吓得她恢复清醒,但那也只是有可能而已。"

"应该说戒断才对,不是恢复清醒。"葛蕾丝在吸鼻子的空当说。

"用词其实无所谓。我们要她好起来,所以这么做。"

"对。"葛蕾丝说,"但感觉很糟,没想到会这么难挨。"

"葛蕾丝!"

这是铆足全力的嘶吼。一个人知道每条出路皆已断绝的悲鸣。这让比利想起《欲望号街车》里穿着破T恤的斯坦利向丝黛拉嘶吼。因为当年他只有二十二岁,会在舞台上连续两个月夜夜那样嘶吼。

吼声像一道冲击波射向他们。比利感觉到冲击在他和葛蕾丝之间流窜,宛如情绪的闪电。

然后他们听见地下室公寓的门砰地关上。

葛蕾丝只是一个劲儿地哭。

瑞琳在五点半过来,也就是按照平日正常下班的时间过来的。比利认出她的敲门声——"一、二、三……四"的敲法——只不过她从来没敲得如此轻柔。

他为她开门,然后指着沙发。葛蕾丝摊开四肢睡觉,微微打鼾,口水流了一片。

"这倒是新鲜。"瑞琳悄声说，比利关门并上锁。

"她哭着哭着便睡着了。"比利说，"真的。她倒在那里哭了一个多小时，几乎用完了一盒面纸。嗯……我想她太累了。"

瑞琳在沙发坐下，待在葛蕾丝身边，抚摸睡梦中的她的头发。

"可怜的孩子。"她说，"既然她在睡……当然，我是来了才知道她在睡觉，总之，我在想……今天她能在你这里待久一点儿吗？我不是要害你提心吊胆，但是……你懂的。"

"嗯，不。没那回事，不知道你后半句想说的是什么？"

"以防她妈真的报警。"

比利也在沙发坐下，坐在瑞琳身旁的椅子上，髋部碰到葛蕾丝的髋部。她没有醒。他原本并没有坐下的打算，只是膝盖突然打不直。

"你的意思是假如警察现在来，你要宣称不知道她的下落？"

"被你这么一说，感觉很像馊主意。"

"听起来这是要坐牢的犯罪行为。我是指跟单纯回答'对，她在我这里，我是她的保姆，她不肯回她家'比起来。"

"要命，比利，别说这是要坐牢的罪行。但你说得对，"瑞琳说，"你完全正确。我不知道自己在想什么。今天的风波大概也让我累坏了。"

"大家都是。"比利说。

瑞琳站起来，弯腰从沙发上抱起葛蕾丝，照着消防员抱人的姿势，让她趴在自己的肩膀上。葛蕾丝的肢体瘫软下垂，仍然在沉睡。

"你是怎么跟她妈说的？"比利问，他半颗心想知道，另外半颗心不想。

"差不多就是我们一致认同的那些。"

"那她怎么说？"

"噢，她奉送了一些精彩的脏话，一再说她不相信这真是葛蕾丝的主意。但我想她现在应该信了。"

瑞琳走向门口，比利匆匆上前为她开锁。

"我们这样做对吗？"他问。

"我不知道，比利。"她说，"但愿我们是对的。"

她左右张望一番，才抱着葛蕾丝到走廊，然后打开她家的门。

比利目送她们，然后牢牢锁上门。

"天哪！"他大声说，"这点子还真有创意。"

他坐在电视前，整夜观赏老电影，以逃避拍动的翅膀。但清晨四点半左右，《蒂凡尼的早餐》才看到一半，他就迷迷糊糊地睡着了，因此翅膀照样找上了他。

## 葛蕾丝

在随后的周日,葛蕾丝上楼替瑞琳传话给菲力派。但快到他家门口的时候,她看到拉弗提先生家的门敞开着。

她暗忖自己不该理会,毕竟上一回她试图走近,就引来大人的一阵大呼小叫,还把她架开,不过反正这会儿她也忘了要转告菲力派什么,所以闲着也是闲着,不如去看看。

她久久不动,静听拉弗提先生家里有没有人,然后一声很大的喷嚏声,惊得她跳起来。

她小心翼翼,咔嗒咔嗒地走到门口(她穿着踢踏舞鞋,因为她太爱这双鞋了),准备面对任何状况。有个穿着红毛衣和牛仔裤的男人坐在一把小椅子上,像是厨房椅子。他正翻看一个档案柜里的文件。

他立刻抬起头,看到葛蕾丝,尽管她一声不响。"你好啊。"他说。

"嘿。"葛蕾丝很小声地回应道,八成是因为她有点害怕。

"你住在这栋公寓吗?"

"对。"葛蕾丝说,"我本来跟妈妈住在地下室公寓,但我现在不能跟她住,因为她……人不舒服,所以我大部分时候会去楼下的D户,跟瑞琳一起住。你是谁?"

"彼德·拉弗提。"他说,"我今天早上乘飞机来整理我父亲的遗物。其实这里也没什么东西,但总得跑一趟。反正,我得处理一些事。"

"什么事？"

他直视着葛蕾丝，像在掂量什么，但葛蕾丝一头雾水。他的眼珠是漂亮的绿色。

"我得弄清楚他是不是留下了什么交代。就是……嗯，就是他想要土葬还是火葬之类的事。"

"噢。"葛蕾丝说。

"你认识我父亲吗？"

"嗯，认识。他对我很好。他为我做了三件好事，前后才几天而已。"

说到这里，他又抬头看她，葛蕾丝看出他突然感兴趣起来。她望着他的眼睛，想知道自己刚说的哪一句话引起了他的兴趣。

"这么说，你跟他很熟？"

"没有啦，也不是很熟，但他对我很好。"

"你没有……"然而，他似乎不愿吐露他全部的想法。

"没有什么？"葛蕾丝急了起来。

"你没跟他独处过吧？"

"没有，怎么了？"

"我只是好奇。"

然后他继续查看档案柜里的文件夹。

"其他人都觉得他很坏，但他对我很好，所以我想，他可能不喜欢大人，喜欢小孩。"

"一点儿没错。"彼德说得好像她这样讲有点滑稽，但葛蕾丝不明白哪里好笑。

她想不出别的话可说，彼德也没吭声，因此沉默了很久。

葛蕾丝打量起这间公寓，她以前没来过拉弗提先生的家。屋子很干净，整整齐齐，地毯是全新的。这栋公寓的其他地毯统统年代久远，最常踩踏的部分磨到脱水变薄。

"好新的地毯。"葛蕾丝说，心想这是句好话，但话一出口却想起一件事。她记起那个差劲的公寓维修员卡斯柏说要挖掉地板,放一块新地毯上去。她但愿自己没有提起这回事。"对不起。"她说,"算了,当我没说。我刚刚才想到原因。"

彼德始终没有抬头看她,所以她看不出自己惹恼他没有。她肩膀倚着门框,尽管他在做的事很无趣,还是盯着他看了一会儿。

几分钟后,他打了个惊天动地的大喷嚏。

"保重。"葛蕾丝说。

他抬起头,似乎有点讶异她会说"保重",但葛蕾丝觉得这是再自然不过的反应。

"多谢关心。"他说,边从牛仔裤口袋掏出一条白色大手帕来擦鼻子。

"如果你感冒的话,我替你难过。"她想跟他多聊聊,但实在不知道下一句要说什么。

"是过敏。"他说。

"你对什么过敏?"

"猪草和花粉,但现在是冬天。还有霉菌跟猫,但我无法想象父亲会养猫,所以我猜这里一定有霉菌。"

"你想他为什么那样做?"葛蕾丝问。

她并不知道自己会问这件事,她能感觉到这问题令两人都很意外。

彼德跟葛蕾丝对视了几秒钟,然后他说:"要不要进来坐坐?"

"好。"

她走进客厅,战战兢兢的,活像屋里有不可踩踏的地方,而她最好能够神乎其技地预测到。她撑起身体,坐上拉弗提先生的沙发。

"如果我不该提那个问题,那我很抱歉。海曼太太说拉弗提先生有小孩,他们都是大人了,但她说他们都不跟他往来,连话都不肯说。"

彼德·拉弗提叹口气,是大人试图判断什么话该略过、什么话可以说出口的那种叹息。

"听上去好像有点怪。"他说。

"对不起。"

"不是你的错。我想……既然……你都知道这么多了……我有三个兄弟和两个姐妹,总共六个人,但是没有人跟父亲往来。这点你也听说了,超过十年没往来。只剩下我会不时打通电话给他,可是两周前,他实在太过分了,所以我也跟他断绝了联络。就这样……现在你全知道了。"

他又打了个声势惊人的喷嚏。

"霉菌。"葛蕾丝说。

"好像不是,比较像猫毛过敏造成的喷嚏。"

"拉弗提先生应该没有养猫。"

"是啊,我有同感。住走廊对面的人呢?他们养猫吗?"

"对面没住那么多人,就一个菲力派,但他没有猫。这里没人养猫。这栋公寓应该是禁止养猫的。你想,他那样做会不会就是因为,你说你不想跟他讲话了?"

彼德叹了口气,关上档案柜的抽屉。

"我那么做的确是没帮助。"他说,"而且就剩他孤零零一个人了。"

然后他静下来。在那段沉默中,葛蕾丝豁然开朗,领悟了某件极其重要的事,一个她一直捉摸不定的答案。这答案破解了每件事、每个人是哪里出了差错。能在刹那间明白这番道理,可不是简单的事。

"这就对了!"她嚷道。

"什么对了?"

"没什么,我只是突然想通一件事,一件超级重要的事。"

"我只是想跟你多聊聊。"他说,"特别是你怎么认识他的。但是……请你等我一下,我得去一下洗手间。不好意思。"

葛蕾丝等着。他进了卧房,看不到人。

"哎呀,我的天。"她听到他说。

"什么事?"

"你猜我发现了什么?"

"我猜不到,是什么?"

他没回答,走出来却捧着一个东西———一个很深的塑胶托盘,类似置物箱,但没那么高,而且没盖子,飘出一股难闻的异味。

"那是什么?"葛蕾丝问。

"一个猫砂盆。"

"我不知道什么是猫砂盆。"

"养猫要用的东西。"

"猫咪、猫咪、猫咪。"葛蕾丝以最小音量哄小猫出来。

猫在床底下,一双漂亮的金色眼睛,盯着她看,却不肯出来。

"你好漂亮。"她说,"我喜欢你的脸从正中间分成两种颜色,好酷。"

除了白色和深色的花斑,这只猫还有一种介于两者之间、类似暗金色的色块,这种长相的猫咪名称在葛蕾丝的记忆中呼之欲出,但她偏偏就是想不起来。

"你很害怕吗?"她问它,"我知道你很害怕,因为你以前没见过我,但你一定也饿坏了吧,好多天没人喂你。好,你可别说你不饿,因为我知道很多天没人来喂你,所以你骗不了我。彼德,它一定饿坏了,你去找找有没有猫咪吃的东西,好吗?"

"这样我就得回到屋子里。"彼德从外面走廊说。

"好不好?这很重要。"

在等候彼德寻找猫食时,她又对猫咪细语呢喃,生怕她的大嗓门会吓到它。

过了大半天,彼德回到房内,他一手用手帕掩住口鼻,一手拿着一罐打开的鲑鱼罐头。

"哇,太好了。"葛蕾丝说,"如果有什么能让猫咪从床底下出来,肯定就是这个。"

大约一小时后,葛蕾丝在瑞琳家门口,猫咪在她怀里打呼噜,不时还用脸颊蹭她的下颚。

她轻轻敲门,以免惊动猫咪。

瑞琳的声音从门板内飘出来,在问是谁,但她不敢嚷回去,毕竟她才刚刚赢得猫咪的信赖。一旦好不容易让一只受惊的动物信任你,就要小心呵护那份信赖。

一分钟后,瑞琳终究还是开门了。她戒慎恐惧。

"咦,原来是——哎呀,老天。葛蕾丝,你抱着什么?"

"我新养的猫咪。"

"你的猫?"

"对,是我的。现在是。"

"嗯,我不知道你打算养猫。我只知道不能养在这里,不能在我家。"

"可是——"

"葛蕾丝,我对猫过敏。"

"啊?不会吧!连你也对猫过敏!"

"你说连我也过敏,这是什么意思?还有谁对猫过敏?"

"彼德,拉弗提先生的儿子彼德。所以我得收留猫咪。我得养这只猫,因为彼德过敏,而且他要坐飞机回家。猫咪真的不能住在你家吗?"

"我喉咙会被堵住,不能呼吸。"

"啊,那我只能去拜托比利了。"

"怎么不问菲力派?"

"找比利不好吗?"

"你知道比利不喜欢生活出现变化。"

"我听到了。"比利说。

葛蕾丝转头看到他正从门缝里窥看,安全链挡住了他一部分鼻子。

"对不起。"瑞琳说,"但……我是说……难道我错了?"

"要看情况。你们遇到了什么麻烦？"

葛蕾丝说："我新养的猫咪可以暂时住在你家吗？"

"嗯。"比利半掩着脸说，"也许你应该去找菲力派。"

"我就说嘛。"瑞琳说。

"但是你一直都在家啊。"葛蕾丝说，声音濒临哀求，"菲力派得上班，这样拉弗提先生会很寂寞，会害怕的。"

葛蕾丝看到比利抬起头，视线掠过她头顶。她转过头，看到瑞琳迎向他的目光。他们就跟其他的大人一样，遇到必须跟小孩谈谈的时候就会这样对视，决定由谁负责开口。

"亲爱的，"瑞琳说，"葛蕾丝。拉弗提先生过世了。"

"不是拉弗提先生那个人。是猫咪，拉弗提先生。"

比利说："你要把猫咪取名为拉弗提先生？"

"对。"葛蕾丝说，一脸扬扬得意。

"不会怪怪的吗？"

"怎么会？"

"因为这名字……跟拉弗提先生一样。"

"但他死了。"葛蕾丝气呼呼地说，"你们半秒之前还提醒我他死了，讲得好像我还不知道似的。所以，现在只会有一个拉弗提先生。"

"我要先进屋子了。"瑞琳说，"我的喉咙要被堵住了。"

葛蕾丝转向比利："我可以到你家吗？拜托！我是说我们。我们可以到你家吗？拜托！"

比利响亮地叹了口气。叹气压根儿不必那么大声，那种音量主要是声明立场。随后他取下了安全链，让一猫一人进屋。葛蕾丝早料到了，她就知道他会大叹一口气，然后放他们进屋。

她在比利的沙发坐下，耳朵凑向拉弗提先生的侧身，聆听它的呼噜声。

"它一直在打呼噜。我把它从拉弗提先生的床底下弄出来之后，它就不停地打呼噜,而且把耳朵贴在它身上听真的很好玩。很像它里面有一个马达,而且舒服的感觉会传到身体深处,大概一路到肚子。你应该试试看,真的。我跟你很熟了,我知道你一定会喜欢。"

比利坐在沙发边缘,一副沙发顿时变成令他紧张的模样,但葛蕾丝心想真正令他绷紧神经的是猫咪,尽管他没在看猫。

"它是一只漂亮的猫。"比利说。活像对于拉弗提先生,他只想得到这一句好话,"我不是什么爱猫人士——其实,也不是爱狗一族——但我一向认为三花猫很美。"

"三花猫!我一直在想这种猫叫什么呢。"

"我还是觉得它需要换个好名字。"比利说。

"我觉得拉弗提先生就是最完美的名字。"

"但那很错乱。"

"我不觉得。"

"这样吧,想一想你刚才讲的。你把他从拉弗提先生的床底下请出来以后,它就一直在打呼噜。所以说,拉弗提先生是从拉弗提先生的床底下出来以后,开始打呼噜的。这还不够错乱?"

"但它不会再钻进床底下了,彼德必须把拉弗提先生的东西都搬回家,不然就得丢掉,到时拉弗提先生就不会再有一张床了。"

"谁呀?你是指猫咪吗?"

"不,是拉弗提先生,专心听呀。"

"但你说猫咪叫拉弗提先生。"

"我知道你是故意逗我的,比利。我知道你不是真的搞不清楚。"

"不然换个例子。你听到有人提起拉弗提先生是怎么过世的,然后有那么一会儿,你会心想,哎呀,不会吧!我的猫咪竟然死了!"

"嗯。"葛蕾丝说。她又把耳朵贴到猫咪身侧,因为她想要重拾肚子舒服振动的感觉。"也许你说得对。但我已经跟它说它叫拉弗提先生了,我不想打破对它的承诺,要不就叫它喵星人拉弗提先生。"

"这名字有点长。"

"我问问它。"她又把耳朵贴在猫咪身侧,"它说没关系。好了,它可以住在这里吗?"

"不好吧。我害怕动物。"

"你什么都怕!"葛蕾丝气急败坏地脱口而出。

话一出口,她就察觉自己刺伤了比利,随即便有些后悔。

"算你狠。"他说。

"对不起。"

她想接着说:"我没有那个意思。"但那是她的真心话。她仍然认同那句话,只是她现在明白不该大声说出口。

"真的,我很抱歉,比利。我不是故意要伤你的心。能不能让我把猫咪寄放在这里?我得到楼上一趟,到人类拉弗提先生的家拿喵星人拉弗提先生的猫砂盆,顺便找猫食。"

比利伤心的神情还没消退。

"好吧。"他说。

葛蕾丝将猫咪放在沙发上,比利跳了起来,一路退到窗户旁,对比利来说,这未免太小题大做了。毕竟,喵星人拉弗提先生根本不是很大的猫。

葛蕾丝跑到门口。

"我想通一件非常重要的事。"她说着,手已经搭上门把,"我现在没空跟你细说,因为我赶时间,但重点是,人人都应该有可以依靠的人,谁都不能没半个依靠的对象。现在我明白这个道理了,所以我们都有很多地方要改变。我们得再开一次会。"

然后她开了门,冲到走廊,砰的一下关上门。

没跑两步,一只手挡住她的去路。那只手不知道从哪儿伸出来,捂住她的嘴,让她不能叫嚷,然后另一只手揪住她的手腕,接着,她便被架着去往地下室,不管她想不想去。

她不想去。她扭动身体，甚至向后踢，但没踢中。

她想大吼。她试图尖叫，她要说："救命！我被抓走了！"但她的嘴巴被捂得太紧。

直到她回到地下室的房间，她才知道是被妈妈押回家了。

## 比利

"我们快失去耐心了。"比利宣告。

口气与平日的自我评论差异不大。但这一回,他说话的对象是喵星人拉弗提先生。猫在比利说话时凝视着他的眼睛,令他紧张。

喵星人拉弗提先生在比利的沙发上蜷起身子,安适自在,但没有呼呼大睡。它盯着比利。有那么一瞬间,比利硬着头皮,迎接猫咪的目光。这猫,毛色挺妙的,鲜明的颜色分界线恰恰在脸部中央,像默剧小丑。比利判定,它像上了妆的表演者。

或许我们终究有共通点,比利心想,但这些思绪他没说出口,就怕猫咪听了会当他是在发出某种邀请。

比利曾经坐下一次,在他的大扶手椅上坐好,因为沙发……被占领了。但喵星人拉弗提先生莫名地受到此举的吸引,跳上椅子的扶手,还试图坐上比利的大腿,吓得他魂不附体。因此比利只好站着,背贴着玻璃落地窗,玻璃冰凉得出乎意料。从那儿看得到厨房的时钟,他一再地看钟,比平日的频率更高。

"她去拿你的猫砂盆和猫食,都过了一小时还没回来?除非她得翻箱倒柜地找猫食。就算这样,一小时也应该找到了啊。你想她是不是遇到什么事了?"

果不其然,喵星人拉弗提先生一副没有答案的模样。

葛蕾丝去找猫食两小时又二十六分钟后,有人敲了比利的门。

"是葛蕾丝吗?"他说,跑去应门。

喵星人拉弗提先生跳下来,蹲伏在地毯上,若是再受到惊吓,它就要冲进家具底下。

那是瑞琳特有的敲门方式,比利心知肚明。但他不管三七二十一叫出葛蕾丝的名字,因为他希望来的人是葛蕾丝。她说不定是模仿那敲门声,小孩都有样学样。

他解开门锁,一把拉开门,只有瑞琳。

"啊!只有你一个人呀。"他说。

"很高兴见到你。我在想,葛蕾丝现在该回我家了。"

"她不在我这里。"

"别开玩笑。"

"我没说笑。她不在这里。我最后一次看到她的时候,她跑出我家,去楼上拉弗提先生——我是说人,不是猫——的家拿拉弗提先生——这是说猫,不是人——的砂盆和食物。"

"也许她在菲力派那里。"她说。

"但愿如此。"他说,赫然察觉接下来要面对的或许是慌乱,而不是气恼。

"我去看看。"

比利一反常态,守在门口等待,狠狠地啃指甲,直到瑞琳回来。

瑞琳摇了摇头,问:"她该不会是回家找妈妈了吧?她妈妈嚷着叫她的时候,她很难过没有去见妈妈。"

"不。"比利说,"唉,那并非完全不可能。只是现在应该不可能。一开始的时候,或许会,明天也有可能。但她才新养了这只猫,而且她快马加鞭地跑上楼找猫的食物。她很兴奋要养猫了,应该是迫不及待想回到猫身边,而且,她知道我只答应让猫寄放在我这里一会儿。所以从时间上来说不可能,整件事根本不合逻辑。"

"好吧,我继续找她。"瑞琳说。

"慢着!我这样讲好像很窝囊,但是我……"太迟了,比利想,况且你这辈子讲的话听起来都很窝囊。但比利随即将这个念头逐出脑海。思绪真是恼人,始终如此,"也许猫咪还是先抱到菲力派那边更好,然后我们再讨论这件事。"

"抱歉。菲力派不在。"

"哦。那样的话,也许葛蕾丝跟他在一块,也许他们出门了。"

瑞琳摇摇头,像是希望自己能不用说出口:"他之前在家,我跟他讲过话,但他现在不在。我不希望吓到你,但是……"

"那就别吓我。"比利说。

"你真的要拒听?"

"我大概不得不听,说吧。"

"是这样的。今天有个人来到公寓,是拉弗提先生的儿子,他来收拾他父亲的遗物。"

"对,我听说了。等一下,该死,你该不会认为……"

"我们不能冒险啊。菲力派今天跟他聊过,他刚好提过落脚的地方。假如他不怀好意,肯定不会说出来。尽管如此,为了安全,菲力派要去他投宿的汽车旅馆,一探究竟。"

"我有点反胃。"比利说。

他不是在开玩笑。顿时之间,他觉得潮红、发热、发痒。全世界发作最快的就是流感。

"好好呼吸。"瑞琳说。

"你去海曼太太家找过吗?"

"找过了。还有一个可能我们没说到,也许她妈妈把她逮回去,硬逼她回家了。"

"天哪!希望只是这样,倒不是说那比较好。我们该报警吗?"

"我认为我们实在没那个立场。"瑞琳说,"我们不是她的法定监护人。如果报警,警察来了却发现她跟妈妈待在家里。然后我们要说报警的理由是——是什么?是因为我们抢走别人的孩子,而孩子的妈妈把小孩要回去?"

"可是……"

"不要以为我没好好思考过,比利。别以为我没推敲过每一种可能性,包括对她……还有对我们都非常不利的可能。我看我直接去她家,狠狠敲门,然后跟她妈妈说葛蕾丝不见了,如果她不知道女儿在哪里,她最好报警。"

"那样的话,她一定会觉得我们是很蹩脚的保姆。"

"只有葛蕾丝不在她那里的话才会。要是葛蕾丝被她带走,我们却没去问,才会挂不住面子。葛蕾丝不见了,我们连去打听她是不是回家了都不敢。况且,我们无计可施。"瑞琳说,"无论如何,情况都不妙,怎么看都是。我要去问了。"

比利的双腿一阵发软,就在挨着门口内侧的地毯上轻轻跪下。他瞥一眼喵星人拉弗提先生,确认它没打算出去。只见它又在沙发上蜷起身体,有点好奇地打量比利。

他听见地下室公寓的门板传来响亮的敲门声,每一声都宛如枪响一样传到他的耳朵。

"佛格森女士?"他听到瑞琳在喊,"葛蕾丝跟你在一起吗?我们真的得知道。如果没有的话,我们得放下歧见,把她找回来。我说真的。她可能出事了。"

又是一阵敲门声。

然后,比利看到瑞琳又爬上楼。瑞琳好奇地皱起眉,看见比利跪在门内,尽管指甲都啃得差不多了,却还在一个劲地撕咬。

"你干吗跪着?"她高高地站在他面前。

显然不必说也知道答案。

"一言难尽。改天再说好吗?"

"敲门没敲出个下文,并不令人意外。"瑞琳说,"我的喉咙开始紧缩了。"她从他家门口后退几步,采取守势,"等菲力派回了我消息,我再跟你说。"

"等一下!"他嚷着,并排除万难,爬起来站好,"也许海曼太太可以收容猫咪。你知道的,今晚就好。"

瑞琳愣愣地站在走廊上,满脸的茫然,仿佛脑筋没办法转到如此细碎的小事上。

"我帮你问一声好了。"她总算开腔了。

比利如释重负地呼出一口气。

又有几片根本还没长到盖住肉的指甲遭殃了。

瑞琳不到两分钟就下了楼,只是两分钟,却漫长无比。

"抱歉,不行。"她说,"海曼太太讨厌猫。"

"我也是!"他哀叹,声调出乎意料的悲惨。

"这样啊。如果现在猫是在海曼太太那里,而她要你照顾猫,或许你还站得住脚。但猫在你手上。这是所有权归属问题。你知道的,所有权就是……我忘了。法律规定大致如此。"

"天下不如意事,十常八九。"比利可怜兮兮地说,"等你有了菲力派的消息,马上告诉我。"

"我会的。"

"我还没拿到猫砂盆,还有猫食。"

"噢,对。"瑞琳说,"应该是在菲力派那里。我再跟他说。"

比利关门、上锁,然后看了看喵星人拉弗提先生,它仍盯着他。

"别再看我。"他说,"我没那么迷人。"

可想而知,猫咪继续盯着他。

"都是你的错。"他说。

喵星人拉弗提先生的耳朵抽动了一下,没其他反应。

差不多半小时后，菲力派隔着门板告知他现况。

"葛蕾丝没跟拉弗提那小子在一起。"菲力派说，"我真的觉得那小子没问题。葛蕾丝一定在她妈妈那里……但愿如此。"

"谢了。"比利隔着门板喊，"我还没拿到猫砂盆和猫食。"

"噢，对。我交给瑞琳了。我来跟她说。"

"谢谢。"他又喊。然后他不能自已地哭了起来。

喵星人拉弗提先生上前检视他的泪水，但比利以威吓的声音驱赶猫咪，它便窜进沙发底下。

电视台的深夜电影《发晕》播放到将近一半时，比利听到一连串敲打声。他拿起遥控器，用伤痕累累的红肿指尖按下静音。他在沙发上倾身，竖耳细听。

一、二、三……四。

但这不是瑞琳在敲门。没人在门外，是有人敲比利的地板，从底下，从地下室公寓。

他发出巨响，介于呼出一口气和喊叫之间，本来在扶手椅上睡觉的喵星人拉弗提先生，又奔进沙发底下藏匿。

比利一动不动，竖耳谛听，他又听见了，一、二、三……四。

他跑到门口，用发疼的颤抖手指解开门锁，一把打开门，冲过走廊，打算去敲瑞琳的门。结果他跟瑞琳撞个满怀，就在他们之间的走廊上。

"你听见啦？"他嚷着，喜不自胜，满溢着大石落地的轻松。

"是！"

"她在楼下。"

"她一定是等到妈妈睡着，才传信号给我们。"

"聪明的孩子。"比利说。

"聪明到家了！"瑞琳欢叫，"我去跟菲力派说。"

"这样我说不定还能睡一觉呢。"

她张开双臂抱住比利,把他吓了一大跳。于是他们相拥,抱了许久许久。

"小心,别让猫溜出来。"瑞琳松手时说。

"啊,对。"

"顺带一提……比利……你清楚自己是在走廊上吧?"

"哎呀。"他连滚带爬地回到自己的屋子。

夜里,比利觉得房内除了他,另有某人或某物,睁眼一看,喵星人拉弗提先生的脸就在他眼前,金色的瞳孔在厨房的夜灯光辉下闪闪发亮。

他尖声大叫。猫一溜烟躲进床下。

"可恶。"比利说。

他现在醒悟到应该趁着猫咪仍在客厅椅子或沙发上时关上房门,这才是恰当的做法。倒不是他没有考虑过,只是想到睡觉时少了习以为常的光线,恐怕不妥。再者,他没料到自己会在如此粗暴的情境下醒来。

他打开床头灯,神志清醒地躺了数小时,有一股情绪枯竭的感觉,枯竭的程度只能以痛苦来描述。

最后,他又糊里糊涂地睡着了。

后来,冲着右耳而来的怪异含糊声响吵醒了他。那既是振动,也是噪声,但他同时觉得有某种东西阻断了他右侧的听力。

天亮了,他平躺在床上,这可是前所未有的事。他一向蜷着身体侧卧,以胎儿姿势入眠。可是他原本没准备进入这次睡眠。

他试着转头,这才发现喵星人拉弗提先生贴着他的右脸蜷卧,呼噜打得起劲。他坐起身,怪的是,他发现自己挺怀念那股一路传到腹部的暖意和振动。显然,早在他发现之前,他就感觉到了猫咪;显然,他是在稍微适应了之后,才被那感觉唤醒。

他缓缓地、如履薄冰地再度睡下。猫没有动。

之后一小时左右，比利只是躺着静听，品味那种感受。

他想到葛蕾丝，挂念起她。万一她从此不再来他家呢？万一再也没有舞蹈课了呢？万一她不再因他咬指甲或打断她而大声斥责呢？万一他们为了达成目标而策动的小小绑架计划，已经彻底毁了一切呢？

这些问题没有明确的答案，至少现在没有。但猫咪的呼噜声令他舒坦了些。

将近一小时后，比利总算从床上起身，并且想到那些翅膀没来造访他的梦乡。

到了下午三点三十分左右的老时间，菲力派来敲比利家的门。

葛蕾丝没来。

比利望着菲力派，菲力派望着比利，这有点像照镜子，比利心想。至少，是情绪的镜子。

"她绝对在她妈妈那里。"菲力派说。

"你看到她啦？"

"是啊。我去学校接她。她妈妈也去了。我能怎么办？你能想象我牵走别人家的小孩，而孩子的亲妈就站在一旁？绝对会撕破脸的，是吧？"

"你们讲话了吗？她看起来怎么样？"

"她想过来跟我说话，但被她妈妈制止了，所以我想她有点……身不由己。她想做什么或去什么地方，好像都过不了她妈妈那一关，不过她对我喊了一句话。"

"她说了什么？"

"她说：'跟比利说，猫咪的事我很抱歉。'所以我才过来。我知道你不太喜欢别人敲门，但我只想告诉你，我可以照顾猫咪。你知道的，假如有需要的话。"

"噢。"比利说，"你心肠真好，大好人一个。但你知道吗？我们好像慢慢混熟了。其实我们相处得还可以，大概是……适应了。"

"哦，这样啊，很好，那就没事了。"

"你要知道一件事，"比利说，"要是她妈妈能改过自新，我们可能再也见不到她了。"

他没想到自己一边说，嘴唇一边抖，好像要哭出来。若是在菲力派面前落泪，那就出丑了。

"对，我想过这个可能。"菲力派回答，没有泪眼汪汪，但低落的心情不相上下。

"要不要进来坐坐？"比利问。

这项邀约对比利来说极不寻常，他质疑起自己的举动，从开口询问到说完都一直在思索。正确解答似乎就是那个最简单直接的答案：他已经习惯下午三点半有人做伴。

菲力派进来了，坐在比利的沙发上。

"要咖啡吗？"比利问。

"好啊，来一杯。"菲力派说，"那我等下就能神志清醒地去上班了，太好了。"

比利还没走到厨房，猫便从卧房出来，朝菲力派直线前进，嗅闻起他牛仔裤折起的裤脚。

"啧啧啧，"比利说，"喵星人拉弗提先生来了。"

菲力派的视线匆匆向上一扫，像在评估比利是不是在说笑。

"不会吧？她给猫咪取名叫拉弗提先生。"

"我不会拿这种事开玩笑。"

"天哪！那家伙真是阴魂不散。"

"好歹这位拉弗提先生喜欢你。"比利提醒他，这时猫咪跳到菲力派的大腿上。

"是啊！谢天谢地，幸好不是脑筋冥顽不灵的动物。"

比利去煮咖啡。他称量咖啡粉、倒在滤纸上，一抬头，就看到菲力派倚着厨房门,正盯着他看。喵星人拉弗提先生则是在他们之间来回打转——先是菲力派,然后是比利——躬着背,蹭着他们打呼噜。"看来两位已经相处融洽了。"菲力派说。

他朝着比利厨房地板上的布垫点了点头,布垫上整整齐齐地摆放着水杯和猫咪干粮,盛装的杯盘都是瓷器。

"那是高级瓷器啊。"菲力派补一句。

"我们总得吃东西,没必要当野蛮人。"

"对了,我以前有个邻居。"菲力派说,"陈年往事了,那时我还不住这里。她有一条大狗,好像是杜宾狗,那个邻居经常信誓旦旦地说那条狗有偏见。她告诉我,有一次她带狗狗上街,当时有个很魁梧的猪猡从人行道上冲着她走过来——"

"猪猡?"

"对,一点儿没错,夸张吧。这就是我要说的重点,她说那条狗当场对着那个家伙吠叫起来。长话短说,总之那女人蠢到不能理解狗狗信不过陌生人,都是她造成的。"

"哇,跟那种人还有什么好说的?"

"我就开始消遣她,也算一种取笑吧。我说:'你在大街上看到一只猪?就在我们洛杉矶这里?'然后她说:'没有,不是真的猪,是人,一个大块头男人。'我就回她:'啊,你说的明明是猪猡。猪猡不是人,是动物。'但她听不懂我的意思,只当我脑筋糊涂了。但另一位邻居就在旁边,把我们的对话从头听到尾,她半掩着嘴偷笑,你知道吧?"

"只不过,"比利说,"我虽然欣赏拿心胸狭隘开刀的精彩笑话,但这种事并不好笑。"

"对,是不好笑。"菲力派说,将猫咪兜起来抱着,轻轻搔着喵星人拉弗提先生的耳朵后面,"但照我说,有时只能一笑置之,不然还能怎么样?"

比利打开咖啡机,谨慎地盯着咖啡机,不看菲力派,说道:"其实,他下来找过我,也刁难了我,就在我第一次照顾葛蕾丝之前。"

"拉弗提吗?"

"对。"

"他挑你什么毛病?"

"他想知道我是不是同性恋。"比利说,一面假装咖啡壶需要他目不转睛地监看,"他说他有权过问。"

他飞快地偷瞄一眼菲力派,菲力派没察觉到比利的目光,因为他正忙着翻白眼。

"我……的……天!那家伙到底有什么毛病?"

"我们不得而知。"比利说,"永远都不会知道。"

"不知道也好。"菲力派说,"我一点儿都不想了解那家伙在想什么,知道得越少越好。"

比利说:"这里又没有别人。只有我跟这间沉闷的小公寓,还有我母亲每个月直接存到我户头的钱,金额只够我勉强不饿死。"

"哎呀,好歹她还肯为你榨出一点儿钱。"

比利哈哈大笑:"我父母富甲一方,是大富翁,阔到没天理。"

"噢。"

菲力派陷入沉默。比利没有填补静默。

"这么说……"

"你先别讲,我来猜你想问什么。既然我是富家子弟,怎么会窝在这种地方?"

"虽然这不关我的事,但没错,这就是我的疑问。"

"他们大概觉得如果只给我勉强糊口的金额,我就会振作起来。"

"他们不想纵容你。"菲力派说。

在短暂的沉默后,两人迸出大笑。

"目前的成效有多好你也看到了。"穿着红色旧睡衣的比利说完这话,便以夸大的花哨动作鞠了个躬。

"啊。"菲力派说,"有件事要跟你说。"

他坐在比利的大扶手椅上,喵星人拉弗提先生仰躺在他的大腿上,伸长背脊打着呼噜。菲力派一手举着咖啡杯啜饮,一手摩挲着猫咪的肚皮。

"坏消息吗?"

"就只是一件事。我们得把喵星人拉弗提先生的名字改成喵星人拉弗提女士。"

"竟然是母的?"

"是母的。"

"葛蕾丝一定会……"

他窘到不得不打住话头,否则他会哭。

两人沉默了好一会儿,然后菲力派说:"我了解。我也想念她。"

"我们应该期盼她妈妈戒除药瘾。你知道的,为葛蕾丝好。但我们呢?我们怎么办?万一她妈妈以后都不准我们跟她见面呢?"

"我不知道。"菲力派说,"我们搞砸了……以后就知道了。"他看看手表,"我该准备上班了。"他一大口喝完杯里剩余的咖啡,"谢谢你请我喝咖啡。"

菲力派将猫咪放回地板,走向门口。

"如果你看到她,记得跟我说。"比利说。

"我会的。放心吧,我会再见到她,我也会跟你说。我明天也会去她学校,之后的每一天都会去。要是她妈妈哪天又出岔子,没去接她呢?到时我会在,所以我会见到她。就算我没跟她说上话,我还是会告诉你的。"

菲力派没道别就走出门外。比利随即开始锁门,还没锁好,就被突如其来的敲门声吓了一跳。

"谁啊?"

菲力派的声音穿透门板。

"别开锁,比利,我又回来了。我只想声明一件事,我想告诉你,我不在乎你是不是同性恋。我才不像拉弗提,我不是有偏见的人。我父亲教我不可以看轻任何人,不能把人往坏处想,只有浑蛋例外。对浑蛋可以有偏见,因为当浑蛋的人都不是身不由己,他们是自己选的。"

静默。比利似乎丧失了沟通的能力。

"而你绝对不是浑蛋。"

"谢谢你。"比利说。

"回头见,mi amigo(我的朋友)。"

"谢谢。"比利说。

若说天地间还有什么词语,在那一刻,那些词语也全弃他于不顾。

## 葛蕾丝

葛蕾丝已经上到最后一节课，渐渐逼近下课时间。时间越近，葛蕾丝越觉得自己快吐了。她的脸热辣辣的，胃部硬邦邦的，跟之前得了流行性感冒一样。

但她没有感冒，她自己知道。

她遇上的情况是，紧张、沮丧的情绪节节攀升到一定程度后，觉得自己说不定要吐了。

没有什么比在四年级课堂上呕吐更惨，除非是尿裤子，但即使是尿裤子，大概也只是和呕吐不分上下而已。呕吐就是这么糟。

因此，葛蕾丝请老师帮她开一张离开课堂上厕所的通行证。

老师拖拖拉拉写了大半天。

"天哪！拜托快一点儿。"葛蕾丝说，"我好像快吐了。"

"哎呀。"普蕾塞尔老师立刻给了通行证，"吐完马上去医务室。"

好奇怪的交代，现在是最后一堂课，放学时间近在眼前，但葛蕾丝暗忖普蕾塞尔老师可能没想清楚。大人说得出各种奇怪话，随时随地，因此这句话不过是繁文缛礼的又一例证。

"好。"葛蕾丝说完，使出全力跑下走廊。

不论任何事，只要回答一声"好"，绝对强过和大人争执，这点几乎屡试不爽。

她站在厕所的门口，但当她在一个想吐就能吐的地方，又觉得可能吐不出来了。

不久，三个高年级的女孩来到厕所，凑在一块轮流抽一根香烟，其中一人回头看了看葛蕾丝，那是来者不善的目光。

葛蕾丝希望她们不会打劫她，因为在厕所有可能遇上这种事。倒不是有东西能让她们抢，但曾经有小孩因此受伤，尤其是没东西可抢的时候。

"我感冒了。"她说，想着如果她们得知她随时可能吐在她们身上，而且她们可能被传染疾病，或许会对她敬而远之。

这时钟声响了，葛蕾丝飞奔到后门。

她妈妈在那里，菲力派也在，跟前一天一样。

葛蕾丝的妈妈牵起她的手，以过猛的手劲拉着她大步往家的方向走。葛蕾丝回头看菲力派，但她一回头，妈妈便拽着她的手臂，让她再次面向前方。

"我会在学校跳踢踏舞，"她告诉妈妈，"是才艺表演会。到时我会在全校的人面前跳舞，一年级到六年级的学生都会在场哦。"

"什么时候？"她妈妈问，听来心不在焉，她在回头看菲力派。

葛蕾丝也转头看他还在不在——他还在。但这时妈妈又转回头。

"三个月后。"她说。

"太好了，这样学踢踏舞的时间还很充裕。"

"我已经会跳了。"

"什么时候的事？"

"其实你真的错过很多事，你昏睡很久了。"

"没那么久。"

"有几个礼拜。"

"只有几天。"

"是啊，加起来就是几个礼拜。"

她以为妈妈会因为这番话而斥责她,结果平安无事。妈妈只是又回头看了看菲力派。

"我得跟比利说学校的跳舞表演。"葛蕾丝说。

"你什么都不准跟比利说。"

"我得告诉他。"

"你不能讲。"

"可是我不能不说!"葛蕾丝大嚷,在内心找到了拒绝退让的立足之地,然后说出更勇敢的话。这可能是她对妈妈说过最勇敢的话,"我一定会说!"

但完全没人注意到她。

葛蕾丝的妈妈在人行道中央猛然停步,转身冲着菲力派咆哮。

"你跟着我们干吗?"她叫道,"别缠着我们行不行?"

葛蕾丝说:"他不是跟着我们,他只是和我们住同一栋公寓。"菲力派则说:"我没有,我只是要回家。"他们俩几乎同时开口。

"那你没事跑到她学校干吗?"葛蕾丝的妈妈喊道。

菲力派回答:"以防没人来接她。"

"有我在啊。"

"只是以防万一。"菲力派说。

葛蕾丝看着菲力派,见他那么悲伤又无助,不禁怒火中烧,气妈妈对他那么凶,而且没有半点正当的理由。她决定亲自解决问题,才不管她妈妈。

她挣脱妈妈的手,奔向菲力派,张开双臂抱住他的腰,一侧的脸颊贴在他腹部。他穿的绿色法兰绒衬衫,一定洗过很多次。葛蕾丝分辨得出来,因为已经洗得很轻柔了。

"Te amo, Felipe(我爱你,菲力派)。"她说,刻意用妈妈听得见的音量。

"Te amo también, mi amiga(我也爱你,我的朋友)。"

"Billy y Rayleen? Dice para mi, 'Grace te amo.'（比利跟瑞琳呢？帮我跟他们说：'葛蕾丝爱你们。'）"

"Sí, mi amlga. Sí, yo lo hare（好啊，我的朋友。我会帮你转达）。"

然后葛蕾丝跑回妈妈身边，妈妈又抓住她的手臂往前走。

"哎哟，"葛蕾丝说，"别那么用力，走慢一点儿，好不好？"

"加快脚步，跟我走就是了。"

但是会痛，痛让葛蕾丝变得格外放肆。她毅然停在人行道上，从妈妈手中挣脱手臂。

"菲力派！你走我们前面好吗，拜托！因为我追妈妈追得好累，而且她弄疼我了。"

菲力派过了马路，葛蕾丝的妈妈只站在原地看他，然后他抄到前方，才回到马路这边。但他没有转头看，只是一个劲儿地走。

她们重新踏上回家的路，这回葛蕾丝妈妈放慢了脚步，没有拉扯葛蕾丝的任何部位，总算正常了。

"你是从什么时候开始讲西班牙语的？"她妈妈问。

"我就说你错过了很多事。"葛蕾丝说。

她们走下楼梯，回到地下室公寓，发现门口有个购物的牛皮纸袋。上面有葛蕾丝很陌生的粗大麦克笔字迹："给葛蕾丝。"

她妈妈拾起纸袋，往里面瞄，但葛蕾丝放肆的情绪仍未消退，便从妈妈手中夺走纸袋。

"上面写的是给葛蕾丝，不是给艾林。"

"但我得检查别人给你什么东西。"

"好吧，我先看一下，然后再给你看。你不用发脾气。"

葛蕾丝手伸进袋中，摸到软布。她将布料拉出纸袋，布料便摊开了，是一件洋装，全新的洋装。葛蕾丝将洋装举在面前，看来刚好合身，这并不意外，因为海曼太太在订购板型之前测量过她的尺寸。裙摆只到葛蕾丝的膝盖,而且是最完美的蓝色。

"好漂亮!"葛蕾丝说。

"是谁给你买的洋装?"

"没人。"

"凭空出现的吗?"

"是海曼太太做给我的,我得去跟她说谢谢。"

"晚点吧。"她妈妈说。

"现在不行吗?"

"因为我得跟你上去,但我累了,我得先坐下来歇歇。"

"你不用陪我。"

"不,一定要,我不去不行。"

葛蕾丝叹气。

"好吧,随你。那我去练习舞步,你休息好了再叫我。"

葛蕾丝的妈妈打开门,母女俩进了屋子。

葛蕾丝冲向踢踏舞鞋,心想——至少第二十次想——自己真是无敌幸运,能在妈妈逮她回家时把舞鞋穿在脚上,才一眨眼她就套上了。这双舞鞋很合脚,容易穿脱,鞋带系上就好了。

但她决定延误一分钟,先进屋换上新的蓝色洋装。她不会穿着洋装跳舞,只是想试试感觉如何。她从头部套进洋装,好喜欢布料柔软的触感。

然后她抬头看镜中的自己,响亮地倒吸一口气。

"我看起来好漂亮。"她大声说。

不只是洋装,但绝对是洋装让她的造型更完美。洋装将她仍然新的发型、指甲(瑞琳修复了她遗失的那片)整合成一个⋯⋯美丽的造型。还有一件事,葛蕾丝这会儿才注意到。她的体重下降了,但她根本没有刻意减重,一定是因为她花了许多时间练舞。

她对着镜中的自己微笑,这可是她第一次这么做,然后跑到厨房跳舞。

葛蕾丝的妈妈坐在咖啡桌上点烟,葛蕾丝在厨房塑胶地板上跳踢踏舞时,她皱起了眉。

"抽烟不是要到外面吗?"葛蕾丝问,表情跟妈妈差不多。

"我得每时每刻盯着你。你一定要这样吧嗒吧嗒的吗?我听得头很痛。"

"是啊,一定要。"葛蕾丝说,没少跳任何一步,"我每天都要练习几小时。我要上台表演,到时要好好表现。"

"你害我头痛。"

"这你说过了。我得去瑞琳家拿睡衣。"

"我们已经谈过这件事了。"

"我今天晚上不想再穿白天的衣服睡觉了。我要穿睡衣。"

"等她回家,你可以打电话给她,叫她把睡衣放在走廊里。你从什么时候开始每天都要跳舞的?你以前不会跳舞的啊。"

"在你昏昏沉沉的时候,很多事都改变了。"

妈妈终于上钩,大声咆哮起来:"我没有昏睡那么久!不要一直那样说!我受够了!"

葛蕾丝的双脚停止移动。她两脚分开站在塑胶地板上,仿佛要确认没有任何东西能推倒她。她直视妈妈的眼睛,但妈妈移开了视线。

"看着我,妈妈。"

妈妈匆匆瞄了一眼葛蕾丝,又垂下头盯着地毯,抽了一口烟。

"我说的全是实话,"葛蕾丝说,"不管你有没有在看我。我跳踢踏舞,我说西班牙语,我剪新发型,要是这些都得付钱的话,要付一大笔钱呢……"葛蕾丝听见自己的音量上扬,但她发现即使想克制也克制不了,再说,也没有压低嗓门的理由。"……我还有了漂亮指甲,也修剪了脚指甲,我穿着海曼太太特地为我做的洋装,而且我有一只猫!"

以猫咪收尾让她的尖叫显得特别有说服力。因为自从妈妈抢回她,她们就一直在争论她能不能养猫。

葛蕾丝暗自想,不知道比利能不能隔着她家天花板(他家的地板)听到她的声音,以及他听到她勇敢对抗妈妈是否会微微一笑,抑或只要听见争吵声都会令他操心。她不想让任何人操心,尤其是比利。

"我们还有一位邻居举枪自杀,而你根本不知道!"她尖叫着,"你昏睡的时间就是有那么久!"

葛蕾丝的妈妈沉默下来,没有吼叫。有时她会那样,但只限气疯的时候。

"你没有猫。"她说,"我实在不懂你干吗拉高音量,大吼大叫,我刚跟你说我头痛。"

"我真的有一只猫,是一只三花猫,名字叫喵星人拉弗提先生。"

"也许真有这只猫。"她妈妈说,仍是静静在生气的恐怖口吻,"我不是说这只猫不存在。我是说它不能是你的猫,因为你必须经过我同意,才能养猫。"

"但在我需要你同意的时候,你不在,现在已经太迟了!我已经有了这只猫,它是我的,我现在就要去看猫,你不能阻止我!"

说罢,葛蕾丝大步向门口走去。

但她妈妈抢先一步,挂上安全锁链,锁链太高,葛蕾丝够不到。

葛蕾丝拉着椅子,吃力地搬到门口,但她的妈妈一把抓住椅子,她动手要把椅子拖开,但葛蕾丝已经开始往上爬。一切都在一瞬间发生。

葛蕾丝右侧的屁股和肩膀撞到地板上,摔得她很疼,尤其是屁股。

"哎哟!"她叫道。

"不好意思,谁叫你去爬我正在搬开的椅子。"

"喂,是你不该搬开我正在爬的椅子。"

"你怎么这么坏,葛蕾丝?你平时不是这样的。"

"因为我要去找我的朋友,要去看我的猫,但是你不让我去。"

"他们想把你从我身边夺走。"

"不对,才没有!他们只是照顾我!那是我出的主意!在你嗑一堆药的时候,我讨厌跟你在一起!"

就在极尽黑暗的电光石火间,葛蕾丝的妈妈站在她面前,有那么一瞬间,她觉得妈妈会举起手甩她耳光。她难得甩一次耳光。话说回来,她们从不会吵得如此激烈,至少,不会高声互吼,唇枪舌剑。葛蕾丝简直可以看见那股冲动在妈妈身上流窜。幸好,片刻后,葛蕾丝的妈妈恢复了平静的口吻。

"你害我头痛。我得去吃阿司匹林。我吃药以后,你可别给我溜出去。"

然后她抬起脚步,走进洗手间。

葛蕾丝看着门。她站起来,用力时,右侧屁股仍会痛。她考虑将椅子搬回大门并解开安全锁链,但只想了一下,就判定自己很快会被逮到,于事无补。

因此,她蹒跚地回到厨房继续练舞。跳舞时屁股会痛,但不足以阻止她。什么都拦不住她,她顶多在疼痛时微微皱眉。

她妈妈在几分钟后回来。"你吃阿司匹林了吗?"葛蕾丝问。

"是啊。"她妈妈说,"我吃了。"

"你确定没吃别的?"葛蕾丝问道,仍在跳舞。

"你别得寸进尺,小鬼。"

"那些药你还收在家里吗?如果你还收着,你就有可能会吃,迟早的事。"

"你跑题了。"她妈妈无精打采地说。

"那不只是我的看法。尤兰达也是一直跟你这么说的。"

"多跳舞,"她妈妈说,"少说话。"

随后的二十分钟里,葛蕾丝都在跳舞,并且盯着妈妈,确认她实际服用了什么。她心想,要不了多久答案就会揭晓,如果只吃阿司匹林,妈妈就能保持清醒。所以,其实没必要争辩,只要静静观察就能见分晓。

等到妈妈在沙发上打盹,头向后仰,嘴巴张开,葛蕾丝便将椅子拉回门口,小心翼翼地爬上去(穿踢踏舞鞋真不适合做这种事)打开门锁。

她妈妈没醒。

她三步并作两步爬上三层楼,到海曼太太家敲门。

"是我啊,海曼太太。我是葛蕾丝。我来给你看新洋装穿起来多漂亮,还要跟你道谢。"

她尽量在话语中注入精神,装出快活的模样,以免海曼太太以为她不喜欢洋装。

"我们都以为你现在只能跟你妈妈待在楼下。"海曼太太隔着门说,一一解开每一道锁。

"是啊,"葛蕾丝不再费心掩饰沮丧,"本来是那样。情况跟你们想得差不多,只是并没有持续很久。"

## 比利

敲、敲、敲、停——敲。

比利瞥向厨房,看了炉台上方的时钟。瑞琳提早回家了。他抱开大腿上的喵星人拉弗提女士,猫咪一溜烟进了卧房。

他打开门,望向走廊,没人。当然不可能没人,除非那是从三合板舞池传来的声音,否则空有敲门声而门外无人的情况极为罕见。原来是他看错了高度,他看的是瑞琳的高度。他从视野的边缘瞄到门外有人,只是这人较矮,较贴近地面。

他视线向下移,落在葛蕾丝脏兮兮的脸蛋上,她鼻子有点鼻涕,满面泪痕。她穿着一袭蓝色洋装,是他以前没见过的。其实,他从没看过她穿洋装。而这件是全新的,很合身。

他弯腰抱起她,她张开双手、双脚环抱他,伏在他的肩头哭泣,一把鼻涕一把泪,但他实在不在乎。她在他怀里的温热、她情绪所带来的冲击,令他一下子柔软下来,于是他将她抱到房间,在沙发上坐下。

她没有松开他。她的哭泣让比利都要跟着哭了,尽管他仍不确定他们在哭什么。

"对不起,我之前没办法跟你说我在哪里。"她哑着嗓子说。

"唉,你明明说过,算是吧。你敲过我家地板,给我信号。"

"但那是好久以后了,你一定急疯了。"

"你敲过地板后,我就比较放心了。"

"你有没有把指甲都啃光?"

"本来也没多少指甲可啃。"

"那就是有喽?"

"大致没错。"

"你知道要是可以的话,我一定会跟你说我去哪儿了,对吗?"

"我从来没有怀疑过。你妈妈呢?"

"给你猜三次。"

"噢。"

他们又相拥了一会儿,此时肢体的接触时间已经超越比利的容忍上限,他开始觉得需要抽身。但他没有,他只是带着那种感觉,继续坐着不动。

突然间,尖叫声穿透了葛蕾丝靠着他的那一侧耳膜。

"我的猫!我的猫!我的猫!"

葛蕾丝从他的大腿跃下,害得他腿发疼,还有一只耳朵出现了耳鸣。

喵星人拉弗提先生晃进客厅,往葛蕾丝这边来,葛蕾丝也迎上前去。但有异状,比利察觉到葛蕾丝怪怪的,身体不对劲。她的步态不对,特别保护右边髋部或腿。

"葛蕾丝,你怎么了?"

"没事儿。我只是去跟我的猫咪打招呼。"

"你一跛一跛的。"

"没事儿。"

"是意外受伤吗?"

"算是吧。哈喽,喵星人拉弗提先生。我好想你。你有没有谢谢比利的细心照顾?"

"哪一种意外?怎么回事?"

"实在没什么。我的意思是,没什么大不了的。只是我跟妈妈大吵了一架。"

比利诧异地察觉自己站了起来，然而他没有从沙发起身的意向。

"被你妈妈弄伤的？"

"算是吧，但她应该不是……"

比利没听完下文，便冲出家门，一路小跑来到地下室，把那个恶劣女人的门敲得嘭嘭响。

敲门敲到腹部有个部位随之颤抖，就如同一般人生气或打算闹事时一样。但这可不是一般人，这是比利。他从没做过这种事，印象中一次都没有，现在他却做了，而且停都停不下来，感觉就像他被截然不同的另一个人的愤怒行径吓到了。

"佛格森太太！"他高声大叫，飙升的音量令他的喉咙感到压力，"佛格森太太！你给我到门口来！马上！我知道你不清醒，但坦白说，我不在乎！我要跟你谈谈！现在！"

他停顿下来，人在颤抖。如此好一会儿。他指尖按压着木头门板来稳住自己。

显然她是不会应门的。

但在这骇人的崭新体验里，他已经突破临界点，必须一吐为快。他不顾一切，隔着门板把话说出口，希望自己的话能莫名其妙地进入她的意识，就如同昏迷的人能透过意识的后门，得知有人在朗读给他们听。他说出口的声音既洪亮又凶暴，连他自己都害怕起来，尽管那明明是他自己的声音。

"你不准再伤害葛蕾丝，听见没有？绝对不能再有下一次。我就在这里，就在你家楼上。我不准。除非我死了，否则你休想再伤害这个女孩。你听到了没？"

没有回应。比利转身看到葛蕾丝站在楼梯顶端，抱着她的猫，嘴巴张开，瞪大了眼睛。他自己也差不多同样的表情。

他再次转过身面向门口，然后说："我希望你听到我说话，佛格森太太。"

"其实她不是谁的太太。"葛蕾丝从楼梯顶端说,声音半大不小。

"无所谓。"比利呆板地说,"总之,其他的部分都是真的。"

他再次使劲敲门,敲了三下,每一下都像一次枪击,射进他酸疼、颤抖的腹部。他的体内活像被砂纸磨过,皮都磨光了,像可能再度受伤,皮开肉绽的伤口。

"下——不——为——例!"他嘶吼。

他感到睡裤裤脚被拉了一下,整个人吓了一跳。

"比利。"葛蕾丝悄声说,音量比她平日的低语小,跟一般人的悄悄话差不多,"比利,你在走廊上哦。"

他被砂纸磨伤的那一大片腹部发出令人精力耗竭的剧痛。

"其实,"他说,"我知道。这次我知道。"

他感觉到她伸出双手包覆他的一只手。

"你还是回屋子去吧。"她说,"来,我拉着你回家。"

"我觉得自己像一条湿淋淋的擦碗布。"比利说。

他瘫坐在沙发上,葛蕾丝坐在他旁边,猫在她大腿上。葛蕾丝和猫咪不时盯着他看,仿佛他随时会烧起来。

"你的确是惨兮兮的,真不敢相信你说了那么多话。"

"不说不行。"

"该说的话多得是,随时随地。但说的人通常不是你。连喵星人拉弗提先生都很意外。对吧?"

"我们帮猫咪改名了。"比利无力地说。

"你不能改它的名字。你说的'我们'又是谁?"

"菲力派跟我。"

"你们不能改它的名字。我答应过它的。"

"嗯,是这样的,问题在于它不是公的。它是母猫。"

"它是女生?"

"对。所以我们后来就叫它喵星人拉弗提女士。"

"你不能改它的名字。我答应过它,那就是它的名字。所以,它的名字只能是喵星人拉弗提先生小姐。"

"喂,不太好吧。"比利说,这些简单的字词像是耗尽了他最后一丝体力。

"哪里不好?"

"你不觉得太长吗?"

我问问它会不会介意。"葛蕾丝将猫咪捧到耳边,把脸埋进猫咪侧身的软毛,"它说没关系。"漫长的静默。然后葛蕾丝说:"'她'连安分三天都做不到。"

比利默默无言,不知道该说什么。

"我在说我妈,不是猫。"

"我知道你的意思。"

"她明明知道只要她嗑药,我就会立刻跑出来。结果她做了什么?我猜她最爱的是嗑药,不是我。"

"上瘾是很奇怪的现象。"比利说,声音没比耳语大多少。

"你有上瘾的经验吗?"

"我只在自己家里上瘾。"

"噢,对啊。但你刚刚才出过门。"

"是啊。"

"因为禁止妈妈伤害我更重要。"

"应该吧。"

"那我妈妈为什么不是那样?"

"我也想知道。"

"糟透了。"

"对,确实。"

"别跟瑞琳说我发牢骚。"

"我想她会同意,在这件事情上,你有资格埋怨。"他说,"有些事无能为力。"

与此同时,比利心想,是啊,我克制自己,也不表示我以后还能办到。但他没有对葛蕾丝说出口,因为他不愿意剥夺她最后的一线希望,假如她还没绝望的话。

一段时间后,比利抬起头,看到瑞琳站在他家客厅里,对葛蕾丝又搂又抱。一定是葛蕾丝让她进屋的。他是不是睡着了?或者是精力耗竭陷入昏迷?

"比利怎么了?"瑞琳问葛蕾丝。

"他对我妈大吼大叫,现在他累到没力气了。"

"比利对你妈妈大吼大叫?"

"对,但妈妈应该没听到。你真该来看看,他气疯了。就算妈妈出来开门,我想比利还是会当着她的面大骂,而且他还知道自己是在走廊上。"

"嗯。"瑞琳说,放开葛蕾丝,让她自己站着。

"哎呀。"葛蕾丝说。

"你还好吗?"

"我伤到屁股了,所以比利才会气成这样。"

比利抬起头,看见站立在面前的瑞琳低头注视他,眼中有柔和的关切。

"你还好吗?"她问,"你看起来好像感冒了。"

"只是刚才消耗太多精神。"他勉强挤出一句话,每个字的发音都软软绵绵。

"唉,我很想留下来,好想告诉你我为你自豪。但我的喉咙开始紧缩了,所以只能改天再说。葛蕾丝,我们该走了。"

"你不要带走葛蕾丝。"比利的音量出奇大。每个人都吃了一惊。

"为什么不要?"瑞琳问。

"就是啊,为什么不要?"葛蕾丝问。

"能不能让她多待一会儿?我想念她。我太自私了,是吧?你大概也想念她。"

"不,没关系的。"瑞琳说。比利听到令人担忧的呼哧声在她嗓音里酝酿,"我是说,我想她。我当然想念她。但如果你需要陪伴,她可以在你这里多待一会儿。"

"谢谢。"比利说。

"但你不担心……万一她妈妈……"

"我不在乎。我就是绑架犯,报警抓我啊。"

瑞琳继续站着,低头看他。他判断不出她的表情,但至少不属于任何一种形式的侮辱。

"那好吧。"她说,转身要走。

"别忘了开会的事。"葛蕾丝向开门准备离去的瑞琳嚷道,"通知每个人,我们要再开一次会,就在这几天。"

"你没跟我说开会是要——"瑞琳开口。

"所以才要开会嘛。"葛蕾丝说,"开会就是为了宣布开会主题。上次开会我就说过了。"

"是。"瑞琳说,"应该是吧。"

葛蕾丝跟比利继续在沙发上坐了几个小时,用小电视机看卡通片,她的头倚着他的肩,喵星人拉弗提先生小姐在两人之间,好让他们随时都可以抚摸它。

"啊,我忘了告诉你。"葛蕾丝说,"我要在学校表演跳舞。"

比利累到无法同时听清楚葛蕾丝和电视的声音,两者实在太难分辨。但他也累到无力开口说明,或关掉电视。

所以他只问了一声:"什么时候?"

"一个月后。"

"太好了。因为我们还得多做练习。"

起初她没有回答。比利及时转头,察觉自己不是冒犯了她,就是伤了她的心,也可能两者皆是。

"我很会跳时间步。"她说,下唇嘟得比平时高一点儿。

"是啊,你很会跳。但我以为你想在盛大的学校表演会上跳更复杂的舞步。一个人首次公开表演不是小事,那是决定性的一刻,是你短时间内不会忘记的经历。但这得由你决定,这是你的表演。跳时间步很简单,很保险,而且是你最熟的。所以你只想跳时间步吗?还是你想要绽放真正的光芒?"

葛蕾丝静静地抚摸了猫咪背部一会儿。比利觉得自己可以看穿她,见到在她脑子里旋转的思绪,等待厘清。

"我要真正的光芒。"她终于说。

"选得好。"比利说。

## 葛蕾丝

葛蕾丝站在楼梯最底下一阶,用双手做喇叭圈在嘴边,释放出她最响亮的嗓音。

"海曼太太!快点!开会不要迟到!"

她觉得楼梯上好像传来一声含糊的叫声,在随后的静默中,某种又硬又重的东西砰砰砰砰撞击着楼梯,每一步都砰一声。

葛蕾丝等着瞧那是什么东西,是一个行李箱。

片刻后,一个花容失色的女孩跟着出现了。嗯,是位女士。不过是一位极年轻的女士,也许二十岁,也许只有十八岁,但绝对是吓坏了。她有一头长长的金发和一双大大的眼睛,看起来像一匹神经紧绷的马,一听到什么风吹草动便要落荒而逃。

"你吓到我了。"年轻女士说。

"对不起。"葛蕾丝显然音量又太大了,"对了,你是谁?"

"我正要搬进来。"年轻女士说,"我要住楼上。"

"噢!你要搬到拉弗提先生自杀的那间公寓!"

那位女士的眼睛瞪得更大了,"有人在那里自杀?"

"对啊,就是拉弗提先生。"葛蕾丝觉得对方好奇怪,怎么让她重复说。或许害怕的人听不太懂基本的信息吧。

"这我倒是不知道。"

"现在你知道了。那，你叫什么名字？"

"埃米莉。"

"我是葛蕾丝。你是一个人吗？如果是，就应该来开会。"

"你说的一个人……我不懂你的意思。"

"很简单啊。"葛蕾丝说，"我以为每个人都懂什么叫一个人。"

"怎样的……一个人？"

"就是说，你有没有一大群亲朋好友？"

"我有家人。"

"啊，那很好。"

"在爱荷华。"

"噢，抱歉。"

"我有朋友。嗯，有几个朋友。"

"在洛杉矶吗？"

"不，其实不是。"

"你应该来开会。"

"我根本不认识你们。"

"所以你才要来开会，不是吗？"

"我得整理行李。"

"那就是你全部的行李？"葛蕾丝问，指着仍然躺在她脚边楼梯上的行李箱。

"差不多，对。"

"你觉得收拾行李要多久？我们可以等你，不会介意的。"

"我已经很累了。"

"好吧。"葛蕾丝说，凭着感觉知道妥协的时候到了，"我们每个星期都要开一次会。也许你下次可以一起来。"

"看情况吧。"

就在这时，海曼太太出现在楼梯上，埃米莉又吓了一跳。她拎起行李箱就往楼上跑,葛蕾丝还没介绍她们俩认识,她就跟海曼太太擦肩而过了。

海曼太太慢吞吞地走下楼梯,到葛蕾丝站立的地方,然后两人慢腾腾地穿过走廊到瑞琳家。催促海曼太太是完全不必要的,这点道理葛蕾丝明白。

"她是谁?"海曼太太问。

"她叫埃米莉。"葛蕾丝说,"她要搬到楼上,以前拉弗提先生住的公寓。"

"原来如此。"

"为什么每个人都害怕别人?"

"好问题。我猜,这是人类的神秘处境之一。"

"这话很像是比利会说的。"葛蕾丝以语气表明这绝非赞美,"但这究竟是什么意思呢?"

"大致就是用花哨的方式描述本来就是这样的事。"

葛蕾丝出声叹息,心想这算什么答案啊,但不愿说出口,以免冒犯海曼太太。

"我们开会的时候,也许可以讨论一下这件事。"

"谁要先说?"葛蕾丝问。众人还来不及回应,她又说,"比利,你听得到吗?"

葛蕾丝、菲力派、海曼太太聚集在瑞琳的公寓中,门大大地敞开。比利在走廊对面,坐在他家打开的门内。他将手压在屁股下,葛蕾丝想,那八成是为了避免咬指甲。她已经逮到他一次,并且阻止了他。

比利不肯到瑞琳家,原因不说也知道;瑞琳则是顾忌那只猫,不愿到比利家。因此,尽管葛蕾丝觉得隔着走廊开会很蠢,但为了会议能够进行只好如此。

"我很好。"比利说。

"你没有回答我的问题,比利。"

"我听到了你的问题,不是吗?不然也不会回答。"

"噢。"葛蕾丝说。

"你要大家发言,是要我们说什么?"瑞琳问,"我们还不清楚你这次开会的主题。"

"这次要讨论'没有人应该是一个人',尤其我们有这么多人。看看你们每一个人,全都孤孤单单,但你们明明有四个人,所以这真的很费解,何必一个人呢?"

"那轮到每个人发言的时候,又要说什么?"菲力派问。

"你们要说自己一个人的原因。海曼太太除外,她可以不用说,她孤零零的是因为她活得比丈夫和所有的朋友都久。"

在鸦雀无声中,海曼太太清清嗓子,在瑞琳的沙发上不自在地挪动身体。

"呃,不完全是那样。"海曼太太说。

"是你告诉我的。"

"对,我知道你是听我说的。但我要说的是……如果我彻底坦白,那不完全是事实。"

又一阵漫长的沉默,这是葛蕾丝在大人身上察觉的另一件事。大人除了对人戒慎恐惧,也很难从他们心里掏出任何信息,至少,是涉及他们自己的信息。假如你问他们小孩该做的事,大人就会滔滔不绝。

"我跟马弗的感情很亲密。"海曼太太嗓音沉静,比利八成听不见,"尽管我当年不这样想,但以前我或许拿夫妻感情当借口,放弃了一些朋友,有一些还是老交情。我疏远他们,也说不上是为什么,真的,只觉得那样的日子简单些。只有我跟马弗,烦心事就少了。争吵、伤心、误会等,总之就是别人带进我们生活的一切。但是后来,连马弗跟我也没有以前亲密。哎,我不知道。我猜,在某些方面,我们是不比过去了,但从表面看不出任何变化。可是我们之间就是少了点什么,有种空洞感。我不知道该怎么讲,才能更清楚。"

随后的静默似乎令每个人都不自在,唯有葛蕾丝例外。瑞琳盯着自己的指甲,菲力派上下抖动着一边的膝盖。葛蕾丝望向走廊对面的比利,尽管她敢说海曼太太的话他绝大部分都听不到,但他流露出焦虑、紧绷的神情。

海曼太太的坐姿很不自然,双手交握在大腿上,一脸惊骇,仿佛那番话是别人说的,而她听了完全无法认同。

"会议进行得很顺利。"葛蕾丝说,好纠正任何不做此想的人,"下一个谁要发言?"

没人出声。

因此,当有人来到敞开的门扉大力敲门,以致门板砰地撞上墙壁时,每个人都吃了一惊,连葛蕾丝也不例外。

葛蕾丝抬起头,看到来的是尤兰达,而且是火冒三丈的尤兰达。

瑞琳说:"你好啊,尤兰达。"她起身迎接她。

尤兰达说:"我听说你们带走葛蕾丝,不让她回妈妈身边,这是怎么回事?"

葛蕾丝三步并作两步钻到两人之间,让两人无法起争端。嗯,总之是避免爆发太大的争端。"全是我一个人的主意。"她说。

"你的主意?你想要别人从妈妈身边把你带走?"

"我们要……停止……啊,讨厌,我又忘了那个词。各位,我们要停止继续怎样对待我妈?"

"纵容。"瑞琳依然站着,她很清楚尤兰达还在发火,"我们要停止纵容她。"

"好。现在你们跟我解释一下,为什么让她养育自己的孩子是在纵容她。"

"我来说!"葛蕾丝嚷道,"请让我解释!这个我最清楚!因为她什么都没做,只顾着睡觉,让这儿的每一位好邻居照顾我。而且我们发现如果大家继续照顾我,她怎么嗑药都行,因为她知道我一定会被照顾得好好的，可是我们知道那样很不好。所以，我们想通了，有时候为了刺激一个人振作，只有让他发现自己即将失去某样东西，某样他无论如何、死都不想失去的东西。比如说，我。所以，我们跟她说，在她停止乱吃药之前，都不能见到我。"

在短暂的静默中，很难揣测尤兰达的想法。目前为止，她没有透露任何个人意见。

"我的天哪！"尤兰达说，"这招真高明。"

"是吗？"葛蕾丝很惊讶尤兰达会这么说。

"葛蕾丝，这是你一个人思考的结果吗？"

"也不算是。拉弗提先生给了我很多意见。"

"其实，很多东西是她自己推敲出来的。"瑞琳说。

"好，这样吧。"尤兰达说，"我现在就下楼去，跟她说她的好运用光了，因为我支持你们。她会很生气，但没有人管她。有时候，人生就是这样。那她得戒除药瘾多久，才能把葛蕾丝带回去？"

静默。

"啊，"瑞琳说，"我们没有定期限。"

"我们应该定一个时间。"尤兰达说，"因为她会戒个一两天，让大家燃起希望，一切却是白搭。我看就要她戒断三十天。她去戒瘾互助会时我会在，我会知道她是不是认真的。"

众人面面相觑。

"好。"瑞琳说。

"就这么说定了。"尤兰达说，匆匆离去。

"好像有点奇怪。"菲力派说。

"是啊，但很顺利嘛。"葛蕾丝回答，"而且我们的会议也不用中断。"

"我看我们应该取消会议。"瑞琳说，"以防你妈妈发飙。等尤兰达跟她谈过之后，我们还继续开着门，坐在这里，恐怕不太妥当。再说，比利又跑了。"

葛蕾丝往走廊对面一看，比利的门已经关上，他显然在屋内。她叹了口气。

"我最好去跟他谈谈。"她说。

比利抱着猫蜷缩在沙发上，"跟你说，"葛蕾丝看着比利说，"我上台表演跳舞的时候，你得到我们学校。明白吧？就是在观众席，给我鼓掌。"

比利发出哼笑，真心认为她在开玩笑。

"不，我是认真的。"她说。

她看到血色从他脸上消逝，就在一瞬间。至少是本来就少得可怜的血色也没了。

"葛蕾丝，你明知道我不行。"

"不，我知道你可以的。"

"葛蕾丝，我……"

"听我说，比利。你总是挑简单的事做，可是你只想做简单的事吗？还是你想绽放真正的光芒？"

他将目光转向她，一脸受伤的模样。

"那不公平。"

"但你要我做的时候，就很公平啊。"

"那不一样。"

"哪里不一样？"

"因为那是我问你呀。"

"你考虑考虑，好不好？答应我你会想一想。我知道你一定会得到正确的结论。"

"过分自信是年轻的美好特质。"比利悄声说。

早上，葛蕾丝出门上学时，瑞琳走在她后面，外套正穿到一半，葛蕾丝差点在楼梯底部一头撞上新来的女士。

她又拎着同一个行李箱。

"你要去哪里?"葛蕾丝问,"去拿更多行李吗?"

"我要搬出去。"埃米莉说,好像不想慢下脚步说话。

"你才刚搬进来。"

"我不想在那间恐怖的公寓多待一晚。"

"哪里恐怖?那里有一张很棒的新地毯。"

"我说不上来,就是不对劲,能量怪怪的,磁场真的很差。"

然后她匆匆出了大门,她的脚步那么急,即使还有更多话要说,葛蕾丝也来不及跟上去听。

"那是谁呀?"瑞琳来到公寓大门跟葛蕾丝会合。

"她做过我们的邻居,"葛蕾丝说,"只是时间不长。"

## 比 利

"我们应该在日历上记下这个日子。"比利大声地说,他正在换下睡衣。

大约一星期后的周六早晨,比利套上弹性舞裤,换了运动衣。因为舞裤和睡衣这种组合太诡异,连他也受不了,即便根本没人注意他衣着不得体。

然后他打开衣柜内的灯,探向最里面的抽屉式收纳柜。他将手伸进顶层抽屉,凭触觉找到踢踏舞鞋——他的踢踏舞鞋。不是借给葛蕾丝那双孩提时代的旧舞鞋,是正规的成年人的踢踏舞鞋,他最近一次登台表演穿的那一双。所谓最近,当然在时间上并不太近。他取出舞鞋,捧在鼻子下,回忆陈年的皮革那幽微却鲜明的气味,以及随之而来的一桩桩回忆。

全部的回忆,完整的回忆。

他将舞鞋放在客厅,喵星人拉弗提先生小姐以不寻常的兴致盯着看,仿佛连它都嗅出了这场面的重要氛围。然后比利伸展身体,坐在磨秃的地毯上摆出熟悉的姿势,他的肌肉今非昔比,无法轻松展现特技,陌生的疼痛感令他叫出声来。

他掂量起是否要再接再厉,抑或继续下去也没意义,一边站起来,穿着滑溜的舞鞋小心翼翼地走到葛蕾丝的三合板舞池,开始设计适合她在学校演出的舞步。

要不是葛蕾丝摔伤的髋部需要休养一周,他会更早开始编舞。

"我猜她好歹可以从时间步开始,"他大声说,"慢慢掌握节奏。"

就他的经验,大型表演最好从简单且熟悉的舞步开始,因为最初几步最难跳。若说会在台上僵住或犯错,那通常是在一开始的几步出问题。若说脑子会变得一片空白,也是在一支舞蹈的开头。跳完最初的几秒,便会渐入佳境,一切水到渠成。

因此,他相信,假如够幸运,舞者可以自行编舞的话,就要以睡着了也能跳的舞步开场。他开始提醒双脚以往如何跳出精湛的时间步。这是个古怪的过程,很诡异。他的心立刻重拾舞步,从大脑发送给肌肉的神经信号、感觉,统统与往日毫无二致。但他觉得肌肉的回应活脱脱是一场噩梦,就是你想逃离怪物,但双腿突然有千斤重或陷入滚烫沥青的那种梦。

他停下来,静静站了一会儿,灰心丧气,盯着猫看,猫也回望他。

"放心啦,比利。"他过了一会儿说,"只要有心,我们不出几个月就能重拾一切。"

呃,重拾一部分,是办得到啦。但他现在增加了十二岁,这十二年的光阴是回不来的。要是回得来,早就有人将光阴装罐,贩售给世人了。

"她会需要转身。"他试了几个转身的动作,"她可以来几个三连转的水牛步,视觉效果一定很华丽。不会过度华丽,而是恰到好处。"

他在两米见方的木板舞池上温暾地踩踏出这些舞步,为的是确保自己不会飞落到地毯上。舞池只勉强够他执行一连串转身,所以他只好慢腾腾地踩出舞步。

葛蕾丝个子小,腿短,只要他够跳,她更没问题。而且舞池小就更需要全心投入,会帮助她专注。等她登台,就不会跳到忘记自己转身转到哪儿,或是摔到乐队里去。这个两米见方的舞池可以磨炼她利落转身。这相当于舞蹈版的挥动三支球棒[①]。比利蓦然停下,之前说过的话发

---

[①] 女打击者以挥动三支球棒暖身,让手臂适应更重的重量,以便实际上场时更灵快有力。

出了回响，吓了他一跳。他说："只要有心，我们不出几个月就能重拾一切。"

他几乎纹丝不动，右脚鞋尖的铁片有节奏地拍打地面，仿佛第一次在脑海听到这个问题。

然后他完全静止，连脚也不动。

"我们想那样做吗？"他大声问。

似乎没有答案浮现，而编舞尚未完成，再次改变话题似乎更诱人。

"也许来点切分音舞步。"他试跳几个翼步、几个搭配脚尖碰击的移动翼步，因为这些舞步比较复杂。

他花了几分钟，编出一支华丽的舞蹈，这才察觉想法里的瑕疵。他硬生生地停下，仔细思考。

"不。"他大声说，"这犯了大错，比利小子。你在想象你的观众，要观想她的。他们不要那么复杂的舞蹈。实际上，他们说不定会以为她跳错了，节拍混乱。不，他们需要可靠的舞蹈，四平八稳，平易近人却酷炫！每个人都喜欢一点点酷炫。"

"我知道了。"他编起不同的舞蹈。

一连串的三声步，三声单脚跳①。一边跳七遍，换另一边跳七遍，然后减少，也许降低到两侧各四遍，再改成两遍，最后归于中心，来个漂亮的结尾……

他边跳边数："一、二、三、四、五、六七、单脚跳……一、二、三、四、五、六七、单脚跳……一、二、三、四……一、二、三、四……一跟二、一跟二、一跟二、三、停。"

他突然停下，一只脚漂亮地抬起。一个突如其来的结尾，鼓掌的时刻。他立定不动，有一瞬间等着听见掌声，结果他听到的是敲门的暗号。

---

①以单脚前铁片滑擦地面两次（合计两声），然后换另一只脚做，并以前铁片落地（发出第三声）。底下的跳法则是将单脚滑擦动作做七组，再换脚做。依此类推。

他小心翼翼地穿过地毯去开门。

在门的另一侧是葛蕾丝,还有一位比利不曾见过的男士,一位非裔美国人,剃着光头,满脸花白的络腮胡。但他看上去并非七老八十,像是四十五岁上下。那双眼睛,比利只能以精光四射形容。他左边耳垂戴着一枚红宝石耳钉。

"哇,我的天哪,比利!"葛蕾丝尖嚷,"瞧瞧你!盛装打扮啊!"

"别讲得好像我很少穿戴整齐似的。"他的下巴朝陌生人微微一努。

葛蕾丝对这个暗示完全摸不着头脑。

"这是我认识你以来的第一次呢,比利,真的非常难得,你不觉得吗?"

"你这位朋友是谁?"比利问道,希望自己的脸不是红得太明显。

"这位是杰西,我们的新邻居。"

杰西直视着比利的眼睛,看得比利先移开了视线。比利纳闷杰西是否能聪明地察觉到这是他待人的惯例,一视同仁的回避。

杰西伸出一只手,比利忍受着神经信号的压力和他握手,此刻他身体里像是有玻璃碎片在哐啷作响,警告着他不要碰触陌生人的皮肤。

他突然忖度,是否该让葛蕾丝和一个他们都不认识的男士在公寓里待着。

比利深吸一口气,他对自己看人的眼光向来自豪。想起这点后,他勉为其难地望进陌生人的眼底,才不过看了一秒,他又移开视线,呼出一口长气。

没问题,杰西这人没问题。

"这么说,"比利想让对话寻常一点儿,"你搬到楼上住了吗?以前拉弗提先生住的那间?"

"对。"葛蕾丝说,"他搬到楼上了,就是拉弗提先生开枪自杀的那间。但那没关系,杰西的胆子没那么小,不像我们前一个新邻居。"

"什么前一个新邻居?"

"对哦,你连见都没见过吧?她搬来住了大概一天吧。然后她说屋子的磁场让人心里发毛,就搬走了。这些我都跟杰西说了,可是他无所谓。他说他有……杰西,你说你有什么?"

"白鼠尾草。"杰西说。这是比利第一次听到他的声音,深沉、滑顺、令人安心的声音。

"对,鼠尾草。"葛蕾丝说,"就是这个。他说要用白鼠尾草腌一腌公寓。"

"是烟熏。"杰西说。

"咦?"

"我说的是,我要用白鼠尾草烟熏那间公寓。"

"啊,对,烟熏。那腌一腌是哪来的?"

"这我就不清楚了。想必来自你有趣又天马行空的脑袋,绝不会错的。"

"反正,"葛蕾丝说,"用白鼠尾草烟熏,就可以赶走恶灵。"

"其实,"杰西说,"我实在不相信世界上有恶灵,但假如有人留下了不好的能量,烟熏或许能派上用场。虽然我极度怀疑,但假如我真的认为那里有灵体作祟,我倒不会想驱逐,我会想跟他和睦相处。"

"这样对待拉弗提先生确实比较合适。"

然后他们别扭地呆立了一会儿,比利醒悟到自己没有招呼他们进屋很失礼。但他不在家里接待陌生人,尤其是临时冒出来的陌生人。

"不好意思,"他说,"我也想请你们进来坐坐,但……"

葛蕾丝插了嘴,其实,是打断他,不过比利一点儿都不觉得不甘愿。

"不行啦,我们得走了。"她说,"我得带他去见菲力派,还有海曼太太。"

"他见过瑞琳啦?"

"对,见过了。"葛蕾丝说。听她的语气,显然隐瞒了某件不寻常的事,隐约话中有话。但以比利现有的信息,实在无法解读。"哇,天哪！"她尖叫，"比利！你穿了踢踏舞鞋！"

"确实。"

"我都不知道你有这双鞋。这不是你借我的鞋子。啊，对哦，你不用说，我刚刚想到了。这是大人的舞鞋。你怎么都没说你还收着舞鞋呢？"

"我大概是以为不用说你也会知道。"

"才怪。你刚刚在跳舞吗？"

"我在为你参加学校那场表演编排舞步。"

"太棒了！"她嚷道，"耶，耶，耶！等我带杰西跟大家打完招呼，马上就回来，我们可以立刻开始练舞。我觉得我的伤已经好了。"

"很高兴认识你，比利。"杰西说。

"彼此彼此。"比利力求在语调和面部表情上让新邻居了解他字字真心。

他目送葛蕾丝拉着杰西上楼，见到她两只手握住他的一只手，他内心兴起一点点被排除在外的感觉。

"比利不喜欢人。"葛蕾丝边上楼边告诉杰西，"他……不太一样，但他是好人。"

葛蕾丝差不多在二十分钟后回来了，什么都没做，就抱起猫咪。

"在我开始跳之前，"她说，"我得先跟你说一个秘密。"

"既然是秘密，怎么能告诉我呢？"

"不是那种秘密。"

"那是哪一种？"

"就是你看到一件事，然后想跟人说，又很清楚你不想这些人昭告全世界的那一种。"

"你觉得我会在近期内跟全世界打交道？"

"别闹啦，比利。我的意思是不要告诉菲力派跟海曼太太——尤其不能跟瑞琳说。"

"好，一言为定。"

他们一起坐在沙发上，为葛蕾丝的秘密搭建倾吐的舞台。

"准备要听了吗？"她问道，仍然紧紧地搂着猫咪。

"早就好了。"

"杰西喜欢瑞琳。"

"这样啊。你怎么知道？"

"那还不简单。我一见到他，就说：'你应该参加我们的会议，我们今天要开会，你应该来。'结果他一直说要拆行李，或许其他人不希望他出席，因为大家都还不认识他。然后我带他去找瑞琳。我们从瑞琳家出来以后，他马上说：'你们几点开会？'"

"啊，对呀。开会是几点？"

"不知道。看我几点喊开会，就是几点。"

"喂，你不觉得你一手掌控大权？"

葛蕾丝轻轻地捶了一下他的手臂："不然时间你来决定。我只是觉得，真心想开会的人就只有我。"

"说得好。"

"那你怎么看我的秘密？"

"嗯，不太意外。瑞琳是相当迷人的女性。"

"是啊。她很漂亮，人也很好，可是……"

"怎么？瑞琳有什么地方是你不喜欢的吗？"

"唉，没有啦。我喜欢她的全部。我只是想说，我们对她的事情知道得不多。"

"是吗？"

"我觉得是。"

"我以为我们跟她很熟。"

"我只知道她在一间沙龙给人做指甲，这差不多就是全部了。不是说我有多了解菲力派或海曼太太，但话说回来，我也算了解他们。他们的想法写在脸上，一看就知道。但瑞琳不太会流露自己的想法。唯一一件她流露出来而被我发现的事，就是她害怕的对象。"

比利想了一会儿，不论葛蕾丝观察到瑞琳的哪一面，他是否也察觉到了呢？毕竟，他刚刚还以自己擅长看人而自豪。但就他所知，乃至他感觉到的一切，瑞琳都是天不怕地不怕的人。

"她怕什么？"

"郡政府。"

"郡政府？"

"你没听清楚吗？"

"只是觉得不可思议。她害怕洛杉矶郡政府？"

"对。"

"她害怕郡政府会做什么事吗？"

"比如说，带走一个小孩。"

"噢，她怕那种事啊。"

"对，就是那种事，就好像她小时候曾被郡政府带走过一样。"

"或是她生过小孩，却被郡政府带走了。我想如果她愿意让我们知道，自己会说出来。"

"所以我们才要开会啊。"葛蕾丝有点气恼，仿佛那本该一目了然，"谁都不想跟人说以前的伤心事。你得逼紧一点儿，才有办法把他们的心事逼出来。"

"你要跳舞了吗？"

他敏捷地问，以防她当场开始逼他讲心事。

"开什么玩笑？我一星期前就准备好了。"她说，"我去穿我的舞鞋，鞋子在瑞琳家。我马上回来。你不会跟瑞琳说我的秘密，对吧？"

"但她在场啊。你向她介绍杰西的时候，她就在现场。所以，如果杰西喜欢她，你觉得瑞琳会不知道吗？"

"谁知道？！大人的事很难说。有的事明明一看就知道，他们却看不见。反正，我一点儿都不希望她知道我们在这里聊她的事。"

"聊什么呀？"

"杰西和瑞琳的事！"她大声叫道，气坏了，音量足以传到走廊对面的瑞琳耳中。

"这是打趣的说法。"比利说，"一个小暗号。表示我已经忘记了，没法泄露。"

"你怎么不直说呢？那样讲我怎么会知道？"

"我以为每个人都知道，我以为这是我们心有灵犀。现在这应该算是我们集体潜意识的一部分了吧。"

葛蕾丝翻了个大白眼。

"你真是怪胎，比利。"

"承蒙夸奖。"他对着她离开的背影静静地说。

他蹑手蹑脚地回到舞池，慢条斯理地重跳了一遍舞步。他结尾的舞步跳得比之前更爽利，抬起一只脚，单足站立，又一次想着听掌声的时候到了。

但不是给他的掌声，这次与他无关。是给葛蕾丝的掌声，葛蕾丝接受公众鼓掌的初体验。

"哎呀，我的老天，"比利突然大声说，"我真的非到场不可。可恶。"

## 葛蕾丝

"拜托,有人愿意先发言吗?"葛蕾丝哀声说。

她看着在场的每一位大人,唯独海曼太太回望她。或许是因为上次开会,海曼太太发言了,所以觉得自己不是箭靶。大人的反应总是会变调,哪怕你只是施加一点点压力。

每个人都聚集在瑞琳家,无一例外。

连比利都来了,至于穿着,还是老样子。他背靠着门板,仿佛离自己家近一点儿,就能保住小命。葛蕾丝逮到比利在啃拇指的指甲,但想到要是照平常那样吼他,他或许会直奔回家,她只好睁一只眼闭一只眼。

瑞琳盘着双腿坐在地毯上,背靠沙发,杰西只能从后方看到她。葛蕾丝忖度瑞琳是否特地想出这一招。

杰西坐着看每个人的脸,像要把一切收进记忆以备日后使用,葛蕾丝怎样都猜不透他的心思,尽管她不时盯着他,反复推敲。

菲力派一只膝盖上下弹动,瞪着地毯,活像地毯催眠了他。

"拜——托!"

然后瑞琳张口发言,葛蕾丝只当是好兆头,但不一会儿,她察觉自己错了。

"我不知道大家怎么想,"瑞琳的语音透出一抹尖刻,葛蕾丝只在瑞琳跟妈妈谈判时听过她这样说话,"但我觉得掏心挖肺的压力很大,我办不到。"她补上一句,朝杰西的方向转过身,瞥了一眼。

葛蕾丝的脸像火在烧,一丝疼痛向下延伸到腹部。瑞琳从来不用气愤的口吻对她说话,这会儿碰上了,而且是当着这么多人的面……包括新邻居……啧,真够丢人的。泪水在她眼底积聚,但她拼命克制。

她张开嘴,却说不出话。

冷不防,菲力派抬起头,直视葛蕾丝的眼睛。

"我大概可以先讲。"他说。

她想要拥抱他,亲吻他,但一切发生得太快。

"我本来不是孤家寡人。"菲力派口音比平时浓重,葛蕾丝之前便察觉了,他通常在特别累或情绪激动时才会这样。"我是说,就在……不太久以前,其实那只是前一阵子的事,才几个星期而已。那时我有个女朋友,我们打算结婚了。我给她买了戒指,我们还生了一个小男孩,二十个月大。然后有一天我下班回家,门口放了一个袋子,我的牙刷在里面,我放在她家换洗的衬衫和内衣也在里面。袋子最底下有个收着戒指的小盒子,那是我给她的订婚戒指。所以我猜我们完了。"

菲力派任凭静默降临,而这静默……啧啧,静到极点。

"她解释过吗?"葛蕾丝问道,毕恭毕敬。

"我连跟她谈谈都没能实现,我留言了一百万次吧。最后我打电话给她姐姐,她姐姐说她有另一个男人,这个男人已经存在mucho tiempo,也就是很久了。"

又是静默。

瑞琳好像忘了自己的恼怒,她张嘴说话,话声轻柔又友善。葛蕾丝但愿瑞琳也这样对她说话。

"那你知道吗?"

"答案既是肯定的,也是否定的。"菲力派说,"我知道,但也不知道。我当时非常意外,但现在回想,是有些异样。这种事你也知道的,好歹我觉得你会了解。看到一件事,然后心想那一定是怎样的,但又告诉自己：'不，那太夸张了，一定是弄错了。可是后来，却发现自己是对的。有一部分的自己说：'要命，我之前都不知道。'另一部分则说：'喂，你明明知道。'"

"那su hijo呢？"葛蕾丝问道，在敬畏之下压低了声音。

"那是什么？"比利问完又摧残起拇指的指甲。

"他儿子。"葛蕾丝说，"不要咬指甲。"

"这个……我问过了。"菲力派说，"我问了她姐姐。我说：'那迪亚戈呢？我要怎么跟迪亚戈见面？再怎么样，他都是我儿子，我的骨肉。'你知道她怎么回答的吗？"

菲力派说到最后一句时，嗓音就哑了，葛蕾丝不禁怀疑自己是否想听答案。她不假思索地摇头。

"她说：'他可能是你儿子，也可能不是。'"

葛蕾丝从座椅站起来，奔向客厅另一端的菲力派，抱住他的脖子。

"Lo siento，菲力派。"她几近低喃，"Lo siento para su hijo（你儿子的事我很遗憾）。"

"Gracias（谢谢）。"菲力派轻轻地说。

"我得走了。"窝在门前面的比利突然出声。

他的慌乱如同水坝溃堤，因为葛蕾丝听得出他的话一出口，就在瞬间成为事实。

她放开菲力派，向后退。比利已经打开门。

"哎呀，不行啦。比利，拜托你再撑一下好吗？开会的气氛才刚热烈起来！"

"对不起。这已经是我的极限了。"

但他只往客厅里移动一步，并不是出去。事实上他走了四五步，来到菲力派面前，温柔地看着菲力派。菲力派抬起头，露出悲伤的微笑。

"'Io siento'是什么意思？"比利静静地问。

"意思是她很遗憾。"

比利俯身抱住菲力派的肩头，动作快捷且小心，好像他最好不要拥抱太久或太用力。

"Lo siento（我很遗憾）。"比利说。

"Gracias（谢谢），比利。"

然后比利便往外冲，夺门而出，连葛蕾丝都没法跑那么快，她可是小孩呢。

"再来换我。"杰西说。

每个人都抬起头，活像他们忘了杰西会说话。

"别那么意外，我只是觉得这样可以让大家对我有一点儿认识。毕竟我初来乍到，而且我只会待几个月。"

没人异议，他便发言了。

"我老家就在附近。其实，我是在大概四个街口外的地方长大的，我决定搬进这栋公寓，部分也是冲着这一点。这里离我家太近了，充满回忆呀。当然，这地方变了很多。还有，我选择这里的另一个原因是我得尽量省钱。我请了六个月的假，我的存款也只够应付六个月，我想应该够用，但很勉强。

"总之，我住在查普希尔，在北卡罗来纳州。我离开洛杉矶去那里念大学，之后就没回来。我现在回来的原因只有一个，就是我的妈妈时日不多了。"

葛蕾丝张口欲言，她有千百个问题，脑袋里塞得满满的。她想问杰西的妈妈剩下多少日子、为何时日不多；他跟妈妈的关系有多亲密，以及这是否令他伤心。她也想问问自己能不能做点什么让他别太伤心，即使她认为做什么都没用，因为这样的事情太严重、太悲惨、太令人伤心了。但她没开口。话说回来，也根本不用问。杰西很健谈，用不着催他吐露心事。他不过是敞开心扉，话语便流泻而出。葛蕾丝觉得这点很新鲜。

"我跟妈妈的关系很微妙。其实我们一直不太融洽，总看对方不顺眼，几乎每件事都意见不合。属于易燃关系，常常一触即发。"葛蕾丝还来不及张口询问,他便接着说,"就是火爆的意思。"活像他能看穿她的心思。"认识我们的人,大概都以为我们不喜欢对方,说不定还互相憎恨,但我认为我们是'情感猛烈'。要不是我们深爱彼此,也激发不出那么多火花。那是爱,以及爱的黑暗面,恰巧我们这两者都很丰沛。"

"我想人们会以为如果跟母亲感情不睦,丧母就不会太心痛。但他们错了,错得离谱。失去母亲永远都很痛苦,永远都是。不管你是爱她,还是恨她;不管她令你窒息,还是忽略你,全都一样。她是你的母亲,是你的母亲,这是极难打破的联结。"

葛蕾丝张口欲言,却哭了出来,不出几秒,便化为啜泣,火力全开、克制不住的啜泣。

会议就此落幕,在顷刻之间。

突然,每个人都环绕着她,凑得很近,铺天盖地,没给她呼吸的余地。他们想知道她还好吗。他们问了一遍又一遍,但她知道如果大家肯保持距离,给她喘息的余地,她会自在一些。

"我要去看我的猫咪。"她说完便一溜烟跑了。

她站在走廊上,吸着鼻子,用袖子揩一揩,按照暗号敲了比利的门。

"我今天没法再出门了。我已经到极限了,对不起。Lo siento(我很遗憾)。"

"我来不是为了那个。我是想到你家,开门好吗?"

他必然听出了她话音里的呜咽,他不可能没注意到。门几乎在她说完最后一句话之前就开了。

她拖着脚步,跟他擦身而过,坐在他的沙发上。

"到目前为止,会开得很顺利吧?"他问。

这就是比利的诡异幽默感。他没问怎么回事,只打趣她。但这好过被人团团包围,喘不过气。

她恍然大悟,这正是她来的原因。她不是来看猫咪的,那只占一点点,只占一部分。她主要是来见比利。

她轻轻发出一声"啧"来召唤喵星人拉弗提先生小姐,小猫便从比利的卧房大步奔来,一跃跳到她腿上。葛蕾丝将猫紧紧搂着,一只耳朵靠在猫发出呼噜响的侧身。

她用力吸鼻子,以免鼻涕流到喵星人拉弗提先生小姐的毛上。

比利离她大约半米,挨着沙发边缘坐下,并递过去一大盒面纸。她一口气抽出三四张,同时拿来擦拭眼睛,然后擤鼻子擤得太用力,发出丢人的响声。

"我用掉你好多面纸。"

"没关系。"

"也许我应该买一盒新的还你。"

"拿什么买?你有什么偷藏的私房钱吗?你在施舍我们?你真的是财务独立的有钱人?"

"啊,对哦。"

她又擤鼻涕,这回只用三张。

"想一吐心中的块垒吗?"

"比利,讲人话。"

"想谈谈吗?"

葛蕾丝叹了口气,说:"我只是想妈妈,就这样。"

"好吧。"比利说。

"我知道她不是很棒的妈妈,至少现在不是。但她以前是很优秀的妈妈,虽然那是很久以前了。即使如此,即使我们合不来,即使我们大吵一架而我很生气,即使她爱嗑药超过爱我,我还是想念她。"

"嗯。"比利说。

"也许你不会了解。"

"话说回来,也许我懂。我天天思念我的妈妈,而她还是最差劲的女性呢。"

葛蕾丝扑哧一笑:"她怎么可能那么糟。"

"不，就是有可能。她也确实如此。在这件事情上，你得相信我。所以会议结束了？"

"应该吧。我是说，反正想开会的人只有我一个，而我跑出来了。"

"说不定他们会让你大跌眼镜，说不定他们正在那儿敞开心扉，吐露导致他们孤家寡人的个人悲剧。也许你启发了他们。"

"我去看看。"葛蕾丝说。

她将猫咪交给比利，蹑手蹑脚地出了他的公寓，穿越走廊。一到瑞琳家门外，她便悄悄地将耳朵贴在门上。

他们没有敞开心扉。

杰西在为惹她伤心道歉，说他不知道自己的一番话会惹她哭。

她悄悄穿越走廊，回到比利的沙发一屁股坐下。

"应该没有。"她说。

后来，她听见大家从瑞琳家作鸟兽散，便穿过走廊。结果她一头撞上杰西。

早该料到的，她心想，暗自骂自己。杰西当然会拖拖拉拉，设法最后告辞，才能和瑞琳讲悄悄话，因为他喜欢她，每个人都看得出来。

葛蕾丝不想撞见杰西，因为她知道杰西会没完没了地道歉，而她不要杰西的道歉。他大概只会讲到她又哭出来。

"咦，你在这呀，葛蕾丝。"他说，"我还以为没机会向你道歉了。"

看吧？

"你不用道歉。"她说，尽量控制不让自己哭出来，"你没错。你本来就该实话实说，你也讲了真话。这正是开会的目的。"

"我不是存心要害你难过的。"

"我知道你不是故意的。"葛蕾丝的恼怒渗进了语气，"你以为我不知道吗？"

然后她静观其变，看他会不会被激怒。

但他只拍拍她的头，穿过走廊，上楼梯回他的公寓。

葛蕾丝看着他走开，突然纳闷起他和人类拉弗提先生的幽魂相处得如何。倘若那不是鬼，又是什么呢？反正它就是吓跑了只来当了一下邻居的埃米莉。她一面希望自己刚才问他，又庆幸挨过被道歉的煎熬，不过她并不想碰运气再去找他说话。

她在走廊上左右张望，仿佛随便哪个角落都可能藏着间谍。然后她往原本没打算去的方向转身，顺着走廊下楼梯，踏上回家的路。

她用钥匙开门。

房间里暗暗的，不是漆黑，是没开灯。屋里感觉没生气，没动静。她来到妈妈的卧房，看到她四肢摊平，躺在床上打鼾。

她上前一些，一开始只是看着，然后她伸出手，拉拉妈妈的衣袖。

"嘿。"她说，声音沉静，活像两人在对话，就像有些人会用"嘿"代替哈喽。

葛蕾丝的妈妈撑开眼皮，只撑了一两秒。

"嘿。"她回应。

"你还好吗？"

"嘿，你来干吗？"

"只是来看看你怎么样了。"葛蕾丝喉咙像卡了东西，几乎说不出话。

妈妈扬起一只手，仿佛挥手是回答女儿的好方式。但这只手没抬起多久，甚至根本还没构成真的挥手，便再度收回，垂下，重新搁在肚皮上。

葛蕾丝继续等待，以防妈妈有别的回应，尽管她不知道自己还指望什么。

没了，她对自己说，但没出声。不会有别的回应，你得到的只有这些。不如回瑞琳家好一点儿。

但她没走。

她摸摸妈妈的头发，慢慢地摸了三下，然后她凑近妈妈，直接对准她的耳朵低语。

"爱你，妈妈。"

但她一定是贴得太近，喷在妈妈耳朵上的气息想必令她发痒，因为她举手向葛蕾丝一挥，仿佛她是蚊子或苍蝇。这一挥不偏不倚击中她的耳朵。

"哎哟！"葛蕾丝叫到，洪亮得实在没必要，与疼痛完全不成比例。这是自尊受损的喊叫，痛在心里的那种受损，而叫喊是释放心痛的方式。

冷不防，她就这么哭了。

这一哭逼得她跑出了门，去寻求瑞琳的庇护，仿佛留在家会有谁看到她哭。其实她早就知道，待在家根本没人会注意她，连妈妈都不会。

她敲敲瑞琳的门，一只手仍在揉耳朵。

瑞琳开了门，让她进屋。葛蕾丝察觉瑞琳的额头上有几条不常出现的细小纹路，她的脸似乎绷得比平常更紧也更皱。

"饿了吗？"瑞琳问。

"有点。"

"没什么吃的，只有花生酱了。"

"花生酱也很好。我们还有果酱吗？"这时她懊恼自己怎么会说"我们"。不论瑞琳的冰箱里有什么，全都属于瑞琳一人，不是她们俩的。她大概说了极度失礼的话，偏偏还是在瑞琳情绪恶劣时。"我的意思是，你……你有果酱吗？"

瑞琳仍埋头在冰箱里翻找。

"草莓酱。"她说。

算葛蕾丝倒霉，她没讲明是两人分食，或是瑞琳独享。

"太好了。"葛蕾丝说，即使她对葡萄酱的喜爱大大超越草莓酱。

然后，在瑞琳做三明治时，葛蕾丝说："你觉得杰西怎么样？"

葛蕾丝被瓶底搁在流理台上的声音吓了一跳，但不知道那是花生酱还是草莓酱。

"你给我停止。"瑞琳又是开会时差点勾出葛蕾丝泪水的声音，现在,再度激得葛蕾丝濒临哭泣。今天是怎么搞的?每个角落都潜伏着会跳出来惹哭她的东西。

"停止什么?我什么都没做!"

"停止把我跟那个压根儿不认识的男人配对。"

"我没有!我什么都没做!"葛蕾丝大叫,奋力抵挡眼泪,"我只是问你那个人怎么样。换成是另一个邻居,那个神经兮兮的女士,我也会问一样的问题,只是她住的时间太短,你连见都没见过她。瑞琳,我不知道你为什么生气,他只是喜欢你,有那么恐怖吗?我没有叫他喜欢你,是他自己喜欢你的,他心甘情愿的。"

瑞琳将一个三明治放在葛蕾丝面前的纸盘上,平平静静,一言不发。

葛蕾丝瞪着三明治,发现刚才说要吃三明治的食欲消失了。

"我可以拿三明治到比利家吃吗?那边比较舒服。"

"随便你。"瑞琳说,没什么情绪。

葛蕾丝在门口停下脚步回头看,瑞琳在水槽洗刀,她没抬头,也没回头看她。

"你以前脾气没这么坏。"葛蕾丝说,并赞许自己敢说这么勇敢的话。

"你以前不会管我这么多。"瑞琳回答,仍未抬头,"这两者或许有关。"

"猫不爱吃花生酱和果酱三明治。"葛蕾丝告诉喵星人拉弗提先生小姐。

但她的话似乎白说了,因为这只猫在葛蕾丝说教时,一直在咀嚼、吞咽一块花生酱和果酱三明治。

"瑞琳的心情糟透了。"她说,这回是对比利说。

"是啊,我注意到了。"他说,"那是怎么回事?"

"不知道,大概和杰西有关。我想她对杰西没兴趣。"

"这样啊。"

"我只是以为……我的意思是杰西喜欢她,而且他人不错……这样你们当中至少能有一个人不再孤单,你懂吧。就是解决了一个,剩下的还有待努力。"

"只是这样,是没办法让两个人变成一对儿的。"

"那怎么办?"

"完全没概念,我想没人知道。要是哪天你有了答案,就可以写书了。你会在一夜之间名利双收。"

"你好奇怪,比利。"

"喂,我一直想跟你说一件事。来,把猫给我,好吗?抱着猫,我会更容易说出口。"

"为什么?"

"不知道。它就是能让我平静下来。"

"好啦,随便。"

葛蕾丝将喵星人拉弗提先生小姐抱给比利,注意到猫咪仍在努力舔净上颚残余的花生酱。

比利深深吸一口气,声音大到葛蕾丝都听见了。

"明天……你去上学时……"

"明天是礼拜天。"

"啊!对哦。等星期一,你去上学时……我想跟你和瑞琳走一小段路看看。"

葛蕾丝张嘴就要尖叫,但比利举起手阻止她,而且似乎立场坚定,比他平日的坚定程度高出许多。他不要听任何回应。

"什么都别说。"他说,"要是你太兴奋,我只会更害怕。"

葛蕾丝克制全部的冲动,按捺住久到几乎不可能的时间,开口时,她机灵地轻声细语,货真价实的低喃。

"所以说,你要去我的学校吗?"

"一次解决一件事。一次一件。"

她扑向比利，吓得猫咪窜走。她紧紧搂住比利的脖子。

"我就知道你会来。"她满心虔敬地悄声说道，"我知道你说你不行，表面上也像是真的做不到，可是一旦你认真，我知道你一定做得到。"

"我只说要在星期一跟你们走一段你上学的路。"

"是。"葛蕾丝说，又坐回脚上，"我知道了。"

"你不能逼我，也不能批评我。因为我可能走下公寓前的阶梯就撑不住了。"

葛蕾丝感觉到自己的眉毛挑了起来。

"你每天都要走吗？"

"嗯……"比利停顿的时间久得奇怪，"我得练习。"

"所以你今天才去瑞琳家吗？你在练习？"

"噢，对，一部分是。另外，我也不想让新搬来的邻居觉得我是彻头彻尾的怪人。"

"杰西到底有什么特别的？那我们其他人呢？我们对你的看法呢？"

"唉，别闹了。我是来不及在你们面前树立形象了。你们都知道我是彻头彻尾的怪人。"

"这倒是真的。"葛蕾丝说。她想了一下自己的话，又说，"啊，对不起。"

"我没放在心上。"比利说。

第3章

## 比 利

当杰西来敲比利的门时,比利正在调整葛蕾丝为舞蹈表演准备的编舞。也就是说,比利正穿着舞裤和一件柔软但尺码过大的淡蓝色毛衣。他甚至连舞鞋都穿在脚上了。

也许我们转运了,比利心想,但没说出口。

他打开门,看到帅气的新邻居站在外面,脸上挂着灿烂的笑容,一只手拎着一瓶红酒,另一只手拎着两只酒杯,从杯脚处拿着。

比利油然生出极度不熟悉的异样感觉,但滋味挺不错的。他在那当下词穷,却觉得这一切都对极了。人生本该如此。你在家里本来就应该衣冠端正,而当一位男士敲门拜访,他本来就该带着一瓶酒并且面带微笑。也许他应该说:"这样会不会太冒昧?我应该先打通电话的。"等他说完客套话,你可以回答:"完全不会,快快请进。我正在编舞呢。"

恍如天堂,却已忘得一干二净。遥远的往日云烟。

"你对邻居突然跑来做客的立场如何?"杰西问道,仍在微笑,"有点讨厌?痛恨到丧失理智?气到想杀人灭口?"

"完全不会,快快请进。我正在编舞呢。"不可思议,与像样的正常对话几乎没两样。

"你在编什么舞?"杰西问,在比利的沙发坐下。他将酒和酒杯放在桌上,"不知道你有没有酒杯。我不想认定你有,也不想认定你没有。我自己斗争了好久。"

"葛蕾丝要在学校表演跳舞,我在为她编排舞步。"

比利踏着流畅的步伐来到厨房,心知有人盯着他看。他打开橱柜,取出两个酒杯。这是代代相传的酒杯,极度纤弱,每个杯脚都独一无二,每只酒杯都不尽相同。切分音①,比利心想,是给品位高的人的切分音。

他将酒杯拿到客厅,放在杰西面前的咖啡桌上,杰西好好欣赏了一番。

"开瓶器呢?"

比利觉得自己的脸唰地一下红了。在那一刻之前,他都活在幻梦中,沉浸在"这是我的生活,我的生活与常人无异"的想象中。他当然有美丽的酒杯。除了野蛮人,谁没有呢?但他没有开瓶器。所以这下子杰西知道他不会使用这些酒杯。

他没有回答问题,显然也不必开口,红通通的脸和沉默已泄了他的底。

"只能退而求其次了。"杰西说,起身将一手伸进牛仔裤的口袋。他穿着有点褪色的蓝色牛仔裤,一件领尖有纽扣的白色衬衫,还打了领带。领带!比利不禁自豪起有人为了登门拜访他而打领带。

"用瑞士刀吧。"

"你当过童子军吗?"

"你怎么知道?"

"只是开个玩笑。真的。"

"我当过。我以前还真的是童子军。其实,我坚持到晋升为鹰级童军②。你呢?"

---

① 改变乐曲中强拍上出现重音的规律,使弱拍或强拍弱部分的音,因时值延长而成为重音,这重音称为切分音。其演奏方法是从弱拍开始,并延续至下一强拍。
② 美国童子军的最高等级。

比利笑了，红了脸："我差得远了，望尘莫及。而且露营不符合我的喜好，会碰上虫子。"

"确实如此。"杰西说，随后"啵"一声拔出瓶塞。他举起瓶塞，像是刚刚击中的上等猎物，"还有熊，还有痒到要人命的蚊子叮咬。跟我聊聊葛蕾丝和跳舞的事。要不，跟我聊聊葛蕾丝的大致情况吧。那女孩跟她妈妈怎么了？"

"噢。"比利说，"那个啊。"

他在沙发坐下，与杰西的膝盖只有三十厘米的距离，然后他接下一杯酒，握住纤细的杯脚时，他的心起了波澜。他啜饮一口杰西的酒，胃部感受到酒液的温和暖意，回忆纷纷涌现。

"好酒。"他说。

"很高兴你喜欢，总得弥补我的失礼。你没有邀我来做客，我就闯进来了，而且我不知道你习惯喝什么。"

"水。"比利说，逗得客人大笑，"我通常都喝水，预算有限。"他补充道，以免杰西当他是野蛮人，"至于葛蕾丝的事呢，她妈妈嗑药，据我所知，她恢复正常了两年，后来又严重脱离正轨。"

"那谁来照顾葛蕾丝？"

"我们都有份。瑞琳带她上学，菲力派在她放学后陪她走回来，然后她在我这里待到瑞琳下班回家，晚上就到瑞琳家待一整夜。"

比利说到最后一句时，捕捉到杰西脸色的细微变化，始终笑脸迎人的杰西有一瞬间笑容失色了。没什么好担心的，大概是有什么念头暂时令他从对话中走神。

"楼上的海曼太太还用缝纫机给葛蕾丝做衣服。"比利又说。

杰西伸手将领带拉松一些。

"真稀奇。"他说。

"大概吧，毕竟是这种地方。"

"哪种地方？"

"咦，还用说吗？"

"你是指穷苦破烂吗？不，我认为这在哪里都很难得。但或许就是在这种地方，稍微没那么稀奇。最没本钱付出的人总是付出最多。你没发现吗？"

"嗯。"比利说。不想泄露自己和别人相处的时间有限，根本没多少观察心得。

喵星人拉弗提先生小姐晃进客厅，蹭着杰西的腿。杰西俯身搔搔猫咪的耳朵后方。

"这全都是你吗？"杰西问。

起初比利一头雾水，不知杰西在问什么。然后他才察觉杰西在看他的照片。

"噢，你在问那个呀。那是我过去的人生。"

"你跳什么舞？"

"噢，各式各样，古典、踢踏、现代、爵士，还有一点点芭蕾。"

"为什么放下那一切呢？"但比利根本来不及回答，杰西便说，"不，对不起。当我没问，时候未到。应该等到喝完两瓶酒以后再说的，是吧？"

"如果不需要喝到十瓶的话。"比利说。

他们静静地啜饮了一会儿，静到能听见喵星人拉弗提先生小姐在打呼噜。同时，比利潜入内心，追逐起虚无缥缈的……某事，总觉得有一抹熟悉的感觉。也许是关乎杰西，比如和杰西小酌，或是他松开领带的样子。他不认为以前见过杰西，不是那一种熟悉感。但又是哪一种呢？无论他如何苦苦追逐，答案总有办法拐个弯不见踪影，就像卡在舌尖出不来的演员姓名。

"这只猫叫什么名字？"杰西的问题，吓了他一跳。

比利忖度着自己这副紧张模样，会不会泄露他神经纤细到病态的事实。

他笑了："不知道你是不是真的想知道。首先，在我回答之前，我得声明它其实不是我的猫。它是葛蕾丝的猫，名字是葛蕾丝取的。"

"哦，原来如此。"

"喵星人拉弗提先生小姐。"

"这么长一串吗？"

"对，就是这么长。本来叫拉弗提先生，但那实在太错乱了，因为我们以前有一位邻居叫这个名字，所以她把名字改成喵星人拉弗提先生。"

"后来发现这不是只公猫？"

"很高兴你抓到命名的逻辑。"

"慢着，你们的邻居拉弗提先生不就是在我现在那间公寓自杀的人？"

"没错，这以前是他的猫。"

杰西放下酒杯，抱起猫咪。他从猫咪腋下举起它，直视它的脸。猫咪自在地摇摇晃晃，仍在打呼噜。

"好，喵星人拉弗提先生小姐。"他一本正经地对猫说，"我相信你一定有话想说，愿不愿意说来听听？"在一阵静默后，杰西将猫咪抱在胸前。"对了，"这回是对比利说，"我想邀请你到我家参加烟熏仪式。我们要聊聊拉弗提先生遗留的一切，我是指那个人。"他连忙补充，低头看看猫咪，"看我们能不能达成某种和谐的关系。愿意大驾光临的邻居越多越好，毕竟你们认识他，而我不认识。他是个怎样的人？"

"差劲透顶，横行霸道、偏执，但他非常喜欢葛蕾丝。"

"太好了，我看能不能请得动葛蕾丝。到时应该要有一位不讨厌他的人在场。我知道你不爱出门，这我明白——"

"我会去的。"比利匆忙说，"我可以去。"

比利低头看酒杯，意外发现自己喝得一口不剩。酒是几时喝掉的？他压根儿没察觉。但现在察觉了，那股熟悉的感觉又悄悄渗入肌肤，那暖洋洋的酥麻感，但他肚子里几乎空无一物。不过是一杯酒，而他超过十年滴酒未沾。

他静静地坐着，看着杰西抚爱猫咪，重新追逐起那种感觉，那遥远又熟悉的感觉。但它为何不断回避他呢？

"啊，你得再来一杯，邻居。"杰西说。

他向前倾身，猫咪从他大腿跳下，跃上比利的大腿。杰西必须向比利探出一截身子，才能为他斟酒，于是他凑近了比利。他蓝色牛仔裤的膝盖几乎要擦过比利的舞蹈裤。他散发的气味宜人、清新。那可能是些许的古龙水，也或许只是洗衣液，或者纯粹是杰西个人的体味。

比利艰难地咽口水，终于逮住一直在闪避他的感觉。

是了。是了。

是心仪的感觉，但没有龌龊的意图。不是粗俗、纯肉体的心仪，而是会令一颗心鼓胀到发疼的那种浪漫爱慕。

"好了。"杰西坐回位子，直视比利的眼睛，"这样好多了。"

比利别开视线，一口气灌下半杯。

"我不想让你以为我登门拜访有什么不良企图。"杰西显然在扭转事态的走向，"我真的只想认识一下邻居。但趁着我在这里，我想打听一下瑞琳这个人，假如不会太冒昧的话。"

心痛轻轻柔柔地从比利的肋骨之间往下走，曲曲折折地抵达胃部和腹股沟之间的一个点，然后定住。他盯着自己的酒杯片刻，又灌了一大口，杯底便朝天了。

倒不是他想过其他可能。他并不惊讶，不是那样。尽管如此，那一刻还是自有可悲之处。

而这，比利心想，才是我们的命，我们的命呀，就是在我们察觉自己恋爱了的那一瞬间，我们爱上的那个人却问我们能不能帮忙撮合他和另一个人。

对，这才是我们的命。

"你还好吗？"杰西问。

"还好，没事的。"

"我只是觉得……嗯……你认识她。"

"既认识,也不认识。"比利说,"我对瑞琳确实很有好感,但前几天葛蕾丝才跟我聊到我们对瑞琳一无所知的地方。"

"你对她的认识还是比我多。"

"确实。"

"也许她只是不喜欢我。"

"别说傻话。"比利说,"谁会不喜欢你?"

说罢血液便涌向他的脸,八成已经面红耳赤了。他低头看酒杯,只为了有个东西可看。

"你的酒又喝完了。"

"是啊。"

比利举起酒杯,尽力伸长手臂。这样杰西不必倾身也能为他斟酒。

"我觉得她非常特别。"杰西说,"别误会,我不是跟踪狂。要是她对我没那个意思,我不会纠缠不休。只是她发出的信号里掺杂了一点儿什么,也许是我一厢情愿。说不定我错了,以前也不是没误会过。"

比利深深吸气。在那一瞬间,他明白自己说不定有机会让这两人变成一对。也许迟早能成功,或是三言两语拆散他们,一刀两断,就此老死不相往来,而这样的大权就握在他手上。

"我想她有过痛苦的过往。"比利说,"我实在不该说的,因为我不知道内情。但她的心肠善良到极点。假如我是你,我会给她多一点儿时间。"

杰西伸手拍拍比利的膝盖,比利整个人都僵了,这也是种逃避的方式。

"谢了,邻居。那我就不打扰你了。等我邀请完其他邻居,再告诉你烟熏仪式的时间,然后发出正式的邀请。"

"不用急着走呀。"比利想这么说,再不然就是更可悲的坦言,"留下来跟我说话。"但他只说,"别忘了你的酒杯,还有瑞士小刀开瓶器。"

杰西笑着收拾东西。"我对你有个感觉。"他说,"我很会看人。你是我说的'好人'。我第一次看到你就知道了。"

比利起身,送他到门口,全程就三四步,他一言不发。

"谢了。"杰西说,声音柔和,"你说的话,对我意义重大。你绝对想不到的。"

然后,在比利还来不及反应时,杰西上前一步拥抱他。比利直挺挺地站着,甚至无力举起双臂,回抱他。

"回去编舞吧。毕竟还有什么比葛蕾丝的表演更要紧?也许我会去。大家都要去吗?"

"我还没问过大家,我是会去的。"

说得活像那绝对可能,活像他不是精神错乱才说出这种压根儿不太可能成真的话。

"也许我会去。"杰西说。然后便自行离去。

"晚安,比利。"他在走廊走了两步后又说。

比利张口欲言,但半个字都没说,显然他内心没剩下任何话语。于是他只抬起一只手,无力而可悲地轻轻挥一下。

比利醒着躺了一夜,一次也没有合上眼。大概是因为这样,那些翅膀才没来纠缠他。

"别把我的手握得太紧。"比利说。

"怎么不行?"葛蕾丝问,"只有我能让你不逃跑。"

比利感觉到瑞琳牵起他的另一只手,轻轻捏着。

"未必哦。"她告诉葛蕾丝,"我也牵住他了。"

他们站在走廊,望着公寓大楼的前门,视线穿过门上嵌的玻璃,直望到街道。

比利穿着牛仔裤和夸张的网球鞋。这双鞋已有十年历史,但从没穿过,连在室内都没有。鞋底仍是纯净无垢的白,就如同还没人起床、践踏之前的一场新雪。他不以为然地低头看鞋,又望向街道。

比利觉得有东西从胸腔涌上喉咙,他想咽回去,但不论那是什么,都丝毫不受吞咽影响。

瑞琳问:"钥匙带了没?"

她的声音细细小小,有些许的回音——遥远——仿佛比利正在游离这一刻。他觉得自己大概真的在游离。

"那当然,我检查了六次口袋。天哪!你能想象那有多惨吗?万一我被锁在门外?"

"只是问一声罢了。"瑞琳说,"准备好了吗?"

"还没。"

"真的吗?你不去了?"

"我没说不去。我说的是还没准备好,我永远不会有准备好的那一天。所以我们走吧,趁着我还没改变主意之前。"

瑞琳将门向内拉,一拥而入的清晨的空气扑上比利的脸。

他不禁想起红酒的滋味,惊骇,又依稀 抹熟悉。

三人近乎一体,共同踏出门槛,来到门廊上。

"你还好吗?"葛蕾丝仰头盯着他的脸。

比利的喉咙哽住,胸膛紧缩,根本无法回答。于是,他点头示意继续前进。

他们踏上阶梯,开始下楼梯,实实在在的五步,只有五步。比利开始计算上次走这道楼梯是多少年前的事,包括上楼和下楼。随即又察觉答案并无助益,于是改变大脑思考的主题。

就在他头上的树冠里,听得到有一只鸟儿在慷慨激昂地歌唱。

"洛杉矶还有鸟啊?"他试着问,但发不出声音。

他开始追想,回忆。既然鸟儿会在他公寓外的树上鸣唱,他在屋内必然听得到。他听到过吗?实在记不清,但他认为应该没有。所以,他现在是以过去从未有过的方式活着吗?

发什么呆!葛蕾丝一定会这么说他。

他连忙转头看自己住的公寓,现在离他已有三栋楼房的距离。想着鸟儿歌唱的事,他已走到屋外,上了街道,走完三栋楼房的距离。但既然这会儿他看到公寓落在背后,相隔千山万水,慌乱又涌上心头,缠住他,令他喘不过气,像被钳子牢牢夹住胸膛。他觉得脸在发冷,额头却沁出汗珠。

他猛然停步。瑞琳也停下,但葛蕾丝继续前进,直到他的手臂无法伸得更远,才又弹回来。

"你干吗?"她问。

比利说不出话。

"你要回去了吗?"

"你还好吗?"瑞琳问。

他摇摇头,察觉这个动作莫名的不稳,仿佛他仅是勉强维持平衡,任何突如其来的动作都会让他飞出去。

"你可以回去。"瑞琳说,"假如有必要的话。"

"再多走一会儿嘛,比利。"葛蕾丝哀声说,"到转角就好?"

比利又摇头,这回动作比较戒慎。

"好吧。"葛蕾丝说,"没关系。第一次走就有这种表现已经相当不错了。"

她们在同一时刻松开他的手,显然不认为他是氢气球,全仰赖她们将他固定在地上。少了她们手心的暖意来安定他的心,站在街上,和公寓的安全庇护相隔三栋楼房,便成了难以承受的事。他到底在想什么呀?

他拔腿就跑。

回到公寓大门应该只需几秒钟,然而时间却拉长了,背叛了他。他告诉自己那必然是幻觉,但这幻觉实在太活灵活现,又极端。话虽如此,经过十或十五分钟的痛苦折磨,他回到公寓大楼前门,猛力转动门把，就想推门进去。但他被弹回来了。

他又试一次，门上锁了。

慌乱如火吞噬了他，那反应就如同在已经旺得足以烧死他的烈焰上，再淋上满满一桶油。

他稳住自己，刻意大口吸气。"这道门是不上锁的。"他大声说，很讶异自己重拾说话的能力。他镇定心神的能力想必还不错，"我们只是转门把的方向不对。"

他又转一次门把。不对，他醒悟到一件事，转门把的正确方式只有一种。这道门上锁了。

他考虑回头追瑞琳和葛蕾丝，但那涉及往错误的方向前进。他寻找她们的踪影，想判断他放声大叫的话，她们是否近到能听见。但他看不到她们，她们走了。必然是转了弯，但比利不知道她们往哪一边去了。

唯一的解决办法是向公寓里的邻居求救。

不能找杰西，他想，同时抡起两只拳头捶打门上的玻璃。

"菲力派！我被锁在外面！你能来开门吗？"

他等着，没有回应。

他抬头看二楼。菲力派的公寓是面向街道吗？就是从门阶上看得到的那一间？或者那是杰西家？他并不知道，因为他没有上过楼。

"海曼太太！"他放声大叫。

在绝望的几秒后，他看到三楼的窗户突然开了，海曼太太探头出来。

"天哪！"她说，"你干吗大吼大叫的？"

"我被锁在外面。"比利听到自己大声说出的话，不禁掉下几滴热泪。不管他如何努力克制，还是噙不住眼泪。

"哎呀，我的老天，不必小题大做。你怎么不带钥匙？"

"我带了！我带了钥匙！我家的钥匙！前门本来是不上锁的！"

"当然会锁，不然你不会被锁在外面。"

"前门什么时候有门锁的？"

"嗯,少说有十年了。"

比利在水泥门阶上颓然坐下,背倚着门。从这个角度看不到海曼太太,感觉好受一点儿。

"再不然也有八九年。"他听到她说。

他反抗的意志消散殆尽,更用力地倚着门板,既虚脱又反胃。他仍然需要进屋,但他残余的气力有限,什么都做不了。

"你能下来帮我开门吗?"他嚷道,实在不知道自己的音量能不能传到她耳中。

"应该可以,但爬楼梯让我的膝盖实在吃不消。"

"能请你快一点儿吗?"

"我才跟你说我膝盖不好,爬楼梯很吃力,你竟然还催我动作快一点儿?"

比利紧紧地闭上眼睛,对于陷入地狱的处境有些自暴自弃。这就是出门的下场,总有你掌控不了的变数。离开安全之地就是会出事,然后怎么办?其实,你能做的实在不多。你动弹不得,这就是你的下场。

比利背后的门突然打开,他半个身子就这么栽在走廊上。他往上看,只见杰西居高临下站在那里:"你还好吗,邻居?"

该死。

"我被锁在外面。"他说,是可怜兮兮的孩子似的语调。该死。该死。该死。他脸上挂着泪痕,昭然若揭的慌乱状态淹没了他,而且他的运动鞋白得一尘不染。他不要别人看见他这个模样。该死。"我去外面,我不知道他们在外门装了锁,就被锁在外面了。"

杰西弯腰伸出一只手,要拉他起身。

比利瞪着这只伸出来的手,看了大半天才握住,但他终究把心一横,握住了,让杰西拉他站起来。在杰西拉他的时候,他感觉自己的手在颤抖,而他知道杰西也感觉到了。

"你出去了。"杰西说,"那是好事。"

唉，天哪！他知道了。他了然于心。

"我得练习。"比利的声音有些发抖。

他们一起穿过走廊，前往比利家。杰西一手搭着比利的肩膀。显然杰西够机灵，一眼就认出他是一只氦气球，他很清楚不能放手。

比利以颤抖的双手从口袋掏出钥匙，开了门。

他一踏进熟悉的避风港，一切便消散无踪，一切。他的慌乱，他的气力，他的思考能力，他被掏空到足以发出回音，像甲壳类生物死亡后被掏空且冲上岸的外壳。

他扑通坐在沙发上，目光呆滞地抬头看杰西。

"当你说要去看葛蕾丝的舞蹈表演时，"杰西说，"我就觉得很有意思。我心想，哇，如果你有外出恐惧症，那真是很不得了的宣告。"

一切都完了，比利心想，但幸好这念头不是建立在太多情绪之上。毕竟杰西全都知道了。

"我以为我可以练习。"比利的音量和喃喃自语差不多。

"是可以呀。"杰西说，坐在离比利很近的沙发上。

"今天还真是颜面有光的例证。"

"明天会好一点儿的，因为我会替你打一把外门的钥匙。"

猫咪喵喵叫着跑来，比利揽起它，紧紧地抱住，沉浸在它的暖意中、它柔软的毛发，还有它打呼噜的振动中。可惜，几滴眼泪在他松懈戒备时滑了下来。反正也来不及了，来不及在杰西面前隐藏他的真面目了。

"一天应该不够我恢复精神。"

"好，那就后天。"

"我大概也做不到。"比利说，脸埋在猫毛里。

"需要帮忙吗？"

比利抬起头，隐约感觉眼睛沾到一根猫毛："哪种帮忙？"

"要不要我一起去？如果你没落单，状况会好一点儿，对吗？"

"我没落单。我是跟瑞琳和葛蕾丝一起去学校，后来我不得不回头，她们就走了。"

"要是我一块去，就能确保你平安回家。"

他消受不起，真的，实在吃不消。一方面，想到每天早上都和杰西去散步，狂喜就涌上心头。但到时会怎么样？杰西充当护士，确保他能回到家而不会崩溃？一时之间百感交集的情绪太澎湃，比利无力消化。

"我觉得很丢脸。"比利说。

"为什么？怎么会丢脸？我有个得了外出恐惧症和恐慌症的叔叔，他生前一次都没有尝试过外出，在我认识他的那段日子半次都没有。你至少还试过。"

"我试过了，"比利空洞而呆板地复述，"也失败了。"

"没什么大不了。"杰西说，"那又如何？可以继续试啊。"

## 葛蕾丝

比利牵着葛蕾丝的手,两人上楼到杰西家。

这回比利衣冠端正,穿着白色毛衣和牛仔裤,瑞琳为他理了发,吹干后显得柔软、蓬松、闪亮。他的仪表很正常,与旁人无异。还有,他爬楼梯到杰西家,与旁人无异。也许星期一走的那一小段路对他有益。然而,在那之后又过了四个上学日,比利一概置之不理,窝在家中。所以,或许也不见得。

"你上楼梯走得很顺哦。"葛蕾丝说,因为一年级的老师教过她,在批评别人之前,应该先夸奖对方几句。

"谢谢。"他说。只要不在他自己家里,他就不太健谈。

"你明天会再练习走路去我学校,对吗?"

"嗯。"比利说。仿佛她刚刚才叫他起床,"噢,那个啊。对,明天,明天我会试。"

"明天是星期天,你错过整整一星期。你一定知道今天是星期六,因为如果不是星期六,就不是大家能一起出席烟熏聚会的日子。难道你真的不知道?"

"我大概是尽一切努力不去想吧。"他说。

葛蕾丝早已准备好和他理论,却决定作罢,因为她判断那是非常坦率的回答。

这时,他们站在楼上的走廊,来到了拉弗提先生的旧家门口,葛蕾丝的肚子不禁紧张起来。因为,之前几次她上楼,气氛都很怪异,即便最后那一次以得到猫咪的好事告终。比利也将她的手握得稍微紧一些,她不认为理由相同,却不明白原因会是什么。

"杰西下次会跟我们一起走路。"他说。

"为什么?"

"精神(moral)支持。"

"走路有那么不道德(immoral)吗?"

"不是道德(moral),是士气(morale)。比如,想提振别人的士气,就陪着那个人,给他精神上的支持。"

"我常常听不太懂你的话,比利。"

"我知道。你愿意忍受我,真是奇迹。"

"就是说啊。好吧,让杰西一起去,我喜欢他。不过还有瑞琳呢,她一定会生气的。"

"是啊。"比利说,"她会生气。"

门突然敞开。

"邻居们!"杰西说。然后他凝视比利大半天,双手扳住他的肩膀,将他转向一侧,又将他转到另一侧,活像比利有三头六臂,得好好瞧一瞧才行。

"你剪头发了。"

"瑞琳剪的。"比利说,口吻很难为情。

"很好看。她剪得很帅气。"

"她一直说她不行,只有贝拉办得到。但我跟她说,不管她剪成什么模样,都强过我原来那副德行。我死缠烂打,总算让她点头了,结果还挺不错的。"

"你这么多年没理发了,剪掉的量还真多。"

"就是啊。现在我觉得轻飘飘的,好奇怪。"

"你的头发应该捐给——"

但葛蕾丝知道他要说的话,便插进来替他说完:"为癌症病人做假发的单位。瑞琳把剪下来的马尾带到上班的地方,准备捐出去。"

"早该料到瑞琳做事面面俱到。"杰西说。

白鼠尾草令葛蕾丝的鼻子发痒,好像随时会打喷嚏。白鼠尾草扎成棒状,外形像用鼠尾草叶片制成的世界第一粗雪茄。但不是像雪茄那样以一片坚韧的大叶片卷起草叶,而是用蓝、绿色的粗线交叉缠绕固定,鼠尾草一边烧,粗线也一块烧掉。杰西举起打火机,在鼠尾草棒的尾端点燃许久,葛蕾丝看着一缕青烟冉冉升起,触及房间的天花板。

杰西让众人坐成一圈,中央摆放一个碟子,以便一会儿熄灭鼠尾草棒。杰西在碟子旁边放下一个铜钵和一根粗短的雕刻木棒,葛蕾丝盯着这两件物品直看,因为她知道这两件物品会在今天的仪式使用,却不知何时会派上用场。

她环顾围坐的众人,又看看这间公寓。杰西的家具不多,大概因为他是搭飞机到洛杉矶的,而且只待几个月。尽管家具不多,这儿仍然宜人,因为他拉开全部的窗帘,窗户也一律敞开,因此光线明亮,空气流通。在场其他人的公寓都不明亮,而且闷。葛蕾丝知道他们害怕不锁门,也害怕彼此,但他们何必提防光线和空气呢?

葛蕾丝觉得等杰西再迁出公寓,她会想念他。

"等一下。"她对杰西说,"我们还不能开始,人还没到齐。"

她在心里迅速地数人头。比利来了,杰西当然也在,还有瑞琳,还有菲力派,葛蕾丝自然也在场。

"海曼太太!我们得等海曼太太。"她说。

"她不来。"杰西说,"她说办这种聚会很荒唐。"

"噢。"葛蕾丝说,她对于住户之间仍有分歧而觉得出奇的失落,

"但没有那回事吧。这并不荒唐,对吧?"

"我想对于那样想的人来说,这的确很荒唐。"杰西说。

这又是大人似乎能理解而葛蕾丝早已学乖不再质问的话。

杰西放下打火机,朝鼠尾草棒尾端吹气,吹得出现亮红色。

"过世的拉弗提先生,"杰西像在直接和他打招呼,仿佛拉弗提先生根本没有离世,而且到场参加仪式了一样,"你我素昧平生。今天我请客人来家里,全是认识你的人。我想,他们有一些话要一吐为快。他们认为你对他们不太客气,而我无意暗示你不是那种人。我也看不出他们有骗我的必要。但既然我现在住这里,跟你遗留的能量长伴,我要告诉他们一件大概他们不知道的事——或许连你本人都不知情。你是惊弓之鸟,你知道你对人尖酸刻薄,是因为你很害怕吗?真的,你就是那样的人。我很了解惊恐的感受,因为那就是你留在这间客厅的氛围,但我们只会以你为戒,提醒自己珍惜人生,不要活得那么提心吊胆。你看出来了吗?凡事都有意义,即使只是告诫我们哪些事不能做。"

杰西站在比利前方,比利露出奇怪又羞怯的笑容,葛蕾丝第一次见他这个样子,看来在发窘,却又窘得乐在其中。而且他也不像恨不得拔腿逃回家的样子,说不定他内心想逃,只是葛蕾丝无法从他的外表看出来,也或许他不想跑,也许是因为杰西给了他精神上的支持。

杰西对着鼠尾草棒的尾端吹气,将一缕柔细的烟吹向比利,并用一只手扇烟,让烟环绕比利,从头到膝盖下方都被烟包围。比利没有打喷嚏。

"我会用烟熏你们每一个人,同时烟熏这间公寓。"杰西说,"以防他残留的能量附着在你们身上。你们大概都还带着他的能量。比利,想不想对你以前的邻居说几句话?"

比利在胸腔灌饱空气,他的胸膛向外扩,鼓胀起来。

"好,我决定原谅你。"比利的表情转为讶异,简直就像这句话是别人说的。他环顾四周一会儿,又说下去,"之前我只是从窗户看着你,你就对我大吼大叫,后来有一天你到我家门口,对我说了很多恶毒的话,这些我都原谅你。我是诚心诚意的,这并不是在讲我认为该说的场面话,而是突然间,我就是由衷地想要原谅你。你知道为什么吗?"他望向天花板各个角落,像在判断该往哪个方向开口,"因为我不过是被迫跟你打过两次交道,你却是每一天每一分钟在和自己共处,大概也因为这样,你的寿命并不长。现在我只感到幸运,但也替你难过。所以,不论你以往对我说了或做了什么,都让它过去吧。我真的准备好放下一切了。"

比利将凝视天花板的视线移向杰西,杰西对着他笑,于是比利又露出之前那种怪异的羞怯笑容。

葛蕾丝判定,杰西能让人做出以前不会做的事,或出现以前不会有的模样。杰西有魔法,不是法术的那种魔法,他并不具备超乎血肉之躯的力量。他只是比别人更擅长完成一些事,至少,在葛蕾丝的世界中,他比谁都厉害。

"原来如此!"葛蕾丝嚷道,每个人都转头看她。"对不起。"她说,"没什么,没事,只是突然想通一件事。"

杰西谁都不怕,这就是她想通的事。葛蕾丝总算认识一位不怕别人的人!这就是他与众不同的地方。但她没有说出口。

同时,杰西将小铜钵托在掌心,将雕刻的木棒交给比利,示意他像敲锣一样,快快地在钵的侧面敲一下。比利一敲,悦耳音频响彻客厅,像一座钟发出高亢、清脆的声音,余韵不绝。葛蕾丝体内涌出一股惬意的暖流。

这时杰西走到菲力派面前,以袅袅的细小灰白烟雾熏起菲力派。菲力派一脸肃穆,宛如肩负重大责任。

"嗯,我以为我不会原谅他。"菲力派说,"因为要原谅一个用那么烂的理由痛恨你的人,真的太难了。但也许就像杰西说的,他只是怕我。再说,比利都肯宽恕他了,我也可以试试看。"

菲力派接过比利递给他的雕刻木棒来敲钵,钵音很短促,也坚硬得多，葛蕾丝听起来不太舒服，但还是喜欢。

然后菲力派将雕刻木棒传给葛蕾丝。

杰西又对鼠尾草棒吹气，一缕白烟卷向葛蕾丝，令她打了个喷嚏。她想起彼德·拉弗提因为对猫过敏，而在这间公寓打喷嚏，是她的猫造成的。现在想到喵星人拉弗提先生小姐曾经属于别人，她就觉得怪怪的。

"保重。"杰西说。

"谢谢。"葛蕾丝说，"我还算喜欢他，不是因为我觉得他不刻薄。他真的很凶，但他为我做了一些好事。所以，还是有人说得出你做过的好事，拉弗提先生。我是指人类拉弗提先生啦。至少，并不是你一死，就没人在乎了。噢，对了，猫咪被我们照顾得很好。"

葛蕾丝等待着，等着瑞琳也说一段话，但杰西没有移开。她纳闷怎么回事，杰西突然高举起托在掌心的钵。

"啊，对，不好意思。"

她用木棒敲了一下，自以为敲得用力而轻快，但只敲出优美却细微的声音，余音三两下便消散无踪。和我本人恰恰相反，葛蕾丝心想，声音出乎意料的安静。

杰西这才移到瑞琳前方，直视她的眼睛，但瑞琳只盯着鼠尾草棒烧红的尾端。杰西将手伸进烟中一阵挥舞，熏起瑞琳，时间或许比其他人都要久。至少葛蕾丝这样觉得。

"好了，还不错。"瑞琳说，但她的口气不像不错，倒像'够了没有'？"打开天窗说亮话，我对原谅别人实在没研究。不是说我对原谅别人有意见，我只是不常实践。通常我对事情有了定见以后，也就这么认定了。我今天来，只是看在葛蕾丝的面子上。我没办法跟比利一样站在这里，说我句句真心。但就像菲力派说的，既然比利愿意不计前嫌，我应该也行，至少，我能试试。他的确是个不快乐的人。我完全能理解比利的观点。"

她从葛蕾丝手中拿了雕刻木棒，在钵身敲出气势强大的巨响。钵声

— 215 —

抖抖颤颤，发出回音。回声一圈又一圈，每个人听了都站定不动，赞叹声音那么久才消退。至少葛蕾丝知道自己钦佩不已。而既然其他人都呆立着，她推测他们也很佩服。

葛蕾丝忖度起海曼太太能不能从楼上听见最后那一下的嘹亮钵音，她听见后会不会懊悔没有参加呢？毕竟，钵音那么美，一点儿都不荒唐。

"我们得等一下。"葛蕾丝说，边套上后背包的肩带。

"还等什么？"瑞琳语音含糊。

有时候在早上，瑞琳在两杯甚至三杯咖啡下肚后，语气依然像刚刚起床。葛蕾丝注意到她有时会这样，今天早上似乎就是这样。

"比利要来。"

"太好了。"

片刻后，她们听见小跑步下楼的脚步声，杰西随即出现，一边从走廊跑来，一边啪嗒扣上夹克。他的头皮发亮，像是新剃的，胡子看来也刚修整过。

"我准备好了。"他说。

"你准备好什么了？"瑞琳问。

现在她的语气有点防备。还有，葛蕾丝注意到她伸手拢过头发，让头发蓬一点儿，然后抚平发尾。这未免有些奇怪。她的头发现在偏向没有梳的那种凌乱感，这不符合瑞琳的作风，但既然她不介意葛蕾丝目睹她这副德行，而她又不喜欢杰西，现在何必要整理头发呢？

"我会一起去。"杰西说。

"什么时候决定的？"

"这是为了比利。"葛蕾丝插嘴，"他来给比利精神支持。"

"我们不就是比利的精神支持吗？"瑞琳问，"我以为那是他跟我们一起走的原因。"

杰西走上前，站在一旁，也许站得太近，让瑞琳不太舒服，她后退了一步。

"但要是他撑不完全程,你们也无能为力。到时你必须陪葛蕾丝一直走到学校,比利却只能一个人折返,没人可以确保他不发生上一次的惨事。"

走廊一片安静,葛蕾丝纳闷瑞琳是否知道比利之前碰上了什么大灾难,要是她知情,那她们两人就只有一人知道,至少目前是这样。

"上次出了什么差错吗?"瑞琳问。

"你没听说吗?"

比利的声音传来了:"我没跟她们提过。"

比利踏出家门来到走廊。他穿着好看的黑色运动衫、编织凉鞋、牛仔裤,看起来如同准备出门散心的人。葛蕾丝认为以比利的情况来看,他应该要散散心。

"比利。"瑞琳的语气像是妈妈在询问不乖的孩子,"你怎么没说你上一次回家时出了状况?你遇到了什么事?"

"第一,因为太可耻,我不想讲。第二,我被锁在门外,因为我不知道在我搬来以后,他们在大门装了门锁。所以杰西要和我们一起去,然后再陪我回来。这样没问题吧?"

"好啊,随你们高兴。"瑞琳说,"我们走吧。"

路上,气氛凝滞,一连走过几个路口都没人开口,只有杰西唱独角戏。他和比利跟在她们后方几步远,杰西不停地轻声说着安抚比利的话,西部片人物也会那样说话来安抚受惊的马,以免被马甩下马背。

葛蕾丝不断回头,而比利一直跟在后面,这本身就有几分奇迹的味道。

"杰西有魔法。"葛蕾丝悄声说,她很笃定瑞琳听不到。

"你说什么?"瑞琳口齿不清地喃喃问,依然一副在睡梦中的口吻。

"没什么。"

葛蕾丝又回头,看到杰西一只手搭在比利后颈的底部,像在给比利来一次快速按摩。那看来很有趣,于是葛蕾丝倒退几步,去看他们。

"放松。"她听到杰西说,"试着从这里完全放松。"然后他将双手放在比利肩上,触摸、按揉,"也从这里完全放松,试着完全释放。好,你做得很好,但你好像又忘了呼吸。"

比利吸气的劲道之大,连葛蕾丝都听见空气流进他鼻子的声音。

"好一点儿了。"杰西说,"但如果可以的话,呼吸平稳一点儿,过犹不及也不好。"

天知道那是什么意思,葛蕾丝心想。只要再来两个谈吐像比利的人,她就别想听懂半句话。

她望向他们后方,看到他们离家已经三个街口了。

"比利!"她尖嚷,"你走了这么远!"

比利猛然瞪大眼睛,想要回头,但杰西靠放在比利背后的那只手,让他保持面向前方。

"不行。"杰西说,"别回头看,不然就像在钢索上往下看。再往前一步,专心踏出你的下一步。不论前方或背后是什么,全神贯注于你正在走的那一步。"

瑞琳一手搭着葛蕾丝的肩头,拉她转回前方。

"他们走得好好的。"瑞琳说,"再说,我不希望你跌倒。"

因此葛蕾丝只望着前方前进,但她还是拉长耳朵,细听后方的动静。她听着杰西的每一句话,但没向他们多说半个字,以免比利回头看,又要吓破胆了。

大概过了不到两分钟,葛蕾丝仰起头,看到了学校。他们走到学校前面的路了!她停下脚步向后转,看到他们仍然跟在后面。比利还在!

"比利,你成功了!"她扯开嗓门大叫,"你走到我的学校了!"

葛蕾丝奔向他,抱住他的腰。

"我必须得回家了。"他哑着嗓子低声说,像喉咙在他们上路后发炎失声。

"你表现得很棒!"

葛蕾丝感觉到比利亲了一下她的头顶,然后他掉头就跑,拔腿狂奔。葛蕾丝没料到比利能跑得那么快,想必是因为他跳了大半辈子的舞。

杰西扬起手,稍微挥了一下。"对不起,我不能留下来陪你走回去,瑞琳。"他便追着比利跑了。

"杰西,你有魔法!"葛蕾丝在他背后叫道。

她不清楚杰西听见没有。但话一出口,想收回也来不及了,葛蕾丝这才醒悟到瑞琳绝对听到了。

葛蕾丝站了一会儿,紧贴着瑞琳,看他们奔跑。

然后她说:"我现在是真的信了。比利是真的要来看我跳舞。之前我以为自己相信他会来,只是现在我真的信了以后,才发现之前我对他有点没把握,只是以为自己相信而已。你真的不喜欢他吗?其他人都觉得他很棒。"

"你在说笑吗?我爱比利。"然后,不待葛蕾丝纠正,瑞琳又说,"啊,你是指杰西。"

"我不是想要知道你的私事,我只是纳闷。因为感觉上,想要不喜欢他很难。"

瑞琳叹了口气。葛蕾丝等待着。

"他的人品好像不错,但我还不想跟任何人变成一对儿,就算对方人很好也一样。"

"我又没有插手。"葛蕾丝大叫起来,向后退,自卫地举起两只手,像一面盾牌。

"我知道。"瑞琳说,"对不起。我前几天不该为这件事发那么大的火。我向你道歉。"

"是啊,你真的气坏了。"葛蕾丝说。

"你有做错事的经历吗?"

"嗯。有,很多。"

"你都不会希望人家接受你的道歉吗?"

"会呀。我懂你的意思了,我接受你的道歉。但你还是伤了我的心。"

瑞琳弯下腰,从葛蕾丝的腋下抱起她,让两人的高度一致,只不过葛蕾丝的脚悬空了,踩不到地。

"对不起,我伤了你的心。"说完,她亲了一下葛蕾丝的脸颊,才把她放下,"专心上课。"

葛蕾丝连忙擦掉从眼眶溢出的泪水,免得被其他人看到。

## 比利

比利将自己锁在安全的公寓内,觉得像在三天内跑了三场马拉松,而且每一场之间都没能好好睡上一觉。

他洗了脸,换回睡衣,拉上所有的窗帘,钻进被窝,准备睡一天。

过了还不到十分钟,"嘭嘭嘭"的敲门声吓了他一跳。

他受惊不只是因为突然有人找他。恼人的是早已没人会捶打他的门。葛蕾丝和瑞琳有特定的敲门方式,菲力派是轻敲,杰西则敲得很绅士,拉弗提先生不在人世了,海曼太太不会来拜访。而葛蕾丝的妈妈仍然嗑药嗑得昏昏沉沉。至少,据他所知是如此。

"谁呀?"他的声音颤抖得可耻。他没有力气应付……嗯,任何事。

"瑞琳。"瑞琳在门外说。

比利走到门口,开锁,大大敞开门扉。

"你今天没照暗号敲。"

"啊,对。抱歉,大概是忘了。他走了没?"

"谁呀?噢,你是说杰西。"

"我当然是在说他。"

"他在他家。怎么了?"

瑞琳愣在那里,没有一言半语。

"要进来坐吗?"比利问。

她进来了。

"你好像不高兴。"他说,总得有人说点什么。

"你看他伸出援手,真的是为你着想吗?"她好不容易在他偌大的扶手椅安坐下来。

比利纳闷她是否忘了自己对猫咪过敏,或者她只是过度沮丧,顾不得那些鸡毛蒜皮的小事。

"是啊。"比利说,"绝对是。"

"你不觉得他跟我们走路,是为了亲近我?"

"不,我不认为。因为他提议要帮我的时候,还不知道我是跟你们一起出门。"

"这样啊。"瑞琳说。

比利看着她正历经一番别扭的心情转折。她气冲冲地上门,怒意让她正义凛然,给了她立足之地。比利对此一目了然,也感同身受。可是,现在他夺走了那份愤慨,就像趁她在睡梦中抽走她身体下的床单。看着她吃力地试图凝聚气势,真叫人不忍。

他挨着沙发边缘坐下,瑞琳把脸埋在双手掌心。

"希望我接下来说的话,不会惹你生气。"他说,"我实在想不通你怎么会气成这样。我是指,如果你不想和他交往,怎么不大大方方地拒绝呢?"

她沉默半晌,脸仍然埋在掌心。

最后她说:"万一'不想'是错误的答案呢?"

"啊。"比利双手放在膝盖上,支撑自己站起来,"我去泡一壶咖啡。"

他端着两杯咖啡回到客厅,准备问瑞琳要不要在咖啡里加点什么,却看到她蜷着身体窝在大扶手椅上,膝盖靠在胸口,手臂环抱着膝盖,脸埋在上面。

她在哭。

"嘿。"他轻声说，坐在靠近她膝盖的搁脚凳上，"怎么了？你不要吓我呀。别忘了，我才是很情绪化的那个人。"

瑞琳抬起头，露出悲伤的笑容，只是一抹淡淡的浅笑。她的彩妆一塌糊涂，睫毛膏都抹到脸颊上了。

"你用不着垄断名额嘛。"她说。

"是不用，但我还是比谁都严重。告诉我你在烦什么。"

"说穿了，就是我对男性有心结，信不过男人。这是陈年老毛病了，从我九岁沦落到寄养体制里就这样了。关于这件事，我言尽于此，因为……嗯，因为我不愿意透露更多。我不愿跟人谈那段日子。"

比利听到她的喉咙隐隐约约沙哑起来，或许是哭哑的，但八成不是。大概是猫的关系。他犹豫该不该提醒她，就像之前他气恼到没察觉自己站在屋外走廊上，她和葛蕾丝也大发慈悲地提醒过他。啊，不敢出门已是往事了，不是吗？他今天早上到了葛蕾丝的学校外面，只是站在那儿的时间不长罢了。

他将一杯咖啡放在椅子扶手上给瑞琳。

他静静地坐了一会儿，用自己那杯咖啡暖手。不是他手冷，而是因为他这一杯，加了专属的鲜奶油，盛在他专属的杯中。这一切不会改变，甚至不在改变计划中。所以，他要尽可能地贴近这杯咖啡。

"我和你、菲利派都相处愉快。"他说，心知必须说点什么。

"因为你们没有接近我的企图。"

"确实。"

"我大概应付不了这种事。"

"那就放下。"

"但我不断想起杰西的话。他评论了拉弗提，说我们应该引以为戒，别那么畏首畏尾。而我一直想……哎，天哪，你能想象变成拉弗提那副德行吗？"

"你不会那样的，完全用不着担心，不可能发生的。你没那么尖酸刻薄。"

"但我跟他一样,老死不跟人往来。"

"不,不是那样的。你没有不跟人打交道,看看你为葛蕾丝做的一切。"

瑞琳惨然一笑,吸吸鼻子。比利一跃而起,给她拿来一盒面纸。

"我想说的是,我曾经那么封闭,直到遇见葛蕾丝才开始改变。现在我像是卡在从未到过的无人地带,实在很不自在。"

"我了解。"比利说。

"嗯,"瑞琳说,"对啊,你确实了解。我一时忘了。我在这里想着你哪里能体会那有多可怕。但我想你是了解的。我想你清楚这对我来说,就跟你走路到葛蕾丝的学校一样可怕。天哪!比利,我该怎么办?假如你是我,你会怎么做?"

只有短短的一瞬间,比利允许自己幻想他是那个即将有幸与杰西交往的幸运儿。然后他脱离幻想,以保护自己。

"我才刚走路到葛蕾丝的学校。这回答你的问题了吗?听我说,不要那么绝对。别忙着决定要不要嫁给他,去喝杯咖啡就好。就跟他出去一次,你懂得吧?跟他聊聊天。现阶段这样就行了。"

"原来如此。嗯,好。这我做得到,是吧?"

比利啜着咖啡,安抚心中的躁动,压抑住想重回独处生活的渴望。这一天的压力有千斤重。他没有回应,心想她自己清楚答案。

"等一下。不,我不行。"瑞琳几乎大叫起来,听来如释重负,"我晚上要照顾葛蕾丝。"

比利向她挑起一边眉毛。

"是啊,讲得好像你不能在出门约会时,托我照顾她三小时一样。"

"可恶。"瑞琳说,脸又埋进掌心。

"瑞琳,你的心病跟我一样严重。听着,既然我能走路到葛蕾丝的学校,你也能和一位优秀男士去约会。"

她从手掌上抬起头:"你知道吗?还真是这样。"

"他还有另一项应该纳入考虑的优点。杰西确实很擅长安抚受惊的人。"

瑞琳笑了。美妙的笑声,自然且毫不勉强,轻飘飘的,像是可以飘到半空中。清脆,像从杰西的颂钵敲出来的声音。

她倾身向前,张开双臂,紧紧地把比利抱在怀中。太紧了,但他没有挣脱。

"你实在是很贴心,比利。"她说。

"谢谢夸奖。"他说,"你确实知道此刻你待在一间养了猫的公寓里,对吧?"

"哎呀,可恶。"瑞琳说,"我真是糊涂了,还以为是因为我哭了呢。我得走了。咖啡能外带吗?我需要来一杯。杯子我再还你。"

她亲了他脸颊一下,夺门而出。

比利叹了口气,又回到床上。他或许打了个小盹,或许没有。

海曼太太在大约十二点半的时候来敲门。

敲门声很小,不比墙壁里的老鼠发出的声音大多少。但她同时在门外对他说话。因为她是同类,比利心想。她跟我一样讨厌别人突然来敲门。

"我是楼上的海曼太太。"她说。

比利叹息,起身,披上睡袍,为她开门。

"哎呀,不好意思。"她说,"吵到你午睡了吗?对不起。但既然你醒了,我能进去吗?"

我看她一定有事,比利想。海曼太太实在不是会找他串门的人,而这令他自觉卑下。一定出事了。

"快快请进。"他站一旁,将门大大敞开。

推托也是白搭,他判定。你可以惋惜昔日恬静的圣地如今成了川流不息的十字路口,但他无能为力,只管叹息,开门,让对方把想说的话都说完就是了。这样省事多了。

海曼太太一跛一跛地走进客厅,带着一件折好的衣物。

比利指指椅子,但她置之不理。

"我给葛蕾丝做的。"她说着摊开衣裳。

是一件前开式洋装,颜色是葛蕾丝最爱的蓝色,以一条腰带系住腰部。

"她一定会喜欢。"比利说。

"当真?啊,我当然希望……其实她没有挑这个款式。但这实在……很适合葛蕾丝。这可以当成洋装,单穿,或是搭牛仔裤,尤其是搭配裤袜,我想应该会很好看。或许也很适合她跳舞穿,说不定也适合她穿着去那场重要的舞蹈表演,我也不确定啦。也或许她得穿特别的舞衣上台,这你清楚吗?她跟你提过服装的事了吗?"

"抱歉,没有。"比利说,"她只和我谈过舞蹈的部分。"

"我也在给她打毛衣,好让她换下几乎天天穿的旧毛衣。那件破破烂烂的,不知道你注意到没有。"

"不注意都难。"比利说,"都能一眼看到毛衣里面的胳膊了。"

两人一阵沉默,比利注意到她仍然没有坐下,也没交代为何跟他提这些。

"你要不要等她放学回来,再拿过来?"

"噢,好啊。"她说,"应该可以。"

但她没有向门口移步。

就在那股沉默实在令人别扭到受不了之际,她说:"我有事想请教你。"

"原来如此。"比利说,"请坐,要不要我煮咖啡?"

"啊,不用。我不行,谢谢。我都很早上床,要是我过了中午还喝咖啡,晚上会失眠的。"

她仍不坐下。

"好歹,你也坐下吧。"比利说,两人共同的尴尬令他压力沉重。

"嗯。"她说,"我有这方面的小困扰,膝盖不听使唤了。有时一坐下,就很难再站起来,得七手八脚才爬得起来。"

"我很乐意扶你起来。"他说。

"噢,那我就坐了。"她说,试探地往他的沙发移动,"我不太爱请人帮忙,我很不懂得求援。但我猜这次不是我开口,是你自告奋勇,对吧?"

她小心翼翼地降低身姿,那动作背后的痛楚令比利皱起了眉。他坐在沙发的另一端。

"我想请教一下,"她说,"你这么多年不出门是怎么生活的?我觉得有必要多了解一下。"

比利本能地靠向沙发,以拉大两人的距离。猫咪从容地踱进客厅,海曼太太畏缩起来。

"哎呀,"她说,"你能抱开它吗?我一点儿都不喜欢猫。"

"但它住在这里。"比利一边说,一边感觉到这句话的用字和口气比他平时更呛。他必然是过度疲惫,管不住口舌。"但我可以抱着它,假如这样能让你自在一点儿。"

他向猫咪弹弹手指,猫便走过来,他揽起猫咪,让它贴着自己的胸口。

"我们说到哪儿了?"海曼太太问,但比利怀疑她真的忘了,"啊,对。说到你不出门。"

"问题是,"他说,"那已是前尘往事了。我正在努力。其实,我今天早上才出过门。我一路走到葛蕾丝的学校,在十个路口之外。"

"很好啊。"她说,"那很棒。但我还是想问问你那段足不出户的日子。"

比利深呼吸,准备做一件稀罕的事,对人说出失礼的话。

"我想我要选择不跟你谈那件事。"他说,"那终归比较私人,而且我为了克服障碍吃足了苦头，还要被人批评，我心里很不舒服。现在，如果你容许我告退……"

他站起来，一手抱着猫，向她伸出一只手。

"别这样。"她刻意不看那只手，"拜托……让我从头来过。我显然是词不达意，冒犯了你，但那绝对不是我的初衷。请让我重新说明，你才能了解我的情况。我的膝盖不中用了，得爬两段楼梯才能到家。要不了多久，我就没办法再上下楼了。也许能再撑个一两年，也许后天就不行了，实情大概更接近后者。我一直在想，到时怎么办？我会死吗？我总得吃东西。我要怎么取得食物？怎么到信箱拿信、付账单、倒垃圾？然后我想到，楼下的小伙子好几年不出门也活得好好的。所以，我想也许你有一些办法。要知道，这对我至关重要。"

比利打弯膝盖，坐回沙发上，这次比较靠近她。

"我也没那么年轻，"他轻声说，"都三十七岁了。"

"很年轻啊。"她说，"你只是不知道那有多年轻。你怎么买菜？"

"我请人送到家。洛杉矶有一些为人递送任何货物的公司。问题是，不是每一家都愿意到我们这里。即使肯来，也得另外加价。"

"听起来很贵。"

"确实很贵。因为这样，我得大量缩减食物才负担得起。"

"这可不妙，"海曼太太说，"我吃得够少了，实在不想再减量。我知道这完全不关我的事，你绝对有权因为我这样问而拎着我的耳朵，把我扔出去……"

"我父母，他们每个月开一张小额支票给我，直接存进我的账户。"

"原来如此。这就回答了两个问题。现在我也知道你为什么不必去银行。我本来以为你的财力来源是政府的支票，就是那种……给紧张过度……不能工作的人的支票。"

"我敢说我一定符合条件。"他说，"但我父母让我不必丢人现眼地去查清楚。也或许，他们是想保住自己的颜面。"

"你怎么倒垃圾?"

"我给送货员一点儿钱,请他们代劳。"

"啊!但你总有看病的时候。"

"并没有。我运气好,一向很健康。"

"但我需要看医生。"她说。

比利没有——也不能——辩白,但他吐露了一件事。

"医生还不成问题,至少对我是如此。牙医才是困扰。我最近开始有点牙痛。我相信会越来越严重。我敢说,就算在这个时代,这个年头还找得到愿意到病患家看病的医生,也一定找不到肯出诊的牙医。"

"嗯。"她说,"那账单呢?"

"什么账单?房租就包水电了。房租可以用每个月自动扣款的方式交纳。"

"但没有包电话费。"

"我没有电话。以前有,可是后来电话费变得太贵,而且还得为电话保留一个支票账号。所以现在我都趁送货员来的时候,顺便订购食物。"

"这可怎么办?"海曼太太的语气又恢复惊恐,"我觉得我一定要有一个电话,不是我会打给别人,而是万一有紧急状况呢?"

"我想你忘了一件事,海曼太太。"她在无助中抬起头,迎视他的眼睛,"你有邻居。你不觉得菲力派、杰西或瑞琳会帮你到超市跑腿吗?假如有紧急状况,你不觉得你捶一捶地板,就会有人飞奔到你家吗?说不定,还会有人愿意跟你交换公寓,让你能够多独居几年。"

海曼太太在大腿上绞着两只布满斑斑点点的手,弄皱了蓝色洋装:"他们怎么可能愿意帮我做那种事?"

"因为我们是邻居?"

海曼太太带着疑惑笑了:"我们向来没把彼此当邻居,没到会互相照应的程度。"

"此一时,彼一时。"比利说。

在漫长的沉默中，海曼太太看来对邻居守望相助的概念不知所措。

"嗯，我该让你去补觉了。"她说，"现在我心里是说不出的舒坦。本来我担心到不行，看来是庸人自扰。我早该想到葛蕾丝会关心我的事，她绝对会找人来照应我。我还是很意外有人会在乎我，但我大概得习惯这个新想法吧。我跟你说，别把我们聊过的事说出去，好吗？开口说出我需要援助已经够难了，更别提还让人发现，所以我们暂且别让其他人知道。"

"说得有道理。"他说。

他起身，向她伸出一只手，她慢腾腾地站起来，同时发出深沉的哼声，险些拉倒他。他送她到门口。

临别时，海曼太太说："葛蕾丝扭转了这一切，对吧？"

"你说得太轻描淡写了。"比利回答。

"回去睡吧。"

"好的。"

"谢谢你。言语无法形容我的感谢，你真是个好青年。"

她摇摇摆摆地走向楼梯。

"要我扶你上楼吗？"他问。

"还不需要，谢谢你的好意。但要人搀着走的日子也不远了。"

比利关上门，放下猫，去睡回笼觉。

葛蕾丝照例在三点半蹦蹦跳跳地来了。

"咦，你穿睡衣。"她说，"现在我都习惯看见你穿得整整齐齐的样子。你还好吗？我要马上换舞鞋去练舞。我真的很需要好好练习那些三连转。你说那叫什么来着？"

"水牛步转身。"比利说。

"你想这名字是来自水牛这种动物，还是水牛城？"

"我不清楚。"比利说，比平时更吃不消她的精力，"但感觉上，这个动作对水牛来说很困难,所以我猜是水牛城。"

"我也觉得很难。"她边说边绑起舞鞋的鞋带,"我老是跳到地毯上去。要是能解决,整支舞就会跳得很漂亮。"

"还有另外两件事情需要下功夫。"

"啊,"她说,"永远有别的功课,是吧?"

"除非你不想变强,除非你不要闪闪发亮。"

"好吧,是什么?"

"你上半身要放松一点儿,才不会看起来硬邦邦的。还有,你得微笑。"

"真的吗?"

"绝对要,不能付之阙如。"

"讲人话啦,比利。"

"就是不可或缺。"

"给我讲人话!"

"就是不做不行!你先练转身,我要把沙发铺成舒舒服服的床,在上面看你。"

葛蕾丝小心翼翼地走过地毯到卧房,拿了床尾的毛毯。她用毛毯盖好他,亲了一下他的额头。

"要跟我说我有没有笑容。"她说。

然后那让人心旷神怡的踢踢踏踏的声响,引得比利酣然入眠。

"瑞琳迟到了。"葛蕾丝的声音惊醒了他。

"也许她的哪个客人拖延了时间。"他含糊地说,试图装作没有入睡。

"应该不是。"她在沙发上挨着他的屁股边坐下,"我很确定我在老时间听到她进屋,但都过了大概二十分钟了。"

"啊!那她可能是在和杰西讲话。"

"她干吗去找杰西讲话?她讨厌杰西。"

"嗯,"比利说,"我不清楚,凡事都会改变。"

葛蕾丝挑起眉毛盯着他:"发生什么我不知道的事了吗?"

"我和瑞琳稍微谈了一下。"

"你做到了!"她嚷嚷起来,兴奋极了,"你有魔法,比利!你做到了!"

"我什么都没做。"他说,"她只是需要找人聊心事。"

"哎呀,现在我可等不及啦。我兴奋死了,我等不及要看结果。现在我要去跳舞,我兴奋起来就要跳舞。看着我,我现在要去跳水牛步转身。你看我跳的位置对不对,还有,我有没有笑。这次别睡着了。"

比利坐起来,做一个比较称职的观众。

葛蕾丝踩着曳步穿过地毯,就定位,但她还没抬起脚,就有人敲门。

"瑞琳来了!"她嚷着奔向门口,险些滑到。

她敞开门,挡住比利的视线。"啊,不是瑞琳!"他听见她喊,"是杰西!嘿,杰西!"不一会儿又说,"比利,他找你!"

"我穿着睡衣。"比利说,但无济于事。

葛蕾丝已经拽着他的手,拖他到门口。他连忙用另一只空着的手扒几下头发。他不想让人看见他这副德行,但为时已晚。他已来到敞开的门前,面对杰西,杰西的面容比平时更加坦率柔和。

比利等着杰西开口,但杰西张开双臂,紧紧抱住他。比利感觉到泪水在眼底积聚,仿佛要被挤压出来。冷不防,杰西又放开他。

"我得走了。"他说,"我得去准备。谢谢你。"

他两步并作一步,蹦蹦跳跳地上楼,失去踪影。

"那是怎么回事?"葛蕾丝问,扯一扯他的睡裤。

"不清楚。"

"他好像很开心。"

"确实。"

"你看瑞琳是不是答应跟他约会了?"

"有可能。"

"但愿如此。但你还是得看我的转身动作。"

比利关上门,坐在沙发上,再度准备做一个认真的观众。葛蕾丝抬起一只脚,踏在地上。又有人敲门。

"该死!"比利叫道,"简直没完没了。我以前清静的日子好像回不去了。"

"你真心想要那种生活吗?"葛蕾丝拖着脚步去应门,"应该不是瑞琳,这不是她的特定敲法。"

"有时候她心事太沉重,就会忘了那样敲。"比利说。

葛蕾丝一把拉开门,又挡住他的视野。

"是瑞琳!比利,她有事找你!"

比利叹了口气,这好像是今天的第一百次。他感觉自己只剩少得可怜的精力可以起身走到门口。但他还是去了门口。

"我很快交代一声。"瑞琳说,"我得很快准备好。我接受你的提议,让你照顾葛蕾丝。来,这二十元给你。"

她将一张钞票塞进他手中。

"你不用付我照顾葛蕾丝的费用。"

"不是的。我知道。这不是保姆费,只是我知道你的存粮有点不足,我想你们可以叫比萨来吃,我请客。"

哇,比利心想。当瑞琳说她要很快交代一声,可不是在说笑。他从没听过她口中一秒内能有那么多字翻滚而出。

在他背后的公寓内,他听到葛蕾丝为了能吃比萨而欢叫。

"葛蕾丝可以到我家,打电话叫比萨。"瑞琳连珠炮似的,"要是到时我已经出去,她有钥匙。但我要给你一个建议,别让她想吃什么自己点,跟她说只能吃芝士腊肠比萨,没别的。不然,她点的东西会超过二十美元。她九点该上床,到时我应该就回来了,万一还没回来的话,也许你可以在沙发上替她铺张床,我早上再来带她,好吗?"

他还来不及回话,她便将他抱个满怀,亲了他的脸颊。

"我得走了。"她说,"谢谢你。"

"你没问题的。"他刚说完,她便遁入自己的公寓内。

比利深吸一口气,关上门。葛蕾丝满怀期待地望着他。

"他们要去约会吗?"

"显然是。"

"哇,哇,哇!"葛蕾丝欢呼道,跳上跳下,双臂举在头上摇摆,像在跳舞,"我们要吃比萨,他们要去约会,我好开心,这是我的快乐葛蕾丝之舞。"她唱道,紧接着脚一滑,一屁股摔在地上。

"那你最后一个舞步就是悲伤葛蕾丝之舞,对吗?"

"被你说中了。"她说,仍坐着揉屁股,"你有魔法,比利。不是作法的那种魔法,是杰西的那种魔法,因为你能让事情成真。比方说,你让他们愿意去约会。"

"我什么都没做。我只是聆听,瑞琳只是需要倾诉心事。"

"无所谓,那就是你解决问题的方法,那一样是魔法。"


"学校教了关于星星的知识。"葛蕾丝说,"太空、太阳系、黑洞什么的,好可怕,真诡异。"

他们躺在比利的小小露台上,仰望星辰。至少,是仰望在油烟和城市灯光照耀下仍可辨识的十来颗星星。

"哪里诡异了?"

疲惫令他困到极点,整个人软绵绵的,感到很安全。他品味着拂在脸上的夜风,以及不惊慌的感觉。

"噢,首先,我们老师说太空没有尽头。但天底下没那种事。"

"你怎么知道不可能?"

"不可能就是不可能。"

"也许有可能,但那是我们的大脑不擅长理解的领域。这样想吧。你在宇宙飞船上,你不断向远方航行,寻找太空的边界,寻找太空终止的尽头。"

"对。尽头一定存在,就在某处。"

"那尽头的另一边是什么?当你找到太空的终点,终点之外又有些什么?"

他们肩并肩躺着,静静地过了一分钟左右。

"什么都没有。"葛蕾丝说,就在比利以为她或许打起瞌睡的时候。

"但那就是太空啊,什么都没有。所以,如果一切都没有尽头,在太空的另一边没有任何东西,那么另一边其实就只是太空的延续。"

"哎哟!"葛蕾丝嚷起来,"比利,你害我脑袋烧坏了。好啦,即使这实在没道理,但就当太空没有尽头好了。我们老师说太空里有几十亿颗星星,是几百亿颗还是多少。所以,看看天空吧,星星都上哪儿去了?"

"被万家灯火盖过去了。如果你到沙漠或是山上,能看到的星星会多很多。"

"我还没出过城呢。你呢?你去过山上或沙漠吗?"

"是的。"比利说,"我都去过。"他听到远方的乐音,察觉那音乐一直都在,只是这会儿他才注意到。是中东的曲调,某人在某处开派对呢。每个人、每个地方都充满生命力,连比利也是,"以前我跳舞的时候,会去全国各地巡回演出。"

漫长的沉默。比利聆听音乐,感到一阵暖意,然而这一夜明明是寒凉的。

然后葛蕾丝说:"有什么事发生吗,比利?你之前发生了什么事?"

他没打算抗拒。那股抗拒的冲动早晚会找上他,而今夜发生的概率就跟其他夜晚一样大。

尽管如此,他们还是静静地躺了许久。

"有点难解释,"他终于说,"但我试试看。我一向都有恐慌症。我知道你想要我说出原因,但我不清楚为什么我会有这个病,而其他人没有。我不清楚有没有人知道答案。我在一个怪异、可怕的家庭长大，或许别人也是，但是他们没有发病。可是我从……嗯，我也记不清……可能在你这个年纪，就有恐慌症发作的记录了，也许是一年级或二年级。后来症状愈演愈烈，有好几年时间，我只要跳舞就能摆脱恐慌症。至少，能避免它发作，只要我时常跳舞就行。一段时间后，变成在前往巡回演出的途中，去剧场的路上，恐慌症会发作，甚至在谢幕的时候也会，所以，我越来越少去试镜。待在屋子里就能风平浪静的话，我就干脆天天待在家里。就像我告诉过你的，我上瘾了。你想要一时的平静，就用长远的美好人生来交换当下的平静。任何怪癖其实都是这样，是用未来换取此时此刻的舒适。那就是你妈妈现在的行为，也是我现在的困境，这种现象其实相当普遍。"

比利忖度起葛蕾丝会不会一句都听不进去，但她是个聪明的孩子，因此他猜想，她听得懂的部分应该够多，足以让她理解。

比利听到她微微打呼，于是抱起她，将她安置在沙发上，用还没收回床上的那条毯子，为她盖好。

他看了眼时钟，十点十五分。

想到杰西和瑞琳一起外出、谈笑风生、凝视彼此的眼睛，或做任何他们在做的事，比利身体的某部分便隐隐作痛。但他又撇下那种感觉，他们有寻找幸福的权利，假如幸福确实在等待他们的话。若是他们失败了，对比利也没有任何好处。

就在他钻进被窝之际，葛蕾丝从客厅对他说话。

"比利？"

"你还好吗？"

"我很好。我只是想跟你说一件事。"

"好啊。什么事？"

"你不能告诉别人。"

"好。"

"我长大以后,要当舞者。"

比利神志清醒地做了三次呼吸,他尽力说服自己相信祈祷的力量,祈求生命不会让她重挫到无法复原的程度。

"为什么不要别人知道?"

"因为他们不会相信我的。他们会觉得那只是笨小孩的想法,但你相信我,对吗?你相信我真的能做到,对吗?"

"对,我相信。你上次问的时候我就说过了,但是你需要非常勤奋地苦练。假如你很渴望,我相信你做得到。"

"我是真心的。我很渴望跳舞,这全是因为你,教我跳舞要闪闪发亮的人就是你。"

"目前为止,我教过你的东西可多着呢。"

"我知道。但你还没教完,对吗?"

"对,"比利说,"是还没有。"

## 葛蕾丝

"有人在敲瑞琳的门。"葛蕾丝说,"比利,你听见了吗?"

葛蕾丝停止练舞,侧耳细听,她正抬起一只脚,就这么金鸡独立着。自从练舞以来,她的平衡感已大有长进。话虽如此,她希望自己不要与电影或电视里猎捕雉鸡的猎犬太神似,或是……话说回来,那些狗狗真的非常漂亮。

"也许我们应该去看看那是谁,跟他们说瑞琳要五点半才回来。"

"我也一起去。"比利抱开大腿上的猫。

"为什么?你知道我可以自己开门。"

"但我们不知道在门另一边的人是谁。"

"你这个样子还能保护别人。"她说,门口距离他们大约半条手臂远。

"喂。"

那是受伤的语气。

"对不起。"

葛蕾丝常常忍不住就冲着比利小小毒舌一下,而和他在一块的时间又那么长,因此她必须不断提醒自己要当心,比利的自尊很容易受伤——太容易了。

比利解开门锁,葛蕾丝开了门,合作无间。

瑞琳家的门外有一位女士,葛蕾丝认得她,却一时想不起在哪里见过。这时那位女士转过身,对她微笑。葛蕾丝的肚子稍微翻搅了一下。是郡政府那位女士,之前来过一次,访查她生活状况的那位女士。

"啊,你在这里呀,葛蕾丝。"女士说,"你记得我吗?"

"记得。"葛蕾丝很讶异自己的声音那么微弱,"只是不记得名字。"

"凯兹(Katz)女士。"

"是。不知道怎么会忘记,因为我很喜欢猫咪(cats)。"

"但拼法不同。"女士说,依然挂着皮笑肉不笑的微笑。那张笑嘴看来像她早上化妆时一并画到脸上的。

"怎么拼无所谓。"葛蕾丝说。

她从眼角余光看到比利在撕扯拇指的指甲,但她不确定若是当着凯兹女士的面打比利的手,她会做何感想。她完全摸不透应该如何应对郡政府的女士,这正是问题所在。早该有人教她的,但他们始终没有,这会儿也来不及了。

"我好像没见过你。"凯兹女士说,抬头看比利。

葛蕾丝暗想,幸好比利现在仪容整齐,没穿他的旧睡衣。话说回来,这阵子除非他去睡午觉,否则几乎天天都衣冠端正。葛蕾丝觉得自己好差劲,居然现在才注意到。

"比利……费尔德曼。"他伸出手,准备和她握手。

可惜他刚才啃的是右手拇指,现在那儿有点血迹。葛蕾丝希望凯兹女士没注意到。

他敞开门,以手势示意郡政府的女士进屋。葛蕾丝但愿他没那么做。话说回来,她大概猜得到比利并非心甘情愿,他八成是认为自己别无选择。葛蕾丝好奇的是,比利知不知道在政府人员面前该做和不该做什么,或者他只是看着办。但比利已是一脸惊恐。

凯兹女士在比利的沙发坐下,而喵星人拉弗提先生小姐不偏不倚地跳到她大腿上。

"它喜欢你。"葛蕾丝说。

"好顺滑。"凯兹女士说。

她一手抚过喵星人拉弗提先生小姐的毛,猫便做了"升降小屁屁"的动作,也就是随着抚摸的手抬起臀部。葛蕾丝对这位郡政府女士不禁多了一丝好感,欣赏她懂得抚摸猫咪,没有断然驱赶。

"那是我的猫。"葛蕾丝说,"本来是楼上的拉弗提先生养的,可是他开枪自杀了,现在就变成了我的猫。"

她从眼角瞄到比利继续啃同一个可怜的拇指指甲。

"所以费尔德曼先生充当保姆的时候,猫就跟你一块过来吗?"

"费……什么?噢,对,比利。我老是忘记他姓费尔德曼。我都叫他比利,或比利·闪亮。猫咪不是跟着我四处跑,它住在这里。"

"你的猫住在这里?"

"对。我妈不准我养。我是指猫咪,但我认养了它,反正它是住在这里。"

比利猛然起身。

"咖啡!"他叫得实在响亮,因此满脸困窘,"要不要我去煮一壶咖啡?我有货真价实的鲜奶油。"

"不用了,谢谢。"凯兹女士说,"我不会待那么久。那么,葛蕾丝,你住在这里吗?"

比利正要重新坐回椅子上,被凯兹女士这么一问,就这么不上不下地愣住,既不是站,也不是坐,而是膝盖打弯半蹲。

"嗯,没有。"葛蕾丝说,比利恢复行动力,坐下了,"我不住这里,只在放学后在这边待两小时。"她看到凯兹女士点点头,自顾自地在一个卷宗里面做笔记。"除非瑞琳去约会,这一两个礼拜她几乎每天晚上都约会。她约会时,我在这边的时间就会延长很多,但大多数时间,我住在瑞琳家。"

漫长的静默,漫长,而且……不妙。葛蕾丝在心里回顾自己刚出口的一番话，想得又急又慌，试图厘清自己哪里说错了话。她每一句话似乎都中规中矩，只是现在时机不对，而她感觉得出来。不知怎么，似乎全是她一个人搞砸的。

"你和强森女士一起住？你现在完全没跟你妈妈一起生活？"

葛蕾丝的喉咙紧缩，几乎说不了话："只是暂时的，是在等妈妈的状况好一点儿。"

这些话在出口时有点短促，实在好丢人。

"因为她背部受伤。"凯兹女士的语气不像问句。

"因为她怎样？"

"强森女士说因为她背部受伤，所以现在必须服用大量药物。"

"对！背部受伤！没错！"

凯兹女士叹了口气，放下卷宗，直视葛蕾丝的脸。葛蕾丝觉得血液从脸部流逝，八成连血色也全部撤退，现在整张脸麻麻的、刺刺的又凉凉的。

"葛蕾丝，这就是问题所在。"凯兹女士用了大人想让孩子知道自己很关切的口吻，"我得和你妈妈谈一谈。其实，我见过她，问过她的伤势，但她好像不知道我在说什么。"

葛蕾丝望向比利，他的脸色灰白，仿佛在她上一次看过他以后，他就断气了。没人出声，沉默久到令人害怕。

"还有另一个问题。"凯兹女士说，只有她想开口，"就我所知，你的邻居只是你的保姆。但如果你住在这里或强森女士那里，状况就截然不同了，因为这两位邻居都不是登记在案的寄养家庭。强森女士几点会回来？"

葛蕾丝张口欲答，但出不了声。

"大概五点半。"比利说，"除非她的客人耽搁一点儿时间。"

他说得四平八稳，葛蕾丝不禁暗自钦佩，在这种时候要向郡政府的人说出正常、理性的话，对比利来说绝对很艰难。

"好吧。"凯兹女士收起卷宗,将公文包的背带挂到肩膀上,"没关系。我还得去另一个地方访查,我下次再来。跟她说我会再过来的。"

比利起身送她到门口。

"葛蕾丝在这里会健康成长。"他说。

那是狗急跳墙的口吻,葛蕾丝知道他吓坏了,两人都是,而两人都有充分的理由害怕。

凯兹女士微微一笑,仿佛这笑里含着悲哀。她张嘴准备说话,但葛蕾丝不给她机会。哀求的时刻到了,她心里有数。她从比利的话感觉到大势已去,她清清楚楚地感觉到了。

葛蕾丝跳起来央求:"求求你,你不能带我走,你不能带我离开这里,这里很棒。我可以守在妈妈身边,这样才知道她是不是真的戒掉了药瘾——我是说,复原。而且,我还要在学校表演跳舞,大概是两个月后的事,要是你现在带我走,我就不能表演跳舞了,这可是很严重的事。而且我很会跳舞,在我来比利家之前,我根本不会跳,连半个舞步都不会,长得圆圆胖胖,糟糕透顶。你看看我现在的样子。我跳给你看。"

她匆匆移步到三合板舞池。

"我恐怕得……"

但葛蕾丝不让她说完。现在状况太紧急,不能放弃。

"不,你一定要看。"她说,"你得看看我跳舞,你才明白这有多重要。"

她踢踢踏踏地到三合板中央。

"现在看好了,包你刮目相看,绝对。"

她闭上眼睛,想象一开始的几个舞步,这是比利传授的秘诀。数到三,以时间步开舞。

无懈可击。比利是对的,用简单的舞步来个漂亮的开场,便能安抚神经,跳完整支舞蹈。但接下来是水牛步转身,这也必须完美,她的未来完全取决于此刻的舞步是否完美。

她赫然想到自己遗漏的细节。她放松上半身，感觉到肩膀向下垂，并且微笑。

转身的身姿美极了，最美的一次。

她抬头看郡政府的女士，她当真在看舞，而且似乎一脸钦佩。也许这一招奏效了！凯兹女士怎么可能目睹这一切后还要带她离开令这一切成真的人？

她在完美的位置结束了转身的舞步，也就是她开始转身的舞池正中央，一个回转，便进入三声单脚跳，在心里数数，保持微笑。

一、二、三、四、五、六、七、单脚跳……一、二、三、四、五、六、七、单脚跳……一、二、三、四……一、二、三、四……一跟二、一跟二、一跟二、三、停！

她自豪地站着，一只脚仍抬在半空中，笑容满面。这是她表现最棒的一次，前所未有，只能是最好的，也确实是最好的。

凯兹女士将卷宗都夹在腋下，为她鼓掌。

"不错，"她说，"一流的。你确实是优秀的舞者，才几个月，你就学会这么多吗？"

"对。"葛蕾丝说，还没喘过气，"我常常练习。"

"这样啊，我认为费尔德曼先生和你的其他邻居对你有那么大帮助，实在是好事。我也真心希望这能改变你的处境，但是……总之，跟强森女士说我六点以后会再来。"

说罢，她便走了。

"你得起来。"比利说，"你得跳舞。"

"这种时候哪还有心情跳舞。"葛蕾丝说。

她颓丧地坐在沙发上，紧紧地搂着猫。或许太紧了，但喵星人拉弗提先生小姐最棒的一点儿就是，它从不抱怨。葛蕾丝猜想这是因为世界上还有比被抱得太紧更悲惨的事。喵星人拉弗提先生小姐果然聪明。

"特别是在这种时候才要跳舞。这就是跳舞的目的,舞蹈会带你回到当下这一刻。能够拯救你的就是舞蹈。"

"几点了?"

比利大半个身体向后倾,望向厨房的时钟:"六点十分。"

"什么都救不了我。"

"没实际试过,就不能讲这种话。"

葛蕾丝叹了口气,将猫放在沙发上,站起来。这时她发现没了喵星人拉弗提先生小姐温暖的毛皮和抚慰人心的呼噜,它和自己的慌乱之间毫无阻隔。突然,她觉得没有空气能呼吸了。

她抬头看比利,他正在系鞋带。

"我好像恐慌症发作了。"她说。

他一跃而起,拔腿奔向她,一只舞鞋仍未绑鞋带。

"不行!"他叫道,"不可以,你没有。连名字都不要给它,千万不要给它那么大的力量。抹掉它。"他说,在葛蕾丝的脑袋四周挥舞双手,仿佛他能抹除葛蕾丝的思绪,"撤销那种想法,立刻删除。来,我要和你一块跳舞。"

他牵起她的手,拉她到厨房,四只舞鞋踩出有节奏的回响。他弯下腰,系好另一只脚的鞋带。

"比利,你说我们不能在厨房跳舞。"

"我还真希望你妈妈上楼来吼我们。"他说,"这样我就可以跟她谈谈。"

葛蕾丝忍不住露出笑意,她仍不太习惯听他说这种话。

"现在跟我对齐。"他说,"不,离我远一点儿,空间要够我们两个人跳转身的舞步。现在,我要你见识跳舞如何让焦虑统统飞走。"

葛蕾丝心想反正不会少块肉,就和他一起跳完,同时用眼角余光看比利。这次她跳得不完美,也忘了微笑,但两人动作相同、节拍一致,实在有趣。顿时,她的心回到了当下,在跳舞。比利的说法获得了验证,她也觉得终究会没事。因为……嗯,因为就是会平安无事。

"你是最优秀的舞者。"她在转身的舞步之后说。

"我现在的功力连以前的一成都不到。"

"你以前一定很棒。"

"是啊,一点儿没错。"他显然用不着计算他的三声单脚跳,"我只是'以前一定很棒'。这说法就跟'过气''跑龙套'差不多,但还要更惨。"

"完全听不懂。"

"无所谓。"他说,然后两人做了华丽的收尾。

这时,他们听到有人在敲瑞琳的门。

## 比利

葛蕾丝埋在瑞琳的怀里抽抽泣泣，两人窝在比利的沙发上。比利给她递了面纸。

"好歹我说服她给我们一个月的时间。"瑞琳对葛蕾丝说，那是虚假的乐观口吻，甚至能听出她的心碎，而且还是在她必须展现坚强的时候，比利想。

"这样时间不够！"葛蕾丝哀叫，"学校的舞蹈表演是在一个多月以后！万一他们一个月后把我带走，我就不能在学校跳舞了，就算将来问题都解决了，你拿到寄养妈妈的身份，去把我带回来，一样赶不上重要的舞蹈表演！"

比利伸手擦拭她脸上的泪水，不小心将啃指甲啃到挂彩的血迹沾到面纸上。

"但你妈至少还有一个月可以戒药瘾。"他说，"如果她成功了，就不会有问题。我们只能在这件事上下功夫了，得想想怎么帮她停止嗑药。"

"我们得找尤兰达。"葛蕾丝说。看样子她多少镇静下来了。

"我们可以试……"

"不行。"葛蕾丝说，"我们什么都不能试，只能找尤兰达。妈妈才不会跟你们谈，她恨死你们了，我不能再跑回家，因为我们说过，除非她把药瘾戒干净，不然不能见我。"

"绝不再去。我的意思是绝不再去。"

"或许值得破个例。"瑞琳说。

在比利听来,她的声音平静无波,宛如玻璃一般的海面。像再次起风之前困在海面上动弹不得的帆船,她的喉咙也开始闭锁。

"不行。"葛蕾丝说,"那是承诺,承诺就是承诺。再说,我们都试过了,一点儿效果都没有,只能请尤兰达出马了。尤兰达很恐怖,不是随时随地,但在必要的时候,她可以很恐怖。她是恐怖的辅导员之一。"

死寂的平静再度降临,谁的船都动弹不得,每一艘船的帆都没有飒飒翻飞。

"我得离开这间屋子,"瑞琳说,"不然我不能呼吸。葛蕾丝,你跑回家……我是说你到我家打给尤兰达,我还有事要跟比利说。尤兰达的电话你还留着吧?"

"不记得收在哪里了。"葛蕾丝扭着爬下瑞琳的大腿,"但我应该背得出来。"

她跑出门外,不见踪影。

瑞琳抬头看比利,一败涂地的挫折与慌乱居然同时出现在她的眼中。比利想不到这两种情绪可以同时出现,更别提在同一双眼睛里。

"偏偏就在一切都这么顺利的节骨眼上。"她说。

"是啊,我们要小心戒备。有时候,我觉得上帝在等待时机,扔下第二只鞋子。"

"上帝不穿鞋。"她说,而比利丝毫看不出她是不是认真的。他无法想象她会在这种时候开玩笑,"我得离开这个猫的国度,我的喉咙要堵住了。我们去……不,葛蕾丝在那里。我有话得跟你私下说,跟我到走廊那头吧。"

比利跟随她出了屋子,走到阴惨惨的走廊。他的心怦怦跳。在走廊尽头有一扇小到丧气的窗,比利怀疑起自己以前知不知道那里有窗。窗上蒙着厚厚的尘土,隔着窗依稀可见一棵叶已落光的树木,枯枝正随风轻轻刮擦着。

瑞琳失去平衡——至少看起来如此——就往前倒向硬木地板。比利伸手去拉，却没拉到她。直到她窝在地上，蜷起身体，背倚着有水渍的墙壁，比利才明白她刚才可能是腿软。

跟我有点像，他心想。其他人遇上铺天盖地的强烈情绪时，反应也如此剧烈吗？这倒新鲜。他这辈子一直认定只有他一个人是这样。

比利在她近处坐下，背靠着墙，可怜兮兮地希望稳住情绪。当然，是徒劳无功。

"我没有骗葛蕾丝。"瑞琳的声音不太自然，而且陌生，"我把凯兹女士的话一五一十地告诉她了。不，不对，我没有。我转告的部分是句句实言。我没有欺骗她凯兹女士说了什么，我只是舍弃一部分没说，有几件事我不忍心告诉葛蕾丝。"

"你就说吧，"比利说，"越快越好。你吓到我了。"

"葛蕾丝以为我可以申请担任寄养妈妈，立刻把她接回来，但大概不行。"

这条消息击中比利内心的空无，仿佛没坠落在任何地方，没击中任何东西。他没有搭腔。

"我跟凯兹谈了很多。我可以去跑文书流程，但那旷日费时。同时，如果现在有很多寄养名额开放，葛蕾丝早就被送走了。还有，要是我通过审核的时候寄养家庭不足，跟我配对的小孩大概会是比葛蕾丝排队更久的黑人女孩。走这条路的话，是有一些成功概率，但概率不高。一旦她被寄养体制接管，我们大概就会失去她。我们没有法律认可的关系，毕竟我们没血缘关系。我们没能力把她接回来，甚至没资格过问她好不好。"

比利动动嘴唇，看能不能说话。嘴唇可以运作，状态良好，但似乎不属于他，完全独立。

"还以为她和我们的感情可以……"

说到这，他才醒悟到自己并不知道感情好又能如何，或为何自己有那种念头。毕竟，对方是洛杉矶郡政府，并不是某个明智又慈爱的决策者。

"是啊，我们也以为孩子和父母的亲情是斩不断的，但亲情随时会破灭。凯兹说熟悉的环境也是考虑的一小部分，但比重实在比不上等待的时间跟'其他的合适度考虑'。这是她的用语。我猜是指种族，但我没问。"

他们一度默默坐着，至于多久，比利不确定，也许一分钟，也许十五分钟。

"我带她远走高飞算了，"瑞琳说，"就带她去……"

比利转头看她，但她不回应他的目光。

"你不是认真的，对吧？"

"说不定。"

"你会被捕，葛蕾丝会被送去寄养。你坐牢的话，把她接回来的机会就变成零了。"

瑞琳静静咬起嘴唇内侧的肉。比利无从评断她脑子里的思绪。

"你是对的。"她说，"这计划太荒唐。"

比利恢复呼吸，感觉像是大半天以来的第一口气。

"但说不定我们不会被发现。"瑞琳说。

比利的头皮上出现了一种怪异的麻刺感。

"你听好了，"他说，"我很不愿意这样说，也请你别想岔，但你们没办法不引人侧目。黑女人，白小孩，别人看到你们，不会认为她是你的孩子。很抱歉，但……"

"不，你是对的。别过意不去，是我讲疯话。我不知道自己在想什么，这主意太疯狂了。"

葛蕾丝的大嗓门突然插进来。"嘿！"她从瑞琳家的门口喊道，"好消息！尤兰达说要来踢某个嗑药人士的屁股！"

瑞琳望着比利的眼睛，仿佛两人是一辈子的朋友。

"踢踢屁股，就能让人戒掉药瘾吗？"她悄声说。

"不知道。"比利也悄声回答，"但愿如此。因为看样子，这是我们现在唯一的指望。"

彻夜无眠之后，比利的晨间咖啡从外观、气味到声音，都比平时更加美妙。他只煮了恰好一杯的量，以确保月底不致没有咖啡。

比利看着咖啡渗过滤纸，滴落在壶中，这时楼下地下室公寓响起一阵急促的敲门声。

短暂的寂静，然后，听到有人在大喊："你给我开门，睡美人，我是你的辅导员。"

片刻后，他听到开门的吱呀声。这澄清了他心底的疑惑，一个其实存在但他不清楚察觉的疑惑。他怀疑，葛蕾丝的妈妈其实听见了他们的敲门声。

他紧张地站着啃指甲，然后拍掉自己的手。假如葛蕾丝在比利家，她就会用相同的动作拍掉比利的手，只不过比利自己拍的力道比较轻。

他端着咖啡到客厅喝，瘫坐在沙发上，直直地看着隔着薄纱般的窗帘，盯着公寓前方驶过的车辆。

再过不到半小时，就是葛蕾丝上学的时间了。

比利直挺挺地端正坐起，做了突如其来的决定。他迈进厨房，重新煮起咖啡，整整一壶。趁着间隙，他检查了鲜奶油的存量。他对着纸罐摇头、皱眉好一会儿。直到他察觉自己让太多凉气从冰箱泄出。但他关上冰箱门时，鲜奶油的纸罐仍在他手上，冰凉而宝贵，尽管事实摆在眼前，鲜奶油的存量难以支撑到下一次送货日到来。

有些事就是非做不可，所以你就做了。

比利系好睡袍，一手端起那一壶咖啡，鲜奶油夹在肘弯，出了公寓，下楼梯到地下室。

他敲门。

门一把拉开,尤兰达站在门内。比利清清楚楚地记得她,因为她参加过一次葛蕾丝的会议。其实,他永远忘不了她。

"什么事?"她问。

比利抗拒逃跑的冲动。

"我是葛蕾丝的邻居。"

"对,我记得。你是那个'紧张大师'。什么东西这么香?啊,是你端着的咖啡。"

"时间还早,我想你也许想喝。"

"哎呀呀,你真体贴。请进。"

比利戒慎地进屋,这是他第一次来,心脏扑通扑通地跳,神经紧绷地东张西望,看葛蕾丝的妈妈可能出现在哪里。他发现她坐在沙发上,抽着烟,怒目瞪着他。在两人眼神短暂交会时,她猛然站起来,大步走进卧房,砰地摔上门。

"她痛恨我。"他将咖啡和鲜奶油放在脏到令人作呕的厨房台面上。

"是啊,"尤兰达说,"确实是。你以为自己是夸张搞笑,其实你没夸大太多。我去拿个干净的杯子,这壶咖啡来得正是时候。时间还早,而她什么都没有,没咖啡,没牛奶,没食物。她居然还没饿死。我想她大概一两天就会东倒西歪地去一间快餐店。啊,这儿有一个……不,我是在找干净的杯子。好吧,只好自己洗一个。总之,你真好心。我是不是该洗两个?你要一起喝吗?"

"我喝过了。"他说。

尤兰达突然扯开嗓门,吓得比利跳起来。

"艾琳?要不要咖啡?"

没有回应。

尤兰达迈开脚步走到卧房门口,开门,探头进去,然后缩回脖子,又将艾琳独自关在卧房。

"两个杯子。她要喝。"

终极牺牲的时刻到了,比利心想。

"要鲜奶油吗?"他举起宝贵的纸罐。

"不用了,亲爱的。我喝黑咖啡。艾琳也是,但她加糖。我好像在哪里看到过糖……"她打开一个橱柜的门,里面有一盒糖、一瓶糖浆,其他空空如也。"我就说嘛。你知道她为什么还有糖吗?因为她没有能掺糖吃的东西,也没有能把糖放上去的食物。这真的是你过来这里的理由吗?你只是想用一壶咖啡让我的早晨惬意一点点吗?"

比利收回鲜奶油,抱在臂弯里护着。

"大概就是声明一下,我们很感激你来这一趟。我们都很关心葛蕾丝会怎么样。而我想,也许有一部分的我在纳闷你目前的进展。"

尤兰达粗声大笑,喷出唾沫。

"亲爱的,我到这里也才十分钟左右。我还没有彻底翻转她的人生,假如你是要问这个的话。"

比利感觉自己的脸热辣辣地涨红起来。他向门口撤退。

"不好意思,"他说,"那就不打扰了,请你继续……做……你在做的事。"

"唉,我没有挑剔你的意思,但处理药物问题很花时间的,你明白吗?"

"是的,那当然,对不起。"

比利开门冲了出去。他想随手关上门,但门猛然煞住。瞬间,尤兰达跟他一块站在走廊上:"你听我说,是这样的。我要搞定的第一件事是翻遍她家每一寸空间,把她所有的存货都冲到马桶里。然后我得去上班。改天再来看看她是不是停止嗑药了,还是她又找了弄到药品的门路。往好处看,她一毛钱都没有;往坏处看,药物成瘾者总是弄得到他们要的货。只能走着瞧了。不如我晚点去你家,把咖啡壶还给你,并且让你知道我们的进展,这样好吗?我明白你很关心,这是好事。你住在一楼吗?"

"对,就在瑞琳家正对面那间。"

"那好,就给我时间解决这件事。"

比利冲上楼,回到家,将鲜奶油收进冰箱,坐回沙发上,观照呼吸,直到心跳恢复正常。

"我说真的,"葛蕾丝说,"我的恐慌症发作了。"

她这么说时,离家还有三四个路口。葛蕾丝原本牵着瑞琳的手,但她挣脱开来,骤然停在人行道上。杰西一个箭步到她身边,单膝跪下以保持与葛蕾丝同样的高度。比利被抛下,在辽阔的世界里毫无屏蔽。

比利也来到葛蕾丝身边,在杰西旁边跪下。

"一笔勾销。"他对葛蕾丝说,"记得我们怎么勾销的吗?"

"跳舞。"葛蕾丝喘不过气,"但我的舞鞋不在这里。"

"都是我不好。我实在不该说我恐慌症的事。"

"你没说过。"葛蕾丝说,"你有恐慌症吗?"

她好奇地凝视着他的脸。至少在这一刻,她的心思似乎转移了目标。

"在我家露台的那一夜,我们看星星的时候,你问过我是怎么回事。"

"但你没有回答我,比利。"

"其实我回答了。"他一手搁在她的肩膀上,之前杰西也是用相同的手势支持他,"但你那时可能睡着了。要是你没听我提过,你哪里知道怎么称呼那种状态?"

"不知道,可能从别的地方听来的吧,但我的感觉就是那样。就像是我每天都走这条路、看到这条路,因为我一直都住在这里,可是突然间,我想到下个月起可能永远看不到这条路,我就整个人都慌了,不能呼吸。"

"我帮你一笔勾销。"

"怎么做?我不能在人行道上跳舞。"

"为什么不行?"

"因为我没穿舞鞋啊!"她大叫起来,一个在为树篱浇水的男人转头看着他们。

"怎么?你以为除了踢踏舞,世界上就没有其他舞蹈了吗?葛蕾丝,舞蹈有千百种。我教你几个新舞步,你可以一路跳到学校去。"

"别人会看我。"

"那又怎样?就随便他们看。"

"你会陪我跳吗?"

比利艰难地咽口水。我的天,他心想,别人会看我。

他转过头,看见杰西盯着他,在等待他的答复。

"好。我陪你。现在就开始,我教你几个最根本的拉丁骚莎舞步。只要数六拍就行了。一、二、三……四、五、六。"他夸张地前后踩踏,最后将身体向后挺,双臂打弯,随着拉丁舞的节奏摇摆,"跳的时候别忘了两只手都要好好挥舞。你跳跳看。"

葛蕾丝模仿他的动作,小声数拍子。

"手要动。"比利说。

"对哦,手要动。"

"要笑。"比利说。

"是,要笑。我还要站在路上跳多久?"

"不要说话,"比利说,仍然和她同步踩出舞步,"就快完了。现在,你往前就踩大步,后退时就踩小步,这样就行了。那我们就会向前进了。"

然后,一行人重新上路。

为树篱浇水的那个男人仍在浇水,他们沿着他的前院慢慢踩着骚莎舞步。他停下来看他们,从水管流出的水柱便乱喷到别处。他们跳到他家的地界边缘时,他将水管挂在臂弯,为他们鼓掌。

"Muy bonita(好美啊)!"他嚷道,毫无讽刺之意,"Miradas buenas(真好看)!"

比利看得出那是赞美,但很好奇究竟是什么意思。

"他说什么?"比利悄声问。

"咦……bonita是漂亮,bueno是……"

"Bueno我知道。看,他没笑我们。他觉得精彩,你第一次获得观众鼓掌。"

"瑞琳替我拍过手,郡政府的女士也是。"

"这是你在公共场合第一次获得掌声,感觉如何?"

"怪怪的,比我想得还怪。大概是我没料到会在路上跳骚莎,然后别人还拍手。"

大约一条街后,比利回头看。瑞琳和杰西并肩而行,落后他们十步左右,手牵着手。

过了六点,葛蕾丝刚回瑞琳家不久,尤兰达便来到比利家门口。

他开门请她进屋,顾不得她令他害怕。

他接下她归还的咖啡壶,拿到水槽,愣愣地想着到时得清洗多少遍,才能够释怀它会放在那间脏兮兮的恐怖公寓那么久。

他回到客厅时,尤兰达坐在沙发上,摩挲着猫咪。

"这就是葛蕾丝的猫呀?关于这只猫的事,我听得耳朵都起茧了。我就不浪费你的时间了。情况是这样的,我不知道怎么回事,她走来走去地说话,她说我去上班的时候,她没再嗑药,因为她的存货都被我搜出来了。所以,我是不知道啦,或许她明天就因为戒断而反胃呕吐,也可能是后天,然后又找法子破戒。但她也可能听懂了葛蕾丝的处境,我说葛蕾丝就快被政府带走了。我想这就是重点所在,至少暂时是如此,我们要让她恢复清醒,让她了解事态的严重性。但我很怀疑这样能否成功,我告诉你原因。"

在随后的停顿中,比利挨着沙发另一端的边缘坐着,觉得脸部的血液尽失且冰冷。

"这是因为她觉得事情不会更糟。"尤兰达说,"她觉得你们是魔鬼,不管政府把葛蕾丝送进什么寄养单位,绝对都强过让她和你们往来。"

比利注意到尤兰达恶狠狠地嚼着口香糖。在他看来,那是恼人的习惯。

他清清嗓子来测试声音,"但我们疼爱葛蕾丝。"他静静地说,而嗓音——保持良好,"她也爱我们。她在这里过得很好。"

"那是嗑药者的偏见。"尤兰达毫不漏拍地接话,"以怨愤的心看待人生。她讲的那些话可能仍然是药品在主导,也许过个两天,我们就能听到艾琳的真心话。你知道的,我做她的辅导员都两年多了,她之前复原的情况还不错。在她内心深处,仍然有明理的那一面,只是好一阵子没看到了。"

"她嗑什么药?你搜出了什么?"

"大部分是奥施康定,也有一些氢可酮。"

"我不熟悉这些药物。"

"那最好,千万不要熟悉啊。那是很强效的止痛药,极度容易上瘾。奥施康定就是俗称土海洛因的东西。以合法手续开出的药物来说,这种药三两下就能让人嗑出瘾头。"

"啊,她是合法取得药物的吗?"

"不,她不是。但医生们照样会开这些药,只是大部分医生知道不能开给她。她啊,是从街头弄到的药,如果知道地点的话就好办了,偏偏我不知道。那可能是任何地方。这实在不是什么稀罕的玩意儿。"

他们默默坐了好久。以比利的心理时钟来算,是太久了。

"葛蕾丝以为要是被郡政府带走,瑞琳马上就能接她回来。"比利没精打采地说。

"那就得有人告诉她该死的实话。一旦进入寄养体系,她就回不来啦。不对,她妈妈可以带她回来,但她得先证明自己很久没嗑药。通常，至少一年，那不是一眨眼就能跑完的流程。小女孩有权知道真相，这可是她的未来。但也许不是现在，因为我们或许还有一线希望。不过既然知道政府准备带走她，就应该让她明白自己的处境。"

"你觉得我们还有指望啊。"比利从这些可比喻为臭垃圾堆的话语中，捞出唯一一句值得挽救的金句。

尤兰达将一缕长发缠绕在一根手指上，或许，这是她紧张时的习惯。

"我还有一个小小的绝招。我还剩五天假可请，所以我会在那个郡政府的女士应该出现的日子过来，前后两天也来。我会在地下室公寓坐镇，确保她不嗑药。"

"太好了！"比利大叫起来，被自己的音量吓到。

"呃，"尤兰达说，"这招没你想得厉害。如果她硬要出门买药，我没办法坐在她身上不放行。我能劝她打消念头，但不能把她捆起来，那是犯法的。我能做的就是希望她会不好意思当着我的面嗑药。再说，还有一个问题，嗯，其实是几个。第一，郡政府的女士说她会宽限一个月，但也许实际上是二十六天，说不定是三十五天。你永远猜不透，我敢说，政府是故意的。她总是一声不响地就跑来，对我们也很不利。姑且假设她刚好在我守着艾琳的那几天来，艾琳也乖乖地没嗑药，一切都很好，没人会把葛蕾丝扔进寄养体制。很棒吧？你以为政府会就此罢手吗？你以为那位女士会蠢到不知道药物成瘾者可能一天不嗑药，第二天又嗑昏头吗？你以为这会是她第一次见识药瘾者吗？不，她会回来确认，不时回来。所以我们费了这么大的劲，也无法确定最后会怎么样。说不定只是多拖个几星期。除非艾琳乖乖回去参加戒瘾互助会，坚持到底，否则一切努力都会泡汤。除非她重新振作起来戒瘾，否则结局只有一个。"

比利静坐半晌，只是呼吸。有个不知道藏在哪里的问题，正奋力从他波涛汹涌的脑海向上挺进，但他尚未凝聚出开口的力气。

"对不起。"尤兰达起身要走。

"等等,"比利说,"我想再问一个问题。胜算有多大?我不是指葛蕾丝的母亲,显然没人知道她会不会成功,我的意思是……一般情况下的胜算,你看有几成?成瘾者确实戒掉药瘾并持续下去的比例是多少?你知道吗?"

尤兰达停下来一分钟,一手搁在门上。

"一百个人里面差不多就三个吧。"她说。

说罢,她便自行离去。

将近凌晨两点,但比利是醒了才知道时钟上的时间。

在梦境周期接近尾声时,他忐忑不安地站着,环顾四周,是清一色团团包围的翅膀。翅膀又长又宽,白羽浓密,且纹丝不动。

翅膀居然完全静止,他不禁焦躁起来。他觉得那些羽毛在嘲笑自己。

"拍呀!"他向翅膀咆哮,再也承受不了那股悬宕。

翅膀依旧不动。

比利向翅膀发火:"该死的,你们拍呀!你们明明就想拍动!你们明明打算拍动!放马过来,快给我拍啊!"

翅膀仍然拖拖拉拉,不动如山,但有个东西发出叩叩叩的敲打声。

"比利!"那些翅膀说,声音幽远。

不。才不是翅膀在说话,是葛蕾丝。

比利睁开眼,静卧一会儿,在昏光中瞪着天花板上龟裂的白色石灰,试图醒醒脑,从梦境返回现实。

"比利!"

这回他明白了。这显然不是梦,是葛蕾丝的叫嚷,她在门外以响亮的舞台低语喊他。

他系好睡袍,跟跟跄跄地去开门,让她进屋。

"你怎么没睡觉?"他低头看她。

她站在走廊冰冷的硬木地板上,穿着样式新颖的衬衫式蓝色睡衣,光脚丫不断地动来动去。

"怎么了?"她问,"你怎么大吼大叫?"

"是吗?没什么,只是做噩梦。你可以回去睡觉了,没事。"

"才怪!你怎么会讲这种话,比利?既然不是没事,就不该说你没事!"

她挤过他身边,进了客厅,双手向上一撑,坐上他的沙发。比利掩门叹息。

"难道你不希望有人陪着你,直到害怕的感觉消失,然后好回去睡觉?我做噩梦的时候就跑去找瑞琳,爬到她的床上,她会摸摸我的额头,问我梦见什么,然后她会说:'可怜的葛蕾丝,别担心,那只是一个梦,伤不了你半根汗毛。'你不想要别人这样照顾你吗?"

泪水涌上比利的眼眶,但他尽力噙住。对,他确实想要,想了一辈子了。只是在这一刻之前,他并不知道世界上有这种照顾。

"好吧。"他说,陪她坐在沙发上。

"你梦到了什么?"

"我梦到被翅膀团团包围,非常巨大的白色翅膀。"

"鸟的翅膀?"

"我从没看过那样的鸟翅膀。"

"天使的翅膀?"

"不知道。我没看到天使。但我想不是,因为如果是天使的翅膀,应该会让人安心。那些翅膀并没有抚慰到我。我老是梦到翅膀,但通常是拍动的翅膀。那股气势,让人毛骨悚然。今天我第一次碰到一动不动的翅膀。"

"这样啊。"葛蕾丝说,"那你干吗叫它们拍动呢?"

"啊,你听到了。这个,因为……我也不知道,实在说不上来。就像你知道坏事即将发生,受不了那种七上八下的心情。咬紧牙关正面迎击反倒会轻松一点儿。不知道你懂不懂我的意思,也许你得亲身体会过才能明白。"

"那不重要。"葛蕾丝说,"梦都是这样的,很不容易懂。"

葛蕾丝把双腿缩到沙发上,抚摸比利的额头。

"可怜的比利,那只是一个梦。是伤不了人的。"

"谢谢你。"他说,又一次强忍泪水。

"不客气。我想继续睡了,我可以睡在这张沙发上吗?啊,不行,等一下。瑞琳要是发现我不见了,一定会吓坏的。我最好还是回去。"

"我不会有事的。"比利说。

"我知道啊,因为梦不会咬人。"

她轻轻走过地毯到门口,敞开门,然后站定,双手握住门把。

"我只想跟你说一件事。"她说,"我只想告诉你,我一定会回来找你,也许你会找不到我,但我知道怎么找你。所以不管我去了哪里,万一我被带走了,希望不会有那一天,但假如我真走了,然后瑞琳不能把我带回来……因为,你知道的,我每次都说她可以再把我带回来,但我每次那样讲,大家的脸色都有点白,有点怪,所以假如最后她做不到的话,你就记住,我一定会回来找你,就算我得满十八岁才能来也一样。因为你是我最要好的朋友。"

她顺手关门,门在细小的闷响中关上了。

比利后半夜都醒着,在看电视,灯全部开着。因为他知道翅膀就在那里,在等他。而翅膀会——或不会——拍动。

## 葛蕾丝

傍晚七点一刻左右，葛蕾丝盘腿坐在瑞琳的地毯上看电视。她喜欢黏在电视前看，觉得这样更能融入那个世界，仿佛真能走进别人的人生。她在看最心爱的节目，就是四个大男人养育一个小男孩的故事，男孩总有办法把大人耍得团团转，而他身高还不到一米呢。这是部喜剧，经常逗得她捧腹大笑。但那一夜不太对劲，大部分对白她都没听进去，她遁入脑海的某个角落，直到被别的事勾回心神——比如听到背后传来瑞琳的笑声——却又摸不清自己刚才神游到哪儿了。

她回头看到杰西和瑞琳在沙发上手牵手，但她回头一看，两人又各自缩回了手。

"当着我的面牵手没关系，用不着弄得像是什么天大的秘密。"

瑞琳转头看杰西，杰西也回望，两人像在讨论该由谁发言，只是没有发出声响。

"只是因为……"瑞琳起了头。

但才讲几个字，她便有点……接不上气了。

"因为我是小孩。"

"不是的，只是这还太新鲜。"

"又如何？好歹有人有了好结局。"

"但我们不知道结局会如何，这正是问题所在。当感情刚刚萌芽，你会想瞒着别人,直到——"

葛蕾丝扬起一只手打断她:"等一下!我好像听到尤兰达来了!"

葛蕾丝跑到门口,耳朵靠在门上,随后又奔进厨房,躺在地上,一只耳朵贴在冷冷的塑胶地板上。

"什么都听不到。"她说。

她抬起头,看到瑞琳向她伸出一只手。

"她会上来找你的,亲爱的。"瑞琳说,"从无例外。"

"但那还要等啊!"葛蕾丝哀叫。

"是啊。来,我们一起等。"

葛蕾丝拉住瑞琳的手爬起来,和她回到客厅,一屁股坐在沙发上,夹在瑞琳和杰西中间。

"就是后天了。"葛蕾丝说,"我越来越害怕。"

"其实,"瑞琳说,"要到后天,尤兰达才休第一天假。之后再隔两天,才是凯兹女士来的日子,而且谁知道呢?她说不定会晚到。"

"或早到。"葛蕾丝说。

"别太紧张,弄得你今天又想吐就糟了。我是说,如果你有办法管住自己的话。"

"对不起。"葛蕾丝说,"我尽量,但那很难。"

将近一小时后,尤兰达来敲门,这时葛蕾丝已经吐过两次。

尤兰达这回进屋坐下,不像平时只站在走廊摇头,看得葛蕾丝都分不清那是好是坏。

葛蕾丝看着尤兰达双手按在膝上,身体前倾,每个动作都拖拖拉拉好久。

"我的天,尤兰达,你再不说话,我要爆炸了!"

这些字句从葛蕾丝嘴里冲出来,撞成一团,急着得到自由。

"对不起。"尤兰达说,"只是……我一向讨厌让人期望太高。假如是坏消息,不妙是不妙,好歹我知道那千真万确。而这回似乎算好消息,可惜我说不准。至少,那不是我们能说得准的事。所以我才拖拖拉拉。总之,我今天去了你家,她一颗药都没吃,完全没有。她靠自己的力量压下了药瘾。从我到你家访视一个星期以来,今天还是她第一次坐直身体看我。她知道郡政府的女士快来了,大概就是这件事吓到她了。"

"我还以为她不在乎。"葛蕾丝都不知该高兴还是气恼,连当下是否有其他情绪也摸不清。

"我有同感。第一次提这事的时候,她一副不在意的样子。可能她觉得我讲的是什么抽象的概念。"

"讲简单一点儿,尤兰达。"葛蕾丝知道自己太凶了,但懒得调整。

"就是她觉得郡政府的女士要来只是一个概念,像一件嘴上说说的事。但现在真要发生了,而她心里也有数,所以……接下来的两三天很关键。要是我可以从现在开始休假的话,我一定会那样做,可惜来不及了,我已经跟别人换班了。但如果她感受到压力,守住底线,那也许几天后我就可以和她好好谈谈,像我以前那样,说不定能有进展。总之,我明天会再过来。我不知道还能做什么。"

葛蕾丝觉得自己被钉在原地,仿佛她是水泥制成的葛蕾丝雕像,不是真人。她听到瑞琳送尤兰达到门口,她们说了几句话,但她连抬头看一眼都没有。

一分钟后,她感觉到杰西一手搭在她的肩膀上。

"嘿,小家伙。"他说,"别这么丧气。这是好消息。记得吗?"

"是啊,"她说,"我知道。之前我只是整颗心掉到谷底,但现在我很害怕,这更难受。因为,就像尤兰达说的,你会觉得这其实不是真的。你根本不知道以前有多少次,我以为她已经彻底戒了药瘾,可是她没多久就又失败了。我现在高兴不起来,还不行,我做不到。我好怕,怕到我觉得自己会倒大霉。我明天不想上学了。瑞琳,我可以留在家里吗?"

葛蕾丝抬头确认门已关上,尤兰达不在了。

"你要待在家里乱操心？"瑞琳挨着她坐下，"那不是更难挨吗？"

"我怕去上学的话，会在学校吐。"

瑞琳叹息。

"也许我能帮忙。"杰西说，"我能帮你为作怪的胃部做感应。这是一种协助身体疗愈自己的能量工作。"

"但我明天上课的时候，你就不在我旁边了。"

"我教你怎么给自己做。"

杰西摩挲双手，使之发热，也许他是为双手灌入某种能量，再将双手靠近葛蕾丝的肚子，但没有碰触她的腹部。葛蕾丝迷惑不解，杰西居然不用实际碰触到肚子。她忍不住问了：

"这是因为我是小孩吗？是因为男人不应该摸小孩吗？"

"不是，感应就是这样做。"

"你没有碰到我不舒服的地方。"

"但能量碰到你了。能量会自己跳过空隙。"

于是葛蕾丝等待着、感受着，努力要相信他。

"真的有一点点感觉。"她说，因为这是实话，或极为接近实话。也或许是因为她希望这是真的，"也许只要别人把手放在离自己那么近的地方，就会产生感应。"

"没错。"杰西说，"你会感觉到别人的能量。"

"但不见得都能让人舒服起来。"

"因为传来的未必都是疗愈的能量。你要不要闭上眼，感觉一下胃部？"

"好。"葛蕾丝说。

别人会这么问，代表葛蕾丝话说得太多。葛蕾丝自己知道，但她决定不浪费时间为此难过。难过这种事情太烦人了。

过了一会儿，她觉得肠胃大概安分了一点儿，但或许只因为她认为应该有此效果。不过她接着想，只要真的舒服起来，何必计较原因？

"那只是反胃。"她说，"也许你应该从问题的根源下手。也许你应该帮我的头做感应，我会反胃都是因为太紧张。"

"这跟你的头没关系。"他说。他的声音能安慰人。葛蕾丝非常喜欢。

"没有吗？"

"只有一点点，导致你想吐的情绪住在你的腹部。"

"是吗？"

"所以你才会在腹部感受到那些情绪。你闭上眼睛，停止思考一分钟。"

葛蕾丝努力尝试。

"一分钟到了没？"大约一分钟后她开口问。

"有七分钟了。"杰西以她爱极了的沉静嗓音说，"我教你明天在学校怎么给自己做。"

他示范了一番。之后，葛蕾丝同意早上最好还是去上学，不要整天窝在家里，一边呕吐一边提心吊胆。毕竟，那样过一整天又如何？看来眼前还有几天一样难挨的日子必须挺过去。

上学准没错，因为杰西和瑞琳都极为赞同。

隔天放学回家途中，她和菲力派并肩同行，正在学"幸运"和"快乐"的西班牙语，这时葛蕾丝看到了她——凯兹女士。以葛蕾丝之见，这既不幸运也不快乐。

再走一条街就到他们的公寓了。凯兹女士驾驶着一辆银色的小轿车经过他们。那实在不是引人注目的车型，葛蕾丝也不明白自己怎么会往车子里面看。偏偏她就是看了，车上的人是凯兹女士，绝对不会错。葛蕾丝的胃马上就认出是她。

"她来早了。"葛蕾丝对菲力派说，同时摩挲双手，看能不能让她可怜的肚子恢复平静，"那个郡政府的女士，她来早了。"

"你干吗抱着肚子？你不舒服吗？"

"我在制止反胃。"

"也许她早来正好。你妈妈昨天没有嗑药。"

"但菲力派,我要怎么知道情况?我一定要知道结果!尤兰达几小时后才会来,我会受不了!我会死的!"

"你应该可以去问她。"

"不行啦。我妈戒瘾不满三十天就不能看到我。你去问她,好吗?菲力派,拜托!"

"不好吧,mi amiga(我的朋友)。她真的很讨厌我。"

"天哪!我死都要知道。求求你,菲力派!"

"好,我去。但没法保证什么,连她肯不肯跟我谈都不知道。总之,我去问问看。"


"你怎么捧着肚子?"比利问,"你想吐吗?"

"不是,我是在阻止自己吐。"葛蕾丝不耐烦地说,"这叫感应,杰西教我的。不然菲力派那么久还不回来,我都快爆炸了。"

"我倒觉得这样才好。也许她在跟菲力派说话。"然后他口气骤变,"葛蕾丝·艾琳·佛格森!你在咬指甲?"

葛蕾丝仿佛大梦初醒,低头一看,右手拇指的指甲已被咬开一半。

"天哪!比利,我一天一天地越来越像你。我被你传染了,这样不太好。他回来了!我听到了他的脚步声!"

她跑到门口,一把开了门,菲力派便进来了。

"她不肯告诉我。"他说。

葛蕾丝的双手自动放回做感应的位置。

"一句都不说?"

"她不想讲。可是我告诉她是你在问,不是我。我说你很担心郡政府女士探访的结果,她就说要是我能等她一下,她可以写张字条给你。这是给你的字条。"

菲力派朝葛蕾丝的方向举起一张折好的亮黄色纸张。她认出那是妈妈放在电话边的便条。这一年多以来，葛蕾丝都觉得在电话边摆便条很蠢，因为早就没人打电话给她们了，连尤兰达都不会。尤兰达总是说，纠缠她妈妈并不在辅导员的工作范围内，她妈妈有尤兰达的电话，既然她妈妈不打这个电话，必然表示她不愿意接受援助。

"上面说什么？"葛蕾丝问，不敢碰触字条。

"不知道。那是私人的字条。"

"噢，"葛蕾丝说，"对。"

她接过他拿着的字条。字条没有烫伤她，也没有咬她。

"来，我大声念出来。"她说。因为比利也是一副肚子需要做感应的样子，"*亲爱的葛蕾丝，郡政府的女士今天来的时候我神志清醒，我已戒药两天了。宝贝，这是为了你，再过二十八天，你就会回到我身边。爱你的妈妈。*"

漫长的沉默。

"这是好消息，对吗？"比利问。

"是啊。对，没错。"

"你看起来不开心。"菲力派说。

"我不敢相信妈妈。"葛蕾丝说。

"但郡政府的女士来过了，她没有带走你。"比利说。

他是在设法缓和气氛。葛蕾丝并不是看不出来，但她赫然醒悟，比利说得也没错。不论接下来的二十八天会如何，凯兹女士来过且离开的事实并没有改变，而葛蕾丝还在这里。

她以为自己会欢欣鼓舞，她想象过千百遍了。她会跳舞、欢唱出欣喜的曲调。然而，在现实情境中，她只觉得有点摇摇晃晃，需要坐下。


尤兰达在老时间来到瑞琳家。杰西起身应门，因为瑞琳在沐浴。

"来，"尤兰达还没踏进门内便开口，"要不要先听好消息？"

"郡政府的女士提早来了，我妈神志清醒，所以她不会带我走。"

葛蕾丝嚷着。

她不是故意大吼大叫，她也想用正常的音量，可是话一冲出口，就开始撒野。

"原来你早就知道啊。好。那你知道后续的访查吗？"

"嗯？"

"啊，你没听说。"

尤兰达拉起她的手，牵她到沙发，自己先坐下，也拉葛蕾丝坐好。葛蕾丝觉得只有大白痴才不知道这些事凑在一起就是坏消息。她的胃部发出一阵恶寒，不知感应能不能治，总之她已经傻了，没有尝试。

"葛蕾丝，事情是这样的。凯兹女士还会回来看你妈妈，一个月来两到四次，确认她彻底戒断药瘾。"

"一个月来两到四次？"

在葛蕾丝说话时，她的嘴巴麻了。说出口的话语听来没问题，但她没有意识到自己说了话。

"她不是笨蛋。她很了解必须牢牢盯着一个药物成瘾者。"

"哦。"葛蕾丝想不出还能说什么。

"嘿，但我们平安度过第一次探访了。这样很好，对吧？"

"对。"葛蕾丝说，"很好，很棒。现在我要去找我的朋友比利，还有我的猫。"

到门口时，她转头看看尤兰达，她看来不开心。

"现在你不必再浪费休假的额度。"葛蕾丝说，"对了，我刚刚想到，这样的话，你就可以来我们学校看我的舞蹈表演。记得吗？我邀请过你，但你说到时你就不能休假了。现在不会把假用光了。"

"是啊。"尤兰达似乎心不在焉，"好。"

"你要来？真的吗？"

"对。我真的打算去。"

"太好了，谢谢。要是妈妈做到她在字条上说的事，那她也可以来。但这个只能看到时候的情况了。"

她轻轻穿过走廊,在比利的门上敲出暗号。

"是我,比利,我想进去,可以吗?"

比利开了门。

"什么事?他们要去约会吗?"

"不是。我也不清楚啦,我不知道他们在干吗。我只是想来你家。"

"好,进来吧。"

"你看起来很帅。"她在沙发坐下后说,"不好意思,我每次都忘了告诉你。现在我每次看到你,都觉得你帅了,衣服好看,头发梳得整整齐齐,但愿我之前就跟你说过了。"

喵星人拉弗提先生小姐跳到沙发上,葛蕾丝抱紧了它。

"你怎么了?"

"郡政府的女士每个月都要来看我妈妈两次,甚至四次。"

"啊?"比利说着也在沙发坐下,"那会持续多久?"

"这……不知道,很久很久吧。大概要到她逮到我妈妈嗑昏头。"

"唉。"比利说。

"唉。"

他们就这么坐了大半天。透过比利的薄窗帘,葛蕾丝看着天色渐渐变暗。这阵子天黑得很晚,葛蕾丝注意到了,这代表日子不断流逝。

比利的声音吓了她一跳。

"所以你打算每天都闷闷不乐?就因为即使这次安全过关,下一次照样可能出差错?"

"不然我还能怎么办,比利?"

"我倒觉得这是我们可以自己做主的事。"比利说,"凯兹女士今天来访查,你妈妈也神志清醒,我却没看到你为此高兴,一分钟都没有。"

"嗯。"葛蕾丝说。

这倒是挺有道理的。如今凯兹女士随时都能带走她,也许一周后,也许两周后，也许下个月，也许就在今天，然而她没有。在这一刻，葛蕾丝原本可能已经被带走了，但她还在。

"对，你说得对。"她说，"哇，哇，葛蕾丝今天没有被带走。我在这里的每一天，都要这样小小地欢呼一遍。咦，这很押韵，哇，哇，哇，葛蕾丝今天没有被带走。我在这里的每一天，都要这样小小地欢呼一遍。看到没？连后边的话也押韵。"

"但不符合格律。"比利说。

"什么是格律？"

"没什么，对不起，我不该批评的。你的欢呼很棒，这样的态度很积极。"

"不，我是认真的，我想知道什么是格律。"

"就是文字的优美韵律。"

"噢，原来你在说那个，早说嘛。要跟真的诗一样，多说几个'哇'就解决问题了。哇、哇、哇、哇，葛蕾丝今天没被带走。我得用'没'来代替'没有'。这样一改，效果就出来了。比利，教我跳别的舞，好不好？"

"哪一种？"

"不知道，什么都好。我只想跳舞，但学校的踢踏舞表演我已经练得很熟了，这可是你说的啊。所以，我们换个新花样。"

于是，比利教她跳华尔兹。

跳华尔兹要数到三，两人面对面、手牵手，感觉也不赖，因为这是他们能共同参与的舞蹈。跳了几步后，比利教她如何后退并转圈。他将她的一只手拉到她头上，她便转了圈。然后她让比利退后并转圈，不介意转圈是女生的舞步，也不介意她必须将手伸得高高的，而比利得把身体压得低低的。两人哈哈笑起来。

这是愉快的一天。

## 比 利

在二十三天后,在"葛蕾丝今天没被带走"的每日欢呼进行了二十三次之后,确确实实就是二十三,因为比利一直在计算。

有人在中午来到他门前,敲出了暗号。葛蕾丝应该在学校,瑞琳应该在上班,其他人应该不知道敲门暗号。比利匆匆去开门。

是瑞琳。

"嘿。"他说,"大白天的,你怎么会在家?"

"因为杰西的母亲状况不妙。她病情恶化,疗养院把她送进医院。看样子她没剩几口气了。我可以进去吗?我得跟你打个招呼,事关重大。"

他从门口让开,她便进屋。

"要咖啡吗?"

"不了,谢谢你。我得讲快一点儿,不然喉咙会堵住。上次我实在待太久,好几天才恢复正常。所以,我就长话短说吧。杰西希望我能陪着他,我想你也明白的,就是他母亲临终的时候,我要和他一起去。"

"那很好啊。所以你来问葛蕾丝今晚能不能待在我这里吗?"

"可能不只是今晚,我不知道这会拖多久,说不定要好几天。"

得知杰西不在已让比利深受打击。因为杰西不会在早上陪他们走到学校了。那是比利一天中最美好的时光。一旦杰西搬离公寓,自己将如何百感交集？他又一次推开这个念头，明白自己一时之间承受不了。

"没关系。葛蕾丝在我这里待多久都没问题。但是……啊，到时你也会不在，好几天都不在，那……她早上怎么去学校？"

"对，这就是我要和你商量的事，我在想……由你带她去。"

"我？"

"希望可以。"

"就我一个？独自一人？"他的音量高得吓人。

"呃，是你和葛蕾丝。"

"回程就不是了。"

比利说着，惊惶的情绪越来越高涨，源源涌来。

"但你的表现已经稳定多了。你每天早晨都和我们一起走，现在你一定开始觉得上街比较自在了。"

"啊，是没错。"比利说，"确实如此，感觉很自在。但那大概是因为我再也不必一个人上街。"

"好，听我说。说到底，我还是觉得自己必须跟杰西一起去。我明白这是不情之请，但我也清楚事实如此。所以，我打了一通电话给菲力派。他说如果真的找不到人，他也会帮忙。不过，他要到深夜一点以后才下班。所以这样的话，确实会打断他的睡眠。但如果你们俩可以讨论出一个办法……也许他明天可以陪你去，后天你再试着自己去？"

比利强制自己深呼吸。

"不好吧，"他说，"但我们会想办法的。你尽管去，我们会解决问题的。"

瑞琳上前一步，环抱着他。比利感觉到她温热的嘴唇印上了他的脸颊，一秒后还没移开。她的唇似乎贴在他脸上大半天，许久之后，他仍然感觉得到那阵温热，即使她已经匆匆奔出门外。

"来，把这个给菲力派端去。"比利对葛蕾丝说，"他需要来一杯。"

葛蕾丝从他手中接过咖啡，小心翼翼地用双手捧着。

"菲力派真可怜，他要到半夜两点以后才能上床睡觉。这怎么没加鲜奶油？为什么不放？"

"菲力派不加鲜奶油，他喝黑咖啡。"

"你确定？"

"确定。"

"等一下。"她说，在门口驻足，"你什么时候跟菲力派喝过咖啡？"

"有一天你在学校的时候。现在快到楼上叫他，好吗？我们得出发了。"

其实，比利明白他们时间刚刚好，根本不用急。他只是一时紧张。

几分钟后，她双手拉着菲力派的手肘，牵他下楼梯。菲力派一手拿着咖啡杯，另一手揉着双眼，没看路，凭着感觉走下楼梯。

葛蕾丝牵他到门口时，他抬头望着比利，睡眼惺忪地咧嘴一笑，打了个哈欠。

"好了。我来啦。随时可以出发了。"

他的口音比平时重，大概是因为他大半个人仍在梦乡。

他给比利一个利落的单臂拥抱，简直弥补了杰西不在的缺憾。而杰西不在的缺憾，顶多也只能填补到这个程度。

他和菲力派并肩而立，看着葛蕾丝穿过校园。

"果然了不起。"菲力派说。

"你是指什么？"

"啊，对不起。我大概是太爱犯困了，才把心里想的说出口。我刚才在想，我第一次见到你的时候，你连穿过走廊都不行。现在你却站在葛蕾丝的校门前。"

"别提醒我了。"比利说，"再过六天就是葛蕾丝的重要日子。最难的部分是实际走进校园。我连试都没试过一次。"

比利叹了口气,两人转身,共同踏上返家的漫漫长路。

"没问题的。"菲力派说,"瞧瞧你到现在为止做出了多少改变。"

"要是杰西在,我就做得到。但他未必会在。"

"杰西到底有什么了不起的?"菲力派问,"算了,我大概有数。虽然我说不上来,但我懂你的意思。遇到麻烦的时候,找他就对了,也许他会及时回来。"

"但愿如此。抱歉,大清早就让你起床。"

"是我不好。"菲力派说,"昨晚我睡得特别晚。我知道熬夜不对,我知道代价惨重。但我还是豁出去了。是这样的……我好像有交往的对象了。"

"真的吗?太好了。"

"呃,也不算有,我的意思是……我认识了她,但一切还言之过早。她是我工作地方的厨师助手,叫克蕾拉。总之,下班后我们到餐厅屋顶聊到三点,真是疯了。但她和我前女友截然不同,文文静静,很害羞。我的前女友很漂亮,好看得喷火,她自己也很清楚,她了解自己的资本,而且不准我忘掉这个事实。你明白吗?所以呢,这样好了。杰西陪你走路的时候都怎么帮助你?他有什么特别的方法吗?还是只因为杰西是杰西?"

"这个……我得想想,应该是两者都有一点儿。他都是一手搭着我的肩膀。不过,如果你不喜欢,就不要模仿他。别人可能会觉得那看起来怪怪的,但我想杰西懒得管别人怎么想。"

片刻后,比利感觉到菲力派的手稳稳地搭在他肩上。

"谢谢你。"比利说。

"小时候,我很怕黑。"菲力派说,"天知道人为什么怕东怕西的,对吧?但假如你害怕,那也是没办法的。而我爸在这方面又很严厉,我就是得独立自主,样样都杰出,让他颜面有光。他一直期许我能顶天立地,你明白吗?但对五岁的孩子来说,要达成那份期许太难了。

我只好假装自己不害怕。不必假装反而轻松，这点我是明白的，我懂害怕的滋味。"

比利听到汽车引擎的隆隆声，声势浩大又粗暴，像是没装消音器。当引擎声在他们旁边慢下来，他的血都凉了。

他转过头，只见一个满脸横肉的拉丁裔男子从车窗探出身子，对他们发出亲吻的声音。

菲力派立刻将手缩回身侧。

男子高声大叫："你们好亲密！"

他踩下油门，显然同时踩了刹车，轮胎呼啸转动。橡胶燃烧的刺鼻气味窜进比利的鼻孔。幸而汽车加速驶离，司机一边开车，一边向他们竖起中指。

"对不起。"比利悄声说。

"没关系，用不着不好意思。我才对不起，真不知道我怎么会放开手。不管怎样，我只是在做一个朋友该做的事。我应该叫那家伙尽管来啊，去他的。"

菲力派重新将手放在比利的肩膀上，这一回更坚定也更亲切，两人继续往前走。

"现在知道我为何那么讨厌出门了吧？"

"是啊，应该吧。但你总得出门吧？我是说，这就是人生。总得好好过日子，是吧？"

"那倒未必。"比利说，"不见得一定要那样，多的是不再好好过日子的人。他们就在某个时刻停了下来。一旦你停下来，再重新起步就难了。一旦能重新起步，要停下来也很难。那家伙怎么说我们的？"

"你还是不知道的好。"

他们默默走了一两条街，那只稳定人心的手掌一直搁在比利的肩膀上。

接着，比利说："明天我自己送她上学。"

"真的假的？"

"真的。我实在不知道要怎么办,但我会做到。你下班后先别回家,留下来跟葛蕾丝聊天。我一定会做到的。"

"我牵着你的手。"葛蕾丝说。

活像他不知道似的。

他们站在公寓敞开的大门前,春日早晨的空气袭上比利的脸。他提醒自己,今天的早晨和昨天一样,和之前几十天一样。偏偏今天就是不同,因为今天他得孤零零地走路回家。他艰辛地咽下口水,胸膛和太阳穴都莫名其妙地怦怦跳动。

"你不走不行。"葛蕾丝说,"你叫菲力派放心熬夜,现在你就得送我去上学。"

她双手紧紧握住比利的手,轻轻向前拉。

"对。"比利说,"我并非不知道此刻是不可避免的。"

"又是怪里怪气的话,比利。来吧,别想了,做就是了。"

她拉着比利往前走,而他凭着意志保持步伐,继续移动。紧接着,他发现自己下了楼梯,来到外面的人行道。

"我很想闭上眼睛,"他说,"但八成会摔跤。"

"你闭吧。我就当你是盲人,带你走路。我可以当你的导盲犬。"

"不知道这一招有没有用。"

"试试就知道了。"

比利闭着眼睛走了四步,立刻想象路上行驶的车内坐着愤怒的男人、街道尾端有人在打劫。恶棍有成千上万种,凭葛蕾丝的见识,实在无法一一向他示警。

他重新睁开双眼。

"没用。"

"也是。"葛蕾丝说,"我刚刚在想,你回家的路上也不能闭眼睛。"

"啊,你竟然提醒我还有回程,真是感激不尽。"

他杵在人行道上,葛蕾丝扯着他的手,但他岿然不动。

"我好像有一点点慌了手脚。"他说。

"我要放开你的手,但你不准回家。"

她松开手,比利持续定在原地。他回头看一看。

"不要回头!"她嚷起来,"你很清楚不可以。如果杰西在这里呢?他会怎么跟你说?"

"我想他会叫我不要回头。"

"不要想,要心里知道才算数。"

"你的手很冷吗?怎么一直搓手?"

"我要帮你做感应。"

"在马路上当着大家的面?"

"还有别的合适的地点吗?"

于是,比利站在原地,让葛蕾丝将双手贴近他的腹部,但没有实际碰触。他瞄瞄四周,看有没有引起路人的侧目。感应似乎无效,他想,或许是自己没有好好配合。结果,在大庭广众下接受九岁小孩的不但没有带来缓解,反倒激起一波全新的焦虑,淹没了他。

"我们还是继续走好了。"他说。

她抓住比利的手,拉着他。他完全仗着一股意志力走完两条街,之后又停下来。

"你一定要撑下去,比利。我不能自己走完剩下的路,不然就违反规定了。"

他欲言又止。

"好,现在只剩一个办法了。我们得跳舞到学校。"

比利在情急之下,更拼命地找回了声音。

"我不行。"他说。

"你之前说跳舞能帮助我,而你也说对了。现在来吧,拉丁骚莎。"

"不行,别人会看我。"

— 277

"那又怎样?就给他们看啊。这可是你跟我讲过的话。"

"你总是拿我的话来回敬我,真希望你不要这样,很烦。"

"为什么?就因为那是真话吗?"

"大致如此。"

"来吧。拉丁骚莎,现在。除非你想跳华尔兹。"

"华尔兹恐怕不太适合直线前进,会在原地绕圈圈的。"

"那就开始跳骚莎,比利。"

无计可施之下,他听命行事。

这可好,他一边想,一边和葛蕾丝在街上共舞,比众目睽睽更凄惨的,就是在大庭广众下举止怪异,引人侧目。他提醒自己并非第一次这么做,但那时的焦虑程度轻微多了。他连问都没有问这两次经验有何差异——太明显了,差异就是杰西。

一对儿上了年纪的夫妻站在阳台上看他们跳舞。四辆车减速慢行。一位司机微微摇着头,又加速驶离。他听到有人喊着:"嘿,法兰基,出来看看。"但无法判断叫喊声来自何方。

然后,他们到了葛蕾丝的学校。尽管比利不会说出口,却不得不承认,他们一眨眼工夫便移动了几条街的距离。

他弯腰亲葛蕾丝的额头。

"你要跑回家吗?"她问。

他点点头,又发不出声音。

"好,放学后见。到时再跟我说状况如何。"

比利又点一次头,拔腿狂奔。

他越跑越快,印象中没有跑过那么快。他经过的一栋栋屋舍和楼房似乎连成一片,时间仿佛在奔跑中扭曲了。他粗声粗气的喘息听起来虚假又遥远。世界逐渐苍白,他赫然察觉自己正严重缺氧,不慢下来会昏倒,但他又不敢减缓脚步。

然后,就在那当下,一个想象跃上心头。不是幻觉,他没有真的看见。那想象直接蹦进脑海,画面鲜明。

翅膀。

翅膀没有拍击他,也没有静止不动地揶揄他。它们像一条温暖的毯子一样包覆他。

比利放缓脚步,小步跑回家。

"哎呀,你在这里呀。谢天谢地。"葛蕾丝说,"我在学校替你担心了一整天。你回家路上还算顺利吧,一路上状况怎么样?"

"还好。"比利说,"我只顾着跑步。"

"就这样?你只打算说这么一点儿吗?"

"我还不想说更多。"他说。

比利从无梦的睡眠中醒来,听到睡在客厅沙发上的葛蕾丝低声呼唤他的名字。

"比利?你醒着吗?"

"算是。"他说。

"我吵醒你了吗?"

"算是。"

"对不起,我睡不着。你知道明天是星期三。"

"对。"

"接着星期四、星期五,然后是周末,过完就是我的重大日子。每天晚上越来越难睡着了。"

"你在为表演紧张吗?舞步你都跳得很熟练了。"

"我有点紧张,毕竟那是令人兴奋的大表演,不是因为我担心自己会跳不好,而是在担心妈妈会不会真的来,还有她是不是真的能三十天不嗑药。你想想,我说不定能再回家跟妈妈一起住呢,但日子越近,我就越怕。"

"尤兰达说她是认真的。"

"对,我知道,所以我才怕。因为我每次都告诉自己别期望太高,但每次都做不到。我就是忍不住,我真的很想回家跟妈妈一起住。"

比利一言不发,专心感受着葛蕾丝迫切想回家所带来的情感震荡。

葛蕾丝仿佛听见他的心声,说道:"我还是会随时来找你的,你知道吧?"

"我知道。"

"我也担心每天晚上会越来越难入睡。万一星期日的晚上我怎么也睡不着呢?我得上台做重要的表演,结果却累得没力气。"

"要是杰西回来,我敢说他可以用感应治你的失眠。"

"要是他没回来呢?那又是另一回事了。他说不定就不会来学校看我跳舞,说不定连瑞琳都不会来。"

"你烦恼这么多,难怪睡不着。来,试试这一招。闭上眼睛,跟我一起想象,想象有好多长着羽毛的白色大翅膀,翅膀围绕着你,拥抱着你。"

漫长的沉默。

"翅膀?你噩梦里的那种?"

"但这是不吓人的翅膀。我的意思是……你可以改变这种事情。记得我以前会怕猫吗?可是后来我认识了一只猫。我们会在不同的生命阶段害怕不同的东西,后来才发现,那些东西其实没有伤害我们的意思。"

"你怎么会想到这个呢,比利?"

"你试试看。"

漫长的静默。

足足五分钟后,他起身去看她,悄无声息。她已进入梦乡。

## 葛蕾丝

今天星期五，是重头戏之前的最后一个上学日。

比利每天早上和她沿路翩翩起舞跳到学校，而每天从自家窗户或阳台观赏他们的人也不断增加。大家现在会等他们来，活像这是某种盛大的表演活动，人人都想抢个好位子，只不过观众多半是站着的。

他们在星期四跳了探戈，大家似乎由衷地喜爱。

比利似乎也应付得来。

然而星期五，葛蕾丝冒出了跳华尔兹到学校的鬼主意。因为他们在比利的客厅跳华尔兹时那么快活，两人都哈哈大笑。

比利重申他第一天说过的话，华尔兹的舞步是在原地打转，不适合往学校前进。但葛蕾丝认定只要仿照拉丁骚莎，把靠近学校那一侧的舞步踩大步一点儿即可，而她恰巧处在凡事都不退让的那种情绪。

就在他们跳完差不多一半路程的时候，意外发生了。

比利刚刚带她转了一圈，住在蓝色房屋的那一户一团和气的西班牙人家看得直拍手，于是葛蕾丝判定带领比利转圈应该不错，她觉得这一家人一定会喜欢。

于是她将手举得半天高，比利则压低身子疯狂转圈，纵情投入，做出许多前进的动作，随即被人行道上凹凸不平的大水泥板绊到脚。葛蕾丝眼睁睁地看着他出事，却束手无策，意外来得太突然了。

他像被砍伐的树木一般栽倒,活生生地演出葛蕾丝在电影里看过的伐木场景。你知道的,就是在某人吆喝"树要倒了"之后的那一幕。他越往下,摔的速度就越急,一张脸不偏不倚地撞上地面。尽管他双手撑在地上,但实在不足以阻挡脸部的撞击。葛蕾丝听到他呼出全部空气的声音。她听到那一户亲切的人家在惊呼。

"哎呀,天哪!比利!"

葛蕾丝扶他翻身坐起,他的鼻子涌出大量鲜血。

"没事。"他说,"我没事。"

但那完全就是惨兮兮的人宣称自己没事的口吻。这时那一户人家已跑出来帮忙,一位慈眉善目的老先生拿来一大把面纸,他矮矮壮壮的,还有一位女士(可能是他的女儿,不过她绝对已经迈入中年),以及一位少女。

他们七嘴八舌,但说的主要是西班牙语。葛蕾丝哪里听得懂那么多西班牙语,但她听懂了他们不断在询问他伤势要不要紧。

比利拿了面纸,轻轻按住鼻子止血,但血流得太凶,面纸立刻沾得湿答答。他一再说自己没事,但他们不断地用西语问,比利则不停地以英语答,葛蕾丝明白这样下去只是鬼打墙。

于是她说:"Esta bueno. Billy esta bueno.(很好。比利很好。)"

但她不懂自己为何这样说,根本是在睁眼说瞎话啊。

葛蕾丝压根儿没看到那位女士离去,她却拿来了一条干净的毛巾,递给比利压住鼻子。

"我得回去了。"他对葛蕾丝说。

"我知道。"她说。

"你不能自己上学,你得陪我回去。"

"我知道。"

"你可以叫菲力派起床,他会陪你去学校。"

"也许我今天应该留在家里陪你。"

"我没有大碍，血会止住的。你问一下毛巾要不要还给他们。"

"我不会用西班牙语讲：'你们还要不要这条毛巾？'"

"好吧，算了。扶我起来，好吗？"

他仍然用双手将毛巾按在鼻子上，没有空的手能让葛蕾丝拉，所以葛蕾丝抓着他的胳膊，想拉他起身，但他纹丝不动。这时，那位慈祥的爷爷握住比利另一边的胳膊，两人搀着他起身，比利中途一度摇摇晃晃，葛蕾丝还以为他可能要昏倒了。她无法判断比利是真的伤势严重，还是他看到自己流的那一大摊血而轻微晕眩，但她觉得待会儿再厘清就好。

比利摇摇摆摆地在人行道上站了一分钟，无人搀扶。他试探地向女人举起毛巾。他一拿开毛巾，血又涌到唇上，他不得不擦掉。

"不用，不用。"女人说，阻止他归还，"给你。"

"谢谢。"比利说。

"Gracias（谢谢）。"葛蕾丝说，"Muchas gracias（非常感谢）。"

两人踏上归途，但比利又是一阵踉跄，老爷爷连忙扶住他的胳膊，陪他们走。

葛蕾丝看得出比利无地自容，情愿老爷爷不要好人做到底。但老爷爷就是那么古道热肠，比利拦都拦不住。

老先生陪他们走到公寓大门。

"Gracias（谢谢）。"比利说。

"去叫菲力派起床。"他吩咐葛蕾丝。

他瘫坐在沙发上，毛巾仍然敷在脸上。猫咪绕着他又是闻又是嗅的，似乎在担心他，想知道他怎么回事。

"为什么？你需要他照顾吗？"

"不用，是你需要他。你还要上学呢。"

"反正我迟到了。"

"迟到就迟到,但你还是得去上学。"

"我不想扔下你,比利,你需要我。我去帮你拿冰块。"

"今天不是有重要的彩排吗?"

"没有。"她从厨房嚷道,"那是每周二和周四。昨天是我们最后一次彩排。"

她双手并用,两度捧起堆得尖尖的冰块,放在冰袋里,跑回比利身边。他移开毛巾,动作慢之又慢,仿佛害怕会出事。结果安然无恙,血止住了。好不容易,终于不再流血。

"我的天哪!比利,伤势看起来很严重!"

不知何故,在那当下,这话似乎合情合理。她哪里想得到他会钻牛角尖。不管谁摔个鼻尖着地,十之八九都会鼻青脸肿的,不是吗?

"我摔成什么样子了?"他静静地问。

葛蕾丝不想告诉他,他鼻梁肿胀,但这不是最糟的。他两只眼睛都出现了一整圈的黑眼圈,一只眼眼角内侧出现血红色的纹路。那模样很恐怖,连注视他都让人于心不忍。

"我帮你拿镜子。你的镜子放在哪里?"

"我没有镜子。"

"你没有镜子?哪有人没有镜子的?"

"我就没有。"他说。

他拿冰轻触鼻子,疼得哇哇叫。

"你有没有阿司匹林?吃一片吧。"

"应该没有。就算有,大概都放好几年了。"

"瑞琳一定有,我去找。"

她奔过走廊,用她的钥匙开门。她去瑞琳的药柜,从瓶中取出两片阿司匹林,又思忖一下,另外多拿了两片。离开浴室时,她临时起意,摸走瑞琳的手持小镜子,然后匆匆锁门,带着东西跑回去找比利。

"喏,我给你带了四片阿司匹林。"她说。

她悄悄地将镜子放在咖啡桌上，镜面朝下，希望比利不会察觉。她开始怀疑带镜子给他或许不是好主意。

"我要看。"他指着镜子说。

"你确定？"

"我要看。"

葛蕾丝给了他镜子，向后退开。比利举起镜子，凝视良久。葛蕾丝忖度着他在想什么，恨不得他赶紧看完，开口说说话。

"啊，老天！"他在沉默半天后说，"我怎么变得这么老？"

"我应该检查你的鼻梁断了没有。"菲力派说，"但丑话讲在前面，你会痛到不想活。"

"如果骨头断了，你会不会去医院？"葛蕾丝问。

"不会。"比利说，"要是断了，也得等它自己好。"

"那也许你根本不该弄痛它。"葛蕾丝告诫菲力派。

"这样愈合以后会很难看。"菲力派说，"我有个亲戚开拖车出意外撞断了鼻子。他不肯就医，他跟你一样固执——我无意冒犯——但他的理由大概跟你不一样。总之，他的鼻子现在看起来还是很惨，愈合后变成鹰钩鼻，还隆起了一大坨，一辈子都不会消失。"

"我想你应该检查一下。"

"好，现在握住我的手，牢牢握紧。我来用另一只手摇摇你的鼻子，看有没有不应该移动的部位松脱了。"

葛蕾丝闭上眼睛，看都不敢看。她听到比利的惨叫，之后便静悄悄的，于是她睁开眼睛。检查结束了，谢天谢地。

"没断。"菲力派说，"走吧，葛蕾丝。我送你去上学。"

"我得留下来照顾比利。"

"我会回来陪比利的，你得上学。"

葛蕾丝有点担心如果今天没有去学校，又没有解释原因，老师说不定会以为她星期一也不会到校。反正,她不在的时候,菲力派会好好照顾比利。

但她想到一个不辩白不行的理由。

"我可以帮他的鼻子做一整天的感应,但你不行。"

就在这时,葛蕾丝听见一个声音,那圆润、悦耳、抚慰心灵的声音,葛蕾丝很喜欢这个声音。人人都爱这个声音。

"由我来陪他吧,我来做感应。"那声音说。

葛蕾丝向后转,看见比利家的门没关。杰西和瑞琳就站在身后。

葛蕾丝高兴得放声尖叫,从眼角瞥见比利将手指插进耳朵。

"你回来了!我以为你不能及时回来!但你回来了。"

她粗鲁地投进瑞琳怀里,几乎把人撞翻。她很惊讶自己竟然这么想念瑞琳。

"我好高兴你回来了!"她尖叫着。

在她心底的某个角落,一度猜想在楼下的妈妈是否真戒了药瘾,正神志清醒地坐听这一番骚动。而如果她在的话,会做何感想?但她撇下这个念头,关心起杰西母亲的现况。

她跑向杰西,杰西抱起她,让她跟自己差不多高。她摸摸杰西的胡子,仿佛那是个幸运符。

"杰西,"她毕恭毕敬地轻声细语,"你母亲过世了吗?"

"是啊。"

"真可怜。请节哀。"

"也没那么糟。"他说,"我大概说不清为何这也是一种解脱。况且,她承受了很多痛苦。这样反倒好。"

"这……其实……我之前很希望假如她注定要死,那她最好早点断气,你和瑞琳才可以在星期一去看我跳舞,我这样是不是太过分了?我真的很难过自己会那样想。"

"我觉得没关系。"杰西将她放回地上,"我也觉得你现在应该让菲力派送你去上学。我会在这里照顾比利。"

"好,"葛蕾丝说,"这样也不错。有杰西留下来照顾比利,我不在应该没关系。"

于是,她和菲力派走了,很满意她不在时一切将安然无恙。

直到上学的路走了将近一半时,葛蕾丝才注意到她毛衣的一只袖子沾到不少比利的血迹。

## 比 利

"比利,跟我说你出了什么事。"杰西倾身将冰袋轻轻移向比利的一只眼睛,然后换另一只眼睛,"你在路上遇到的人干的吗?"

瑞琳已回她的家,寻求清新、无猫的空气。独自面对杰西令比利忐忑不安,但他当然不会说出口。

"不。"他的音量简直还没耳语大。他已彻底陷入逆来顺受的状态,"是我自己不好。"

"不是故意的吧?"

"不是。我跳舞送葛蕾丝去学校,被人行道的大裂缝绊倒了。"

"裂缝之灾。"杰西说。

比利很意外自己进出笑声。其实,那是介于扑哧一笑和叫痛之间的声音。他不只撞到鼻子,肋骨也遭殃了,但他还没向人透露半个字。基于某些原因,他情愿谨守自己的小秘密。至少等到显眼的伤势消得差不多再说。

"幸亏如此。"杰西说,"还好你是自己受伤,而且不是故意的。这样我就不用去找伤害我朋友比利的家伙,踹他屁股。还有哪里撞伤?肋骨吗?"

哎哟,我的天,比利心想。他果真有魔法。他听过葛蕾丝这么说,但以为那是她的比喻。

"你怎么知道？"

"这又不难。我听得出你在想笑的时候痛个半死。好了，让我看看。"

他伸手就要掀比利的毛衣，比利再也按捺不住了。

"不行！"他大叫，"不行。"他又说一遍，让平静像一条旧毯子包住自己，"对不起。我不是故意要吼你。但是不行，我不想让别人看见我这副德行。"

杰西缩回手，两人默默无言坐了一会儿。

"好吧，算了。看吧。"比利说，主动掀起毛衣。

杰西看了，比利也同时看，他还没看过伤势。因为他身边始终有人在，而这些人已经为他揪心不已。伤势惨重，比他想得更惨，像一幅青青黑黑的道路地图。他想象到了明天早上或三天后，胸膛会变成什么样子。他想到头都痛了，呃……反正他的头本来就痛。

同时，杰西的双手移向他没有防备的赤裸身体。

"我只是要摸一摸，看有没有伤到筋骨。"

"不要。"比利说，但这一回他谨慎地控制在耳语的音量，"不，请不要碰我。我是说，你把手放在我肩膀上是一回事，但这是另一回事。我承受不起。我爱你，而我实在承受不起。"

他感觉到头皮在发麻，这是身体对他刚才那番话的实质反应。

他察觉到自己的眼睛闭得很紧，却记不起几时闭上的眼。他听到杰西在搓手，而他静待其变，但什么都没发生。只不过，不一会儿，他感觉到身体的伤处涌现出一抹麻麻的暖意。

"你在帮我的肋骨做感应恢复吗？"他眼睛继续闭着。

"是啊，可以吗？"

"好，可以。谢谢你。"

他静静地接受这种感应的恩典，为时或许好几分钟。

"美妙的感应好像不只缓解了肋骨的疼痛，似乎也减轻了一些焦虑。不是说焦虑不在了，比较像是不再卡死，好像有一部分的焦虑想要向上移动,脱离我。"

"那就让它走。"杰西说。

天哪!这个声音啊。

"不知道我星期一能不能去。"比利说。

他仍然没有睁眼。

"你一定要去。"杰西说,"为了葛蕾丝,你不去不行。你自己清楚,所以我知道你会去。因为你答应过她,她相信你会遵守约定。"

"万一我不能去呢?"

"我想你无论如何都得去。"

"我真的去不了。"

"我不确定世间有没有这种事。"杰西说。

"看吧,所以我这些年才独自一人。因为一旦你让别人走进你的生活,他们就开始依赖你,接着,要是你做不到他们认为你该做的事,哪怕只有一件事,他们也会失望。还是孤家寡人轻松。"

"太迟了。葛蕾丝已经跟你交上朋友,不管你喜不喜欢。听我说,你想象一下:假设我具备葛蕾丝所想的魔法,挥一下魔杖,就让她从你的生命中消失。一切回归原状,好像她不会存在于你的生活。如此一来,你星期一也不用去她的学校。要不要我施展这个魔法?"

他想象一番。不可思议呀,他竟陷得如此之深,如此绝望,居然实际想象了葛蕾丝消失的情况。

"不,"比利说,"别让她消失。"他叹息,杰西是对的。他脱不了身,"我不想让别人看见我这副样子。"

"戴帽子和墨镜。"

"我没有帽子和墨镜。"

"我有。"

"还有一个问题。我毕业后就没有再踏进学校一步。学生时代是我今生最胆战心惊、受创至深的时期,而且我一定要补充一点儿:那是一场我赢不了的比赛。要是走进学校，我会崩溃的。我实在不该多嘴，说什么我做得到。我以为我能学会送她上学，但现在看看我出了什么事，看看走进世界有什么下场。"

"是啊，我明白。世界给了你一个血淋淋的鼻子。世界不时给人这种待遇。"杰西说。

仍旧闭眼的比利感觉到来自杰西双手的能量，移动到他的额头、眼睛和鼻子。

"我要上哪儿寻求支援？"

"你的朋友可以帮忙。允许别人依赖你是有好处的，风水轮流转，以后你也可以依赖他们。你可以说：'我完蛋了，我需要帮忙。'"

"这种话我绝对说不出口。"

"你已经说了。"杰西说。

葛蕾丝在周六登门三次，周日上午来了一次，傍晚又来了一次，端了一碗家常鸡汤给比利。

"瑞琳煮的吗？"他问。

"不，是杰西做的。"她揽起猫咪，"那个……我是来问你一个我很想问但又很怕问的问题。你明天还会去，对吗？尽管你出了意外？"

"看样子我得想法子去。"在厨房拿汤匙的他静静地说道。

"这好像不是很确定的答复。"

他喝下满满一勺的汤，美味无比。多才多艺的杰西原来也精通厨艺。不可思议，老天真是不公平。

"我得招认一件事，这是我能给你的最诚实的答复了。我觉得自己去不了，好像我就是没有那个本事。但我承诺过我会去，所以，尽管那是不可能做到的事，我还是会试试能不能做到。杰西说他会帮忙，但我不知道他能怎么帮上忙。"

"杰西做得到的，他无所不能。所以，明天的安排是这样的，才艺表演在最后一节课,也就是说,你们要在接近两点的时候到。你们先去办公室办访客通行证,然后就到礼堂。一开始是一场很无聊的小话剧,因为不是每个小孩都有才艺,学校只好替每个人安排一个角色。话剧演完后,一个叫佛瑞德的小孩要吹喇叭,之后是贝琪唱歌,接下来就是我压轴,我觉得这是好兆头,最厉害的人才能压轴呀。放学后我可以跟你们一起回家。我知道你会去的,比利,我就是知道你会在现场。"

"谢谢你对我的信心。你今晚睡得着吗?"

"希望可以。杰西说要教我一个放松的冥想。你觉得你睡得着吗?"

"我很怀疑。"比利说。

果然,他没睡着。

星期一中午,杰西上门了。起身开门会痛,但比利仍然开了门。他已梳洗干净,衣冠端正,准备好出门。

"倒杯水,把这些吃了。"杰西说,并将手上的胶囊倒入比利的掌心,大约有十二颗。比利瞪着胶囊,活像胶囊会自动报上名号。

"这不是西药,"杰西代替胶囊发声,"是中药,不过效果相当好。缬草根和卡瓦胡椒,剂量很重,应该会有安神的效果,但可能会有点犯困。"

比利短促地笑一声,肋骨都疼。

"是的。在一所学校里,在众目睽睽之下,放松到打盹儿。少做梦了。"

"反正不会碍事。"

"这倒是。谢谢你。"

"大概一小时后,你可以到走廊对面一趟。瑞琳想帮你的黑眼圈和瘀青化一点儿妆,方便你见人。"

"啊,真贴心,但我们的肤色不一样。"

"她昨天特地去了一趟药妆店,买了她觉得适合你肤色的粉底和遮瑕膏。"

"哎呀，真是抱歉，我刚才讲了那么失礼的话。"

"没关系。专注眼前的事就好，别浪费精力担心其他事情。"

"好主意。"比利想起恐怖的今天，整个人又更加清醒。

他站在厨房水槽前，将十二颗胶囊统统吞下肚。

比利坐在瑞琳的厨房桌旁。瑞琳轻巧地将化妆品涂抹在他鼻子上及眼睛周围，比利别扭地不知该往哪儿看。他不时疼得皱起眉头，瑞琳便会道歉。于是比利一遍又一遍地叫她不必道歉。

"杰西呢？"他问。

"去扶海曼太太下楼了，然后他要去开车过来。"

"海曼太太也要去？但她不能……等一下，什么车？杰西有车？"

"当然有。不然他要怎么来来回回地照顾母亲？"

"但他是坐飞机来到这里的。"

"然后他就买了一辆便宜的二手车，当成在这里的代步工具。"

比利想问那杰西回去后，车子要怎么办，但他不愿提起杰西飞离此地的话题。不能和瑞琳聊这个，他也不愿多想。

"好了。"瑞琳说，"不客气地讲一句，妆化得还不错。你照镜子看看。"

比利接下镜子，短短三天内第二次看到自己的脸。她在瘀青上施展妙手，全数消弭无踪。当然，瑞琳掩饰不了他鼻子的肿胀和破裂的眼球血管。想要不注意这些伤势并不容易，但比利尽力而为，他努力只端详自己的脸。

"没那么鼻青脸肿了。"他说，"但我还是变老了。"

"没人可以永葆青春。"

"你是一次老一天。我一口气老了十二岁。"

杰西为他推开学校的门。比利走进窄小的走廊，视野因杰西借他的墨镜而变暗。他感觉到杰西的肩膀抵着他的右侧,菲力派的肩膀在左侧。两人的手臂钩住他的胳膊,像在移送伤患一样撑住他。比利看到杰西的另一只手握着一枝红色的长梗玫瑰,他推断是准备送给葛蕾丝的,但没问。他回头确认瑞琳和海曼太太仍在后方。瑞琳指着办公室的方向,似乎很清楚办公室的位置。也许她真的知道。

"所有的东西都好小。"比利向杰西低语。

"你怕了吗?"

"非常怕。空间这么小,我心都慌了,好像我在娃娃屋里面。我想起了学生时代。我还真的以为自己已经忘掉那段日子了。"

"你还在呼吸吗?"

"没有,没怎么呼吸。"

"我建议你好好呼吸。"

瑞琳拉开办公室的门,众人拥入。坐在桌子后面的女子抬起头,她理着小平头。

"我们来看葛蕾丝·佛格森的舞蹈表演。"杰西说。

女子似乎愣了一下,她打量起一行人,视线在比利身上停驻得特别久,或者,这是比利的幻想?不,他认为不是。

"五位都是吗?"

"我们五个都是。"杰西丝毫不迟疑。

"各位是她的……"

"邻居。"

"啊,原来如此。她母亲已经来了,还有一位她们家的朋友。"

"太好了。"杰西说。

比利很赞赏杰西有本事只回答眼前的问题,而不回应整个情况的弦外之音。

"那就没问题了。"女子拉开抽屉,同时多看了比利一眼,"再发出五张访客通行证。葛蕾丝一个人就占用七张,这应该破纪录了。"

"她的人缘特别好。"杰西说。

比利拨弄了大半天才别上通行证,借此避免去看置物柜、饮水机和教室门口。当他抬起头,看到礼堂的路标,他心跳得很厉害。

"是我自己多心吗?"他问,"还是那位办公室的小姐看我的眼神真的怪怪的?"

"唉,不是啦。"瑞琳说,"那不是冲着你来的。我想是墨镜的关系,还有你一副紧张兮兮的样子,但现在都不重要了。"

他们在礼堂前停步。比利听到里面几百位小学生的笑闹声。杰西拉开比利的手,将某样东西塞进他的掌心。

他伸开自己的手掌,发现那是两枚小小的泡棉圆柱。

"耳塞。"杰西说,"里面会很吵。"

"这里就很吵了。"

"来,我帮你弄。"

杰西将耳塞轻轻塞入他的外耳,一次一枚,并将压缩的圆柱推到正确位置。

"耳塞会膨起。"他说,"你还是听得见,但不会那么清楚。"

然后他推开礼堂的门,孩子们的喧哗迎面扑向比利,一堵坚实的噪声之墙。他无法想象要是没有耳塞过滤,听起来有多嘈杂。耳塞带来了疏离感,简直像在做梦,仿佛那些声响是他梦见的。同时,也许草药带来了一丝困意。因此,他决定假装自己是在梦中来到这所小学的礼堂。

他们一起在绳子圈起来的观众席落座,也就是中央区块的前两排。比利往四周瞄了一眼,不料和葛蕾丝的母亲对上视线。她和尤兰达一起坐,就在他们前面那一排,与他们相隔五六个座位。她怒目瞪着比利,然后刻意移开视线。

"艾琳凶巴巴地瞪我。"他向瑞琳和杰西低语,纳闷耳塞是否令他不自觉地提高了音量。

"啊,"瑞琳说,"我想,那是意料中的事。"

静默。假如你能把三百位小朋友的叽叽呱呱称为静默的话。

然后瑞琳说:"我有没有跟你说过我母亲的名字?她叫艾琳。"

杰西说:"有。"比利说:"没有。"两人同时回答。

"其实,我是在问比利。而我爸爸的名字是瑞。瑞和艾琳。"

"哦。"比利说。

"所以呢……"

"所以呢……啊!原来如此,瑞和艾琳。瑞琳。"

一位成年人登上讲台,请求大家肃静,节目即将开始。不可思议,孩子们当真静默下来,不是马上,但就在十秒之内。因此,在吵吵嚷嚷之后便是比较清静的梦。

"表演一共要多久?"他对着杰西的耳朵低语,"话剧就要演一小时吗?"

"全部表演是五十分钟,包括葛蕾丝的舞蹈在内。"

"天哪!话剧已经演了超过五十分钟了,不是吗?"

杰西看一眼手表。

"现在演了九分钟。"他小声说。

"我的天!"

片刻后,比利向下看,只见杰西伸手贴近他陷入惊慌的肚腹前方,但没有碰触他。比利深呼吸,尽可能地接收疗愈的能量。

葛蕾丝上台时,他们五人都在鼓掌。比利看到艾琳和尤兰达也在鼓掌。他取出耳塞,摘下杰西的墨镜,一点一滴都不愿错过——连过滤一部分都不行。

她穿着海曼太太为她做的蓝色连身裙,底下穿黑色裤袜。比利不知道葛蕾丝有黑色裤袜,想必是有人为了今天的场合买给她的。

他靠向菲力派,碰碰海曼太太的肩膀。

"我就说她一定会喜欢。"他低语。

海曼太太脸上绽出笑容。

葛蕾丝从舞台边缘上场，在舞台后方的适当位置站定，世界似乎为之停止。

"哇，她好漂亮！"比利由衷地赞叹道。

葛蕾丝的头发上有瑞琳编上去的花朵，而葛蕾丝的光芒完全展现于外。从她的外表，完全看不出她是否紧张，是否一夜无眠。

"她是天生的舞者。"他悄声说，满心虔敬，"我看走眼了。"

我怎么会看走眼呢？他寻思。也许是他不会指导别人，除了自己的经验，没有见识过别人开始学舞的模样。也许每个人都曾经历过一段笨手笨脚的时期，然而那只是表象。

她甚至还没开始跳舞，连音乐都还没播放。这无所谓，他看过她跳这支舞上百次，他清楚她能跳。现在他目睹她上台，面对观众。

"她是天生的舞者。"他又说一次。

音乐流泻而出，这是比利挑选的乐曲。葛蕾丝稍稍歪着头，像在侧耳倾听。她展露笑颜，舞动起来。

她完美无瑕。

她的时间步很完美，她的水牛步转身很完美，她的手部动作完美，她的上半身很舒放。她一次都没有停止微笑，而且那也是真心的笑容，不是装的。她连绽放笑容都是天生好手。

他随着她的舞步数起三声单脚跳，紧绷地用力咬着臼齿，仿佛他能够遥控她的动作。但他不能，她也不需要他代劳。

三声步无懈可击。

她收尾收得漂亮，干净利落。她甚至大大地张开双臂，仿佛在接受大家对她实至名归的喝彩，为了这份喝彩，她练得那么辛苦。

一拍的静默，观众需要片刻时间跟上表演者的节拍。接着是鼓掌。比利立刻起身拍手，他的四位邻居跟着起身，海曼太太靠着菲力派，吃力地站起来。接着，艾琳和尤兰达也一跃而起。葛蕾丝弯腰鞠躬，掌声持续不绝。若说掌声有变化，那就是越来越热烈了。此时其他孩子的家长们也起身，葛蕾丝的微笑转为灿烂的笑脸。

"她天生就是要跳舞的。"比利大声说。

杰西握住玫瑰尾端，将手臂向后拉，把红玫瑰抛向舞台。

葛蕾丝跑上前，拾起玫瑰，行屈膝礼，将玫瑰捧在臂弯。屈膝礼！他可没教过她这个。他从没教她怎么拿长梗的玫瑰。她从电影或电视学来的吗？或者她是自然而然就无师自通了呢？

他后方的学生们开始拖着脚步离开礼堂，礼堂恢复喧闹，但比利压根儿没注意到。

葛蕾丝小跑步下了舞台楼梯，向他直奔而来，他在半途中和她会合。他甚至没有张望四周，看杰西或其他的精神支柱是否就跟在他身边。

她站在他跟前，容光焕发地仰望他的脸，就在舞台和第一排之间，以眼神问了一个问题。嗯，不是某一个问题，而是那一个问题。那甚至不是："你为我骄傲吗？"因为那根本毋庸置疑，她问的是："你有多为我骄傲？"

他捧着她的脸蛋。

"我跳得很棒。"她气喘吁吁地说。

"我的天！葛蕾丝，你……"

但他实在应该讲快一点儿的，他应该开门见山。因为，他根本来不及说她跳得如何，一直以来都是怎样的舞者，她的脸蛋便从他双手之间消失。她被拉开了。

艾琳抓住葛蕾丝的手肘，抢回女儿。

"看到没？"艾琳对比利气势汹汹地喷出怒火。

她举起一枚亮橘色的圆形塑胶片，外观像系着铁链的小钥匙圈，上方有几个金色的字体，但比利辨识不出内容。

"你知道这是什么吗？"她啐道。

比利脑袋空空地摇头。

"这是三十天的证明。这表示我三十天没有嗑药,这表示我家里没有药物,我的血液里没有药,这表示你们谁敢再靠近我女儿一步——我是指跟我女儿没保持至少三十米的距离——我就会报警,让你们以绑架罪名被捕。这就是这枚代币的意义。"

她突然转身,拖着葛蕾丝穿过走道,向门口走去。葛蕾丝回过头,悲伤地挥手道别。比利也挥挥手。

"对不起。"尤兰达说,吓了他一跳,"她一点儿都没向我透露她打算这么做。我会劝劝她。"

说罢,她便从过道小跑步追上去。

比利的美梦变成噩梦,他赫然醒来,发现自己在公共场合、在一所学校里、置身在悲剧中。他转身寻找杰西,原来杰西一直都站在他左肩后方,差点被他撞倒。

"我得回家。"比利说,"事态严重。我完全慌了手脚。我不行了,你得帮我。"

第4章

## 葛蕾丝

"真希望你肯跟我说说话。"葛蕾丝的妈妈说。

葛蕾丝在离电视大约半米的地方盘腿坐着,手托着下巴,盯着一部她不太爱看的卡通片。但爱不爱看无所谓,反正她根本没在看。

"要不要下一盘西洋棋?"葛蕾丝的妈妈问。

"谢了,我不要。"

"我们以前玩,你都很高兴的啊。"

"我只是不想玩,就这样。"

"要不要到大街上吃冰激凌?你总不能说你没心情吃冰激凌吧。"

"我没心情吃冰激凌。"

妈妈走到葛蕾丝和电视机之间,关掉电视。她站在那里俯视葛蕾丝,葛蕾丝拼了命把脖子向后仰,才看到妈妈居高临下的脸孔。

"我实在搞不懂你。"她妈妈说,"你竟然到现在还没说回家了真开心,也没说你很高兴我戒断了三十天。我这三十天可是吃尽了苦头。为了几个邻居和一只猫,你的心态就扭曲得这么严重,对我努力的成果视而不见。你甚至没跟我说,我做得很好。"

葛蕾丝叹了口气,说:"这部分是不错。"

她妈妈气得举起双手,跺着脚走了。

第二天,尤兰达下班后过来,大约六点半到,还带着一块比萨,腊肠加双份芝士口味。

"谢谢。"葛蕾丝说,拿了一片。

"哇。"尤兰达说,或多或少算是在对葛蕾丝的妈妈说话,因为葛蕾丝这时已经走开了,"她回家以后一直这样子吗?"

"不是。"葛蕾丝的妈妈说,"有的时候更不像话。"

"要不要来一场母女谈心?"

"别再说了。"葛蕾丝的妈妈说。

"我想谈。"葛蕾丝说。

葛蕾丝带着她的比萨在沙发一端坐下,尤兰达坐在另一端。葛蕾丝的妈妈待在厨房桌子前,点燃一根烟,别开视线。

"我讨厌你在家里抽烟。"葛蕾丝说。

"我知道你不喜欢。"她妈妈说,"但我不能对你有求必应。"

"根本什么都由不得我。"葛蕾丝说。

"喂喂喂,"尤兰达说,"是谈心,不是吵架,有意义的谈心。艾琳,葛蕾丝刚刚向你说明她对一件事情的看法,而你全盘否决她。你要不要重来一遍?"

妈妈叹气,说:"我知道我以前会出去抽烟,我知道你喜欢那样。但现在我觉得自己必须每分每秒都盯着你,就算只是出去抽根烟,你也会跑去找那些邻居。"

"那很糟糕吗?"

"啧啧啧,葛蕾丝,"尤兰达说,"如果你妈妈答应出去抽烟,你能不能保证不趁机溜到其他地方?"

葛蕾丝叹了口气,吸吸鼻子:"唉,好吧。"

"听听她讲的什么话。"葛蕾丝的妈妈说,"她没精打采,活像是一条烂抹布似的。以前我们只要有对方在就心满意足,就我和葛蕾丝两个人对抗全世界。现在她像一只病恹恹的小狗晃来晃去,就因为我禁止她去找那群恶劣的浑蛋。"

"他们才不是恶劣的浑蛋！"葛蕾丝大吼。

"艾琳！你犯规了！"尤兰达呵斥道，"重讲一遍。"

"好吧，对不起。就因为我不准她去找她的朋友。她以前跟我在一起都很开心，没人介入我们之间。看看她现在的样子，活像是刚刚失去最要好的朋友。"

"我是失去了好朋友。"葛蕾丝说。

葛蕾丝的妈妈背过身子，一个劲儿地抽烟。

"是啊，她看起来闷闷不乐。"尤兰达说，"她那阵子真的非常有活力。现在她像一盆你忘了浇水的盆栽。每次我看她一眼，都觉得有哪片叶子会落下。你不希望她生龙活虎吗？"

"我要她在我身边生龙活虎。"妈妈依然背对她们。

"自私。"

"——去你的，尤兰达。"

"所以这就是你要的生活。现在你听我说，对，以前只有你们母女俩，幸福又美满。可是你嗑了药，而嗑药不是葛蕾丝害的。如今她的生活里出现了新面孔，这是天大的好事，要不是有他们在，她不是被你活活饿死，就是进了寄养机构，而你最少有一年不能和她团圆。她现在能留下来，是因为那些人替你承担起你应尽的责任。这一点儿你不能抹杀。她和他们情谊深厚，你再怎么拼死拼活，都没办法把他们逐出她的生命。"

"我就做给你看。"妈妈边说边在一个晚餐用的盘子上悍然摁熄香烟。

"好，我这么说吧，你可以把他们从葛蕾丝的生活中赶走，就算那很恶劣，也不公平，而且我也拦不了你。可是你没法把他们从葛蕾丝的生命中赶出去。"

"她会走出来的。"妈妈说。静静的，简直像她在暗自饮泣，但葛蕾丝不能断定。

"好,我们就来确认。"尤兰达说,"葛蕾丝?你会有放下的一天吗?"

"不会。"

"她说她永远都不会释怀,艾琳。"

"大家都那样说,但最后都会释怀。"

"你在伤你女儿的心。我建议你让一步。"

"我不会妥协。"

"从来就没人甘愿妥协。"尤兰达说。她又拿了一块比萨,走到门口,"葛蕾丝,需要我帮忙的时候就打电话。"

"她才不需要你!"艾琳大声咆哮,"她只需要我!"

尤兰达微微歪着头,滑稽地挑起一边的眉毛。

"有事就打给我,葛蕾丝。"她又说一遍。

"好。"葛蕾丝说。

尤兰达出了屋子,葛蕾丝连忙多拿了三块比萨,将自己锁进房间,度过这一夜。

葛蕾丝醒来时,天刚微亮。她在被子里平躺了一分钟,看着渗进窗帘、落到床上的幽微光线。她在脑海中回味星期一的舞蹈表演,一直温习到她妈妈扯她手肘、夺回她为止。

葛蕾丝掀开被子下床,光着脚偷偷走到妈妈的房门。她向内窥看,大气都不敢喘一声。她妈妈没醒。她溜过去拿电话边的黄色便条纸,慢慢地、静静地撕下一张,以最端正的字写了字条:

你还没说我……你才刚起了头。你还记得你要讲的话吗?

爱你的 葛蕾丝

她悄悄地解开门锁,停下来确认妈妈的房内没有任何动静,然后拨腿狂奔到楼上,将字条对折,从比利的门缝塞进去。

"嘿,比利。嘿,小猫猫。"她隔着门低语,"我爱你们。"

然后她跑回家,跳回被窝里,妈妈根本来不及醒来。

隔天早上,葛蕾丝起床时,妈妈已经在厨房煮燕麦粥。葛蕾丝满心失落。她不是对燕麦粥失落——她爱吃燕麦粥——而是没有溜出门的机会。毕竟,她只承诺不趁着妈妈去外面抽烟时开溜,并没答应不在早上六点私自出门。

葛蕾丝轻巧地走到餐桌前坐下,皱起眉头,她妈妈连忙摁熄一根香烟。

"我以为你只会在屋子外抽。"

"你在睡觉,我想说没关系。我以为只有你在我旁边时才如此。"

"哦,我现在就在你旁边,这里臭死了,我讨厌这个味道。"

葛蕾丝的妈妈叹了口气:"好吧。明天我会出去抽我的起床烟。"

"谢谢。"

葛蕾丝知道妈妈现在格外卖力:一天烹煮三餐,用吸尘器吸地毯,准时接她放学。葛蕾丝也知道原因,她正在尽力履行单亲妈妈的职责,以弥补那一件她至今依然拒绝去做的重要事情。

"我今天不想上学。"葛蕾丝说,"我觉得不舒服。"

"你怎么了?"

"胃不舒服。"

妈妈伸出温热的手,摸摸她的额头:"没发烧。"

"我没说我发烧。我说的是胃不舒服。你今天去店里帮我买一瓶姜汁汽水好吗?"

"好,等吃过早餐。"

"好,我回床上躺着。"

葛蕾丝躺在床上,听着妈妈收拾没吃完的早餐并洗碗。然后她听到大门打开的声音。

"我大概十分钟就回来,葛蕾丝。"

她妈妈真的会离开家门,不要求她承诺会待在家里吗?如果是真的,这是陷阱吗?她是不是只要把头伸进走廊,就会被怒不可遏的妈妈突袭?

葛蕾丝听到门又砰地关上,妈妈用钥匙从外面锁上门闩。她静静不动,几乎没呼吸,然后摸下床,潜行到窗户,看着妈妈的背影消失。

葛蕾丝跑到门口,拉开门,窜上楼梯,到比利家的门口。

在喘不过气、兴奋不已的一瞬间,她差点敲了门。但她记起妈妈说一定会报警逮捕他,那说不定会害死比利。真的。即使杰西和瑞琳设法在一两天后救他出来,但那可是比利呀,一定会折磨死他的。

她伸出手指,仔细摸摸门缝底下,碰到了一个信封的尖角。她按住信封,往外一拉,信封便滑到走廊,来到她的脚边。她抓起信封就往家跑,而且没忘记她在出门时解开的门闩,细心地重新锁好。她躺在床上,手指微微颤抖,撕开信封。

是的,我记得。你是我这一生见过最闪闪发光的人。

这就是我本来要说的话。你是我这一生见过最闪闪发光的人。

爱你的  比利

妈妈回家后,在厨房东摸西寻,她甚至听到妈妈打开汽水瓶盖时汽水发出的嘶嘶声。

一分钟后,妈妈站在她房间的门口,挂着悲伤的微笑。

"如果这让你沮丧到反胃,那我很抱歉。"她说,"所以……我在想……也许待会儿应该稍微弥补你一下。"

"哪一种弥补?"她充满了期待。

"这是惊喜,你到时就知道了。"

## 比 利

嘭嘭嘭的敲门声吓得比利差点停止心跳。他本能地朝下一看：自己仍在床上，穿着最破烂的睡衣。他一手扒过头发，好几天没梳头了。

"谁呀？"

"艾琳·佛格森。"

听起来她也不太开心。她的语气在比利悲苦的胸腔里填满了铁钉和冰块。

"什么事？"

"我来带走葛蕾丝的猫。"

比利在床上愣住好几秒，然后起身到门口。他深呼吸三次才开门。

见到他，她似乎吃了一惊，还后退了一步，真的。他醒悟到自己的外表想必很骇人，黑眼圈已转黄，又没有上妆来掩盖真相，但他现在没空在意。

"你来带走猫？"

"那是葛蕾丝的猫。"

"嗯，话是没错。但它习惯了现在的生活状态，你会照顾它吗？"

"葛蕾丝会照顾猫咪。"

"葛蕾丝根本不知道怎么做，她连喂都没喂过它。"

"她可以自己摸索。"

比利深吸一口气，想起杰西，以及杰西会如何处理这种情况。

"我对这只猫有责任。"比利平稳地说，"我不能光是把猫咪交给你。它需要猫砂盆，也要猫砂，还有清理猫砂的小铲子。它也需要猫食跟水盘、湿食、干食、毛刷。除非让我教葛蕾丝怎样给猫咪妥善的照顾和喂养，否则我死都不会让猫咪离开我家。"

比利心跳如雷地等待她的回应，这令他感到疲惫，需要坐下。他没有力气应付争执。

"不如这样吧，"艾琳伸手将头发向后拨，她生气时常做这个动作，"你把猫交出来。我把猫抓到楼下给葛蕾丝——"

"葛蕾丝怎么没去学校？"

"不关你的事。我会把猫交给葛蕾丝。你把其他东西都放在走廊，我……大概……一小时后过来拿。这样你就有时间写张字条，交代葛蕾丝喂养的事情。"

比利眨了太多下眼睛，也眨得太快。他想都没想过必须割舍猫咪。

他以宣告发放湿食的特殊"嘶"声叫唤猫咪，它便飞奔而来。他揽起猫咪，让它背部朝下，将脸埋在它腹部的软毛上。

"再会了，猫咪。"他低语，"好好保重。"

他将猫交给艾琳，但猫惊慌地跳走。他又抱一次，重新来过。但猫不肯让她抱。

"它不喜欢你。"比利说。

"少废话。"

"它大概感觉到你在生气，所以它会害怕。"

"反正你要把猫交给我。这次我会抓紧。"

"不。"比利说，"让葛蕾丝过来抱猫。"

"我不——"

"如果你担心的话，尽管站在这里监督。但除非是葛蕾丝来抱猫，不然我不会让猫咪离开这间公寓。"

比利直视她的眼睛。她恶狠狠地回瞪，像在思量适当的回应——一个可能涉及或不涉及互殴的回应。然后她转身，咚咚咚地走下楼梯。

一分钟后，她咚咚咚地回来，葛蕾丝在她身边。看见葛蕾丝，比利的心凉了半截。她一副无精打采的惨状，显然是生病了。嗯，她肯定病了，不然不会待在家里没上学。

她光着脚丫，轻轻地走到他敞开的门口，仰头看他，一张脸蛋坦率又柔软。

"妈妈，你别这样。"葛蕾丝的声音令比利心碎，"我怕比利没了猫咪会太寂寞！"

"把猫抱过来。"她妈妈说，"你每次都埋怨我不让你养猫，怪我不准你跟朋友见面，快点给我收下这只臭猫。"

比利弯下腰，将猫咪放在她等待的怀抱中。

"你带它走。"他说，"没关系。"

"对不起。"她细声说，"你还好吗？"

"我会没事的。"

然后葛蕾丝的妈妈抓着她的胳膊，拖着她穿过走廊，下了楼梯。

比利关上门，收拾喵星人拉弗提先生小姐的全部物品，在每件东西上贴好便利贴，交代何时该如何使用，然后将东西都堆放在门外走廊上，最后临时想起那块三合板舞池，便用力将木板拖出来，立起之后，斜着搬出门外。

然后他回到床上窝着，听着东西都被拖着搬走。

没了猫，好寂寞。

在寂寞的十三天后，瑞琳过来说杰西不久就要乘飞机回家。

"他待会儿会亲自过来跟你说一声。"她舒舒服服地在他的沙发坐下，自从猫咪离开后，她过来串门的时间就延长了，"但我有话想先跟你说。"

比利叹气，等待，瑞琳捎来的信息渗入心田。杰西要走，并不意外。他也只能这么说。身在地狱的是瑞琳，毕竟她是杰西的女朋友。

"嗯，"比利说，力求郑重，"我们不是不知道会走到这一步，这只是迟早的事。他要把车子留给你吗？"

长长的沉默。这段沉默满载着重要的弦外之音，但比利想不出究竟是什么。再怎么说，那不过是一辆破铜烂铁的旧车。

"我要跟他走。"瑞琳说。

他们就这么坐着。

"我们讨论过一阵子。"她说，"我一直不知道自己能不能狠下心，抛下葛蕾丝不管。但反正我们现在也见不到她……唉，听我说，对于要同时扔下你，我实在很过意不去。我知道你大概也会觉得我抛弃你了，但——"

"但我是个大人了。"比利说，"我或许不是全世界最像样的大人，但我是成年人。如果你为了我而留在这里，你就疯了。"

"谢谢你，"瑞琳说，"真的万分感激你这样想。我只是……只是一直在想，这说不定是通往幸福的最后一班列车，而我最好上车。"

"你最好上车。"比利说。

"对不起。"

"不要有歉意。"比利，"尽管去追求幸福，快去搭该死的列车吧。"

稍后，在同一个寂寥的日子里，杰西亲自登门，郑重道别。他一手拎一个装杂货的纸袋。

"我给你带来三样礼物。"他说。比利已经想不起没有这个声音要怎么生活，"应该说，是两件半。这不是新买的，是二手货，因为我的积蓄差不多见底了。我得回家去上班。"

他将纸袋交给比利，里面有一条红色的丝质睡裤，比利心头一震，这必然是杰西的睡裤，还有那根烧过的鼠尾草棒。

"这可不是鼓励你每天二十四小时都穿着睡裤生活。"杰西说。

"我尽量不那样做,谢谢你。鼠尾草棒算是半份礼物吗?"

那就仍然足足缺了一份礼物,但若是说出口,可能会让人觉得不知感恩。

"对了,还有车。"杰西说,"我们要留下那辆车。我本来想留给你的,但我们讨论了一番,觉得车子对你大概只是个包袱。你还得去机动车辆管理局把车子登记在你名下,重新办理驾照,购买保险。所以我决定过户给菲力派,我们讲好了车子属于你们三人,就是你、菲力派和海曼太太,这大概可以算第三份礼物。他答应每个礼拜最少载你们两个去买一次菜。"

"海曼太太会很受用的。"

"我们也这么想。"杰西说,"我想她举步维艰。"

"没错。"

"我们觉得这对你也有帮助。你用的送货服务一定不便宜。"

"运费几乎跟我订购的东西一样。"比利说。

"这下子你就忘不了我们了。"

然后,他上前拥抱比利。比利心痛到简直无法回抱,而且不是因为肋骨痛,但肋骨仍然隐隐作痛。不过,他确实赶在一切都太迟之前,回以拥抱。

"你们不在了,我不知道该怎么办才好。"

之前他都忍着不说,但这句话脱口而出只是迟早的事。

"我们不会从你的生活中消失。"杰西说,"我们只是距离拉得很远罢了。还有,你得开始去信箱拿信。"

"这我做得到。"比利说。

在冷清的三天之后,他们上路了。

接下来的第四个寂寞日子,比利、菲力派、菲力派害羞的女友克蕾拉、公寓的维修工卡斯柏,帮助海曼太太迁入瑞琳的公寓,海曼太太似乎心花怒放。

看到海曼太太快活起来,比利隐然感到一丝落寞。但一如天地万物,不论是好是坏,那种感觉终究自行消散了。

在随后几周的寂寞日子里,比利不时听到走廊里有陌生人的声音,有两对男女搬进了公寓。

有一次,他探头到门外,向其中一对男女说了声哈啰,西语裔的青春男女看来还没超过十七岁,但他们似乎起了戒心。因此,他放弃结识新邻居,重拾寂寞的生活。

过了寂寞的两个月后,比利又看到一张黄字条,上面以正楷字写着:

喵星人拉弗提先生小姐想念你。我也是。

爱你的　葛蕾丝

这些字是写在一个用铅笔画的小框框里面。一开始,比利认为那是造型特别的心形,尽管上端的圆弧部分太尖,而且四周那些圆环状的东西似乎和心形无关。后来他恍然大悟,那是一对翅膀,那些圆环状的东西代表羽毛。

他回了一张字条。

记得你说一定会回来找我吗?你可千万别忘了。拜托。

爱你的　比利

但字条在他的门下搁了一个多月,葛蕾丝八成始终找不到机会出来,而没来拿回信。后来,比利扔了字条。

又过了寂寞的三个月,菲力派来到他家,和他坐着聊天,并宣布要搬去和克蕾拉同居。

"因为她的公寓比我的好多了,比较大,地段也比较好。加上我们一起付房租,就能省下很多钱,说不定还够我们结婚呢。她准备去上烹饪学校,这我跟你说过了吗?她要当厨师。女厨师可不多见,尤其墨西哥裔的女厨师更罕见。这很了不起的,你知道吗?"

他们坐了一会儿,比利煮了一壶咖啡。

"我不是想霸占车子,我知道那是我们三人的车。如果你要的话,我可以留下车子。"

"我要车干吗?我连驾照都没有。"

"我们不会住得太远,开车十五分钟而已。我每个礼拜都会回来一次,载你和海曼太太去买菜,保证不会不管你们。"

"我知道你不会的。"

他为菲力派倒了一杯黑咖啡,也给自己倒了一杯,留下足足三厘米高的空间加鲜奶油。现在他不再需要货运公司递送食粮,就负担得起在咖啡里多加点鲜奶油,比以前多很多。

"把你们留在这里,我不是不难过。"菲力派说,"我也不好受,只是我……"

"只是这可能是你追求幸福的最后一班列车,你决心要搭上它。"

菲力派思忖一番:"大概吧,我没把这想象成列车,但意思差不多。对!"

"你应该上车。"比利说,"你应该搭上这班列车。"

又过了寂寞的一个月,比利去拿信,在走廊巧遇葛蕾丝和她妈妈。她们刚从学校回来。

他穿着杰西以前的红色丝质睡裤,头发没梳。

葛蕾丝见到他便两眼发亮,但仍然比不上她以前的眼神,不如她活力充沛的时候。

"比利!"她嚷道。

"不要跟他讲话。"葛蕾丝的母亲说,伸手拉她转往地下室的楼梯。

比利从栏杆上窥看,葛蕾丝抬头看他,凄凉地挥挥手,比利也挥挥手。

他将自己锁在家里,煮咖啡,这才记起他还没查看信箱,必须重来一遍。

但值得欣慰,因为他收到瑞琳的来信。

在诸多事项中,她提到他们现在有一个养子,名叫贾默尔,年仅四岁,不久前妈妈死于用药过量。但她说,杰西正在这孩子身上施展著名的杰西魔法。

"想必如此。"比利对他寂寞的公寓大声说。

一如杰西和瑞琳的每一封来信,瑞琳也在这封信中附上给葛蕾丝的信,请比利转交。如果见到她的话,只是如果。

"嘿,我看到过她。"他大声说。

他回信给瑞琳。"亲爱的瑞琳,"他如此写道,这是信中诸多事项之一,"这是你天生就要扮演的角色。"

又过了寂寞的四个月,海曼太太过世了。

比利有一两天没见到她,但没有多心,因为有时他天天看到她,但也常常看不到她。

直到菲力派来载他们去买菜,敲了她的门,但她始终没有应门。菲力派撬开她信箱的锁,里面有大约三天的邮件,包括她的社会保险支票,她总是在每个月的三号准时取支票,绝不会忘记。

菲力派用手机联系维修工卡斯柏,请他过来打开门锁。比利和菲力派都没有进去。

一分钟后,卡斯柏出来说她在床上,仿佛在睡觉,看样子是在睡梦中安详辞世。

"嗯,这也是难得。"菲力派说。

卡斯柏说:"是啊,人总有一死。"

"好歹直到她过世前,都有人在照顾她。"

"是啊。"卡斯柏说,"你们什么时候变得这么亲密?"

但卡斯柏和比利并不投缘,所以菲力派选择不说出显而易见的答案。

稍后,卡斯柏去相关部门通报,菲力派问比利他们是否该为海曼太太做点什么。

"她没有亲友。"比利说。

"所以没有悼念仪式。"菲力派回答。

"除非我们自己办一场。"

于是他们举行了悼念仪式,尽管他们实在不知道自己在干吗,但他们认为在这种事情上,心意远远比形式重要。

一天早晨,比利望着窗外,赫然察觉春天又近在咫尺,这一天又一天、一周又一周、一个月又一个月的寂寞日子,已累积成寂寞的一年。

"你怎么看,比利小子?"他大声问,"生活会不会就此打破传统,开始新的样子?"

## 葛蕾丝

葛蕾丝听到尤兰达拿备用钥匙进屋。那把钥匙以前是葛蕾丝的,只是现在她的妈妈认为她用不上,因为她不能独自出门。

葛蕾丝趴在三合板舞池上——那儿比地毯干净。她在做功课,主题是刘易斯与克拉克远征队及女队员莎卡嘉薇亚。这是一篇关于历史没有充分承认女性功劳的报告。但这算什么新鲜事?

尤兰达走过去站在她旁边。

"历史作业?"尤兰达问。

"对。"

"我以前很爱历史。"

"我很讨厌。"

"你不跳舞了吗?"

"对,现在很少跳了。反正跳来跳去都是同一支舞,实在很腻。我问过妈妈能不能去上舞蹈课,她说我们付不起学费。你是来陪我们去参加戒瘾互助会的吗?她的一周年纪念?你来得真早,大概还要……两小时才出发。"

尤兰达蹲下来,一只手放在葛蕾丝的背部。

"我们得先进行她的第五步骤。"

"那是什么?"

"葛蕾丝，我真不敢相信，你去过那么多次互助会还不知道步骤？"

"又没人说我得听。"

"第四个步骤是大家都讨厌的……"

"啊，对，全盘检讨，就是把个性上的缺点统统写出来的步骤。啊，等一下，我知道了。第五步骤就是把清单的内容一五一十地告诉辅导员或某人。"

"身为辅导员，这是我绝对坚持到底的步骤，而接受我辅导的学员必须在第一年完成第四步骤。"

"啊，原来是这样，怪不得。"葛蕾丝说，"幸好她没有拖到最后一秒才做。"

"唉，你了解你妈那个人。"

"我听得到你们讲话！"妈妈从她的房间吼道。

尤兰达向天花板翻白眼。

"你待在这里，别到房间里。这需要muchos（很多）隐私。"

葛蕾丝的音量节节下降，调整为耳语。

"你会不会跟她说，禁止我跟朋友见面是性格上的缺点？"

"我实在不能给她太多暗示。"尤兰达也耳语，"这得由她主动说出口。但如果她提起的话，我也会毫不客气地说出我的看法。"

她们七点半从房间出来，现在出发已来不及在"重生之日"聚会上抢到好座位。葛蕾丝的妈妈安静得过分，多半在看地毯，因此葛蕾丝判断她一定被狠狠地修理了一顿。

尤兰达两度用手肘戳妈妈的肋骨，但她不为所动，尤兰达只好说："葛蕾丝，你妈妈有话要对你说。"

葛蕾丝在她的旧舞池坐起来，盘着腿，搂紧了猫咪。

葛蕾丝等着妈妈过来一起坐，但她没有靠过来。她只是站在厨房的流理台旁，那儿缺了一块瓷砖，她伸出手指，划过缺口边缘。

"不是应该等到第九步骤，再一口气进行全部的和解吗？"

"艾琳,"尤兰达说,"你女儿就在你面前,跟她和解不会要你的命。"

妈妈夸张地叹气:"好,好。葛蕾丝,我在跟尤兰达执行这些步骤的时候,提到我禁止你跟那些人接触是有那么一点儿苛刻和自私。"

"你可以说名字,妈妈,不用一直叫他们'那些人'。"

"喂,这不都一样,葛蕾丝?"

但尤兰达赏她一记严厉的辅导员白眼。

"没错。禁止你和比利、瑞琳他们接触。"

葛蕾丝继续等待,但似乎没有下文。

"然后呢?"

"然后……我知道你很难受,害你无精打采又伤心。"

"所以呢……"

"所以我想跟你说,我很抱歉。"

"但你不打算取消禁令。"

"我都跟你道歉了。"

"才怪,你才不觉得抱歉。你要是觉得抱歉,就不会继续禁止我。"

"我的天。"妈妈说着转向尤兰达寻求支援,"你看到我都在受什么罪吗?"

"不要跟我哭诉。"尤兰达说,"我站在葛蕾丝那一边。你的道歉毫无诚意,除非你打算停止做那些你说你很抱歉的事。和解不是嘴上说说就算数,耍嘴皮子谁都会。"

妈妈紧紧地闭上眼睛,当她情绪濒临失控时,就会这样数到十。然后她睁开眼睛,说:"永远都不够,是吧?不管我付出多少努力,永远都不够。"

"唉,复原期本来就是这样。"尤兰达说,语气不太同情她,"我们得赶快出发去聚会了。你只是因为今年轮到你才心浮气躁吗?很多人在戒瘾周年纪念的聚会都这样。"

"也许吧。"妈妈说,"我这阵子有点不舒服。"

葛蕾丝希望她们在前往聚会的途中能多聊一点儿,但没人开口。

葛蕾丝朝着房间后方的咖啡桌兼书报阅览桌走去,看看这星期桌上有没有饼干,还是这回大家都懒得带。在人群之间推推挤挤地"借过"后,她直直地撞上一个轮椅的大轮子。

"噢,老天。"她说,"柯提斯·尚菲德。"

"嘿,葛蕾丝。"他真希望自己能完全不用跟她说话。

"你都上哪儿去了?我又跟我妈来互助会差不多一年了,一次都没看到你。你搬家了吗?"

"没有。"他推着轮椅离开,"我们没搬家。"

她考虑跟着他的轮椅走,多聊几句,但他似乎没那个兴致,此外,她提醒自己,他是大猪头。跟上次见面的感觉相比,他似乎也没朝着猪头的反方向成长。因此,她只抓了三块花生酱饼干到房间后方坐下,等待聚会开始。她没等多久,因为她们来得比较晚,所以到的时候基本上已经开场了。

她决定这回要认真听一下那些步骤,不过直到第四个人宣读时,她才想到要仔细听。

"四、深切反省,毫不畏惧地检讨自己的品德。"

宣读步骤的男士深沉而悦耳的音色有一点儿像杰西,让她不禁落寞起来。

"五、向神、向自己、向另一个人承认自己究竟犯了些什么错。"

嗯,好歹她承认了,葛蕾丝心想。

"六、完全准备好让神移除这些性格缺陷。"

也许她不过是尚未准备就绪,也许这没关系,因为她现在才走到第五步骤。

"七、谦卑地请求神移除我们的缺点。"

葛蕾丝通常不会把谦卑之类的词用在妈妈身上。话说回来,当她和尤兰达走出卧房,她的确一脸谦卑。

也许妈妈只是需要更多时间来完成这些步骤。听起来,承认缺点和移除缺点并不一样。那是接下来的整整两个步骤呢。

如果一年完成四个步骤,总共需要……

但她的思绪被打断,他们已诵读完各个步骤和规矩,主持人询问现场有没有人正在进行第一个三十天的戒断期,以便给他们一枚欢迎代币。葛蕾丝万万猜不到举手的人会是谁。不是别人,正是柯提斯·尚菲德的父母!两人都举了!这就是她足足一年没见到他的原因!

葛蕾丝转头寻找柯提斯,一眼就看到了他,但他不愿意看她。可怜的柯提斯,葛蕾丝希望他的父母这回戒瘾成功,免得柯提斯承受妈妈给她吃过的苦。不论再怎么猪头的人,葛蕾丝都不会诅咒他们承受那种磨难。

第一位分享的女士跟她妈妈一样,是周年纪念日的戒瘾者。这天晚上共有两位。这位女士是十一周年纪念,另一位是满一周年的妈妈。因此葛蕾丝知道妈妈会是第二位分享的人。

葛蕾丝来互助会时经常左耳进右耳出,但不知何故,她聆听起十一周年纪念的女士分享。也许因为她的谈吐很正向,谈论看待世事的不同角度,而不是唠唠叨叨细数嗑过的药物;也或许是因为葛蕾丝看得出妈妈在聆听,而她妈妈听到的内容令她一脸……谦卑。

接受现状,是那位女士分享的主题。她谈到只因你不喜欢现状,就假装那不是你的现状或假装你可以扭曲它,根本就是精神错乱。这点正是药物成瘾者嗑药的唯一原因,那样做几乎会摧毁所有人的人生。也就是这点让人在什么也改变不了的时候,还是不肯干脆地接受现状。

接着轮到妈妈发言,但她似乎无话可说。她说她叫艾琳,她药物上瘾,之后便结结巴巴。最后,她说实在无法分享,因为她什么都不懂。她说以前她认为自己洞悉一切,但她刚刚才明白大错特错,她什么都不懂。

葛蕾丝偷偷看柯提斯·尚菲德一眼，看他是否在笑她妈妈什么都不懂，但他看起来根本没在听。而且，好歹她妈妈一年没有嗑药，因此他大概没那个胆子。

互助会结束后，葛蕾丝听到尤兰达夸奖妈妈分享得很好，她拍拍她妈妈的肩膀，称赞了她。

"分享得不错。"

每个人都晃来晃去找人谈话，葛蕾丝挤过人群，问尤兰达："到底哪里好？她说她什么都不懂。"

"对啊，"尤兰达说，"就是那一段很不错。"

"这没道理啊。什么都不懂怎么会是好事？"

"确实不好。但如果你什么都不懂，明白自己很无知就是一件好事。"

"哦。"葛蕾丝说，"大概吧。"

"因为要是你认定自己无所不知，你就不会改变任何事。"

"哦，"葛蕾丝又说。

"你听起来好像累了。"

"是啊，好晚了。"

"好，我去找你妈妈，我开车送你们回家。"

去门口的途中，葛蕾丝又直直地撞上柯提斯。她的小腿撞到他的轮椅。

"哎哟。"她说，"希望你爸妈这次能撑下去。"

"你是说真的吗？"他仍然不肯看她。

"当然是真的。我讨厌妈妈嗑药的日子。我不希望别人有一样的经历，即使是你。"

然后尤兰达和葛蕾丝及葛蕾丝的妈妈，一起走到尤兰达的车子旁。

尤兰达说："我还以为你讨厌柯提斯。"

"没错，我讨厌他。他是大猪头。"

"你刚刚对大猪头还真友善。"

"是啊，我没必要跟着他一起当大猪头。"

## 比利

将近六月底的时候,比利听到轻柔的敲门声,有人来了。

他不再有访客,半个都没有,这点他总算如愿以偿。菲力派仍然一周一次载他去买菜,但时间是固定的,比利也总是先到走廊等他,而且老早没有送货员上门了。

"谁呀?"他隔着门叫道,努力不泄露自己的忐忑。直到听见自己的声音,才察觉自己的努力一败涂地。

那敲门声极其轻柔,带着惊惧,甚至自惭形秽。假如要猜的话,比利会猜是楼上那一对出奇年轻的神经质小两口来借东西。大概是他根本没有的东西。

"艾琳·佛格森。"

"啊,"比利察觉自己内心绝望到极点,一点儿都不想开门,"有什么事吗?"

"我希望能进去跟你谈谈。"

她的声音死气沉沉、无精打采,比利面色如土地想到,该不会是葛蕾丝出事了吧。

他冲上前去开门:"怎么了?葛蕾丝呢?她还好吗?"

"她很好。她在家里。"

"好吧。"比利心脏仍怦怦跳,"你想进来坐。行,进来吧,要我煮咖啡吗？"

"哇，太棒了！我真的迫切需要来杯咖啡。快月底了，我断粮了。"

她没有跟进厨房，让比利去煮咖啡，只自顾自地在沙发坐下。比利暗自想了十几种询问来意的方法，却一句都问不出口。

"你喝加糖黑咖啡，对吗？"

"你怎么知道我习惯这样喝？"

"说来话长。"

他不知道该站在原地看着咖啡滴，还是该出去陪艾琳坐。他手足无措，但他知道自己总得做出选择，于是他回到客厅陪她。

她默不作声。

"葛蕾丝好吗？"

"不好不坏，"艾琳说，"还是有点垂头丧气。"

"她还跳舞吗？"

"不跳了，她说总是跳同一支舞实在很烦。她问我能不能让她去上舞蹈课，我说不行，因为我们没钱。真的，我们负担不起。但我嘴上那样讲，心里却很清楚只要我肯，她就能上免费的舞蹈课，我觉得自己真是个坏人。"

说到"坏人"，泪珠开始从艾琳的眼眶溢出，尽管她在拼命克制。比利递上一盒面纸。这盒已经用了将近一年，似乎是一盒永远用不完的面纸。以前面纸用得可凶了，如今再也没人到比利家哭泣。

"不知道你对戒瘾十二步骤互助会有多少认识。"她说。

"真的一无所知。"

"我们得跟自己伤害过的人和解。"

"这样啊。我想你应该和葛蕾丝修复关系，我就免了。"

"我跟她和解了。怎么？我抢走她的时候，你不伤心吗？"

"那时我很难过，心如刀割，直到现在还是。"

"那你怎么说我跟葛蕾丝和解就好，你就不用了？"

"那个啊,我不知道。大概是因为我更关心葛蕾丝,不太在乎自己。"比利说。

这让人怎么接话,两人陷入漫长的沉默。

最后是比利打破僵局,说:"我去倒咖啡,然后你尽管做你今天来这一趟打算做的事。"

他将咖啡递给她,注意到自己的双手在发抖,艾琳必然也察觉了。

他在她对面坐下,两人僵在那儿大半天,如坐针毡。比利一动不动地坐着,莫名其妙地注意起晨光从薄窗帘斜射进来,细微尘埃在光里舞动,在他鼻子前方表演。

"主要是羞愧。"艾琳说,吓了他一跳。

比利不敢言语。

"你知道那种感觉吗?就好像你是不折不扣的冒牌货,而全世界马上就要发现真相了,到时每个人都会批判你。"

"是的。"比利说,"我知道。"

"当你们把葛蕾丝从我身边带走,我就是那种心情。"

"啊,"比利说,"我明白你一定很不好过。我们其实无意给你那种感觉,但事实大概不是如此。我想大家都知道你会很煎熬,我们只盼望那份痛苦能够激励你,重新做葛蕾丝的好妈妈。"

"你的意思是,你们其实是在设法让她回到我身边?"

"嗯,没错。这主要是葛蕾丝的主意。"

"你知道吗?我一直不相信你们。"艾琳的音量和情绪节节升高。

"我知道,但这是真相。"

"那葛蕾丝为什么要你们跟我说,她连跟我见一面都不行?"

"她觉得如果你失去了这个世界上对你最重要的人,也许能给你当头棒喝。她觉得这或许能刺激你振作起来,她要你好起来。瑞琳没跟你解释过吗?"

"我不确定。要我说实话吗?她或许提过,就当她说过吧,但我绝对听不进去。那时的我不行，我会干脆地认定：'失去葛蕾丝会害我更一蹶不振，不会让我改过向善，所以这太蠢了。'"

他们坐了好一会儿，尘埃在打旋。

"在你面前，我依然羞愧。"她说。

比利进出大笑。

"我？没人会在我面前感到羞愧。你怎么会这样想呢？"

"因为我是差劲透顶的妈妈，而你目睹了这一切。我知道你会因此批判我。"

"听我说，艾琳。我不会批判别人，我没那权力，我不够格。我是焦虑成疾的外出恐惧症患者，有十二年时间，我连自己家的露台都不敢去。没有人会低下到以为我看不起他们，因为根本没有人比我更卑微。"

他们又默默坐了好一会儿，在这段时间里，艾琳喝完了她的甜咖啡。

"好！"她说，突然起身，"很高兴我们聊了一下，聊得很开心。"

她起身就往门口走，比利连忙追上去打开门锁，她出去了，不拖泥带水，没有多想，也没有正式告别。而比利实在无法忽略，他们也没有真的和解。他对十二步骤戒瘾互助会所知有限，不了解那里是如何进行和解的，但凭他的语文知识，他懂这个词的意义。

和解通常涉及表明歉意，或更多，或采取实质行动，让事态回归正轨。

他可能是过了两三分钟才听见的，也可能是五或十分钟。有个声音，极其熟悉却久远，是振奋人心的回忆。

葛蕾丝雀跃地哇哇叫嚷。比利不知道有什么事逗得她这么开心，但这让他的心盈满情绪，都快胀破了。最近葛蕾丝的声音都没从地板底下传来，足足一年都没有，葛蕾丝似乎忘了身为葛蕾丝，吵吵闹闹才是她的本色。

他听到地下室公寓的门飞快地打开，还有一声尖叫，洪亮到足以填满整栋公寓的空虚。

"比利!比利,开门!"

他冲到门口,解开锁,一把拉开门,时间配合得刚刚好。葛蕾丝双腿已离地,冲着他扑过来,不偏不倚地投进他的怀里,撞得他"噢"了好大一声,两人差一点点就要跌倒在地毯上。

然后她跳下来,仰望他的脸,满怀热切,目光炯炯有神。那正是他记忆中的眼神。

"我们什么时候跳舞?"她根本是在尖叫,比利耳朵都疼了,却疼得心花怒放。

## 葛蕾丝

"哇!"葛蕾丝嚷着,"哇,哇,哇!"

他们站在路边一片连绵的沙地上,葛蕾丝一手扶着车保持平衡。菲力派熄了火、关闭车头灯,四下便一片黑暗,真正的黑暗,葛蕾丝见都没见过这种黑。以前她不知道自己没见识过黑夜,在那一刻她才恍然大悟,她只看过城市里虚假的黑暗。

她也没有看过星星。

"不可思议!"她放声嘶吼。

"哎呀,好刺耳。"比利说。

"对不起。"

葛蕾丝依依不舍地移开看星星的视线,打量起四周,一片黑暗。她举目远眺,四下都看不见东西。没有建筑,没有人,没有街灯,什么都没有。只有一条黑漆漆的路,以及她的朋友比利、菲力派和克蕾拉。菲力派开了一个多小时的车,载他们进入环绕洛杉矶的沙漠,直到找到这一片美丽的星空。

他们一起站在车旁,葛蕾丝和比利就在这片全然新鲜的黑暗中,仰起头。

"真是太不可思议了。"她又说了一遍,这回声音较轻。

"怎么,你之前不相信我吗?"

"我相信你。你说星星比我想得多,我听进去了,但我没想到是这么多,而且我也想错了。你没说星星会环绕我们,就像个圆屋顶一样,又像我们在一颗圆球里面。现在我真的明白了,世界是圆的。我是说,我知道世界是圆的,因为老师都是这么说的,但感觉上根本就不圆,现在我才知道真是圆的。"

比利拦腰抱起她,将她放在汽车引擎盖上,她便倚着凉凉的挡风玻璃仰卧,纳闷既然沙漠的热是出了名的,晚上怎么会冷呢。

比利也在另一侧的引擎盖坐下,两人一起望向星空。葛蕾丝举起双手,如同相机的镜头一样,圈成一个圆,看看能不能只把那一小圈天空里的星星数个清楚。但仅仅是她手圈镜头里的星星,似乎也是无限多。因此,她将双手放回大腿上,将令人赞叹的整片星空尽收眼底,深深吸了口气,然后叹息。

"那是什么?"她指着夜空问。有一个微乎其微的光点在移动,不是飞机,而是更高远的东西,"宇宙飞船吗?"

"应该不是。你在看什么?"

"就在那里。"

"我什么都没看到。"

"就在我指的地方,不过很小。"

"你的视力大概比我好。"

"像是在十亿公里之外,但它在动。"

"快不快?"

"不快,有点慢。"

"可能是卫星。"

"说不定。但卫星不是在地球上空绕圈吗?离地面有这么近?"

"从距离来看的话,对,可以那样说。"

"如果那是颗卫星,卫星不是在什么地球轨道上……哇,让人忍不住要想,在更远更远的地方以外还会有些什么。你知道的,假如我们看得到的话。"

"现在你就能明白老师教的东西了。"

"不要又害我脑子烧掉,比利。我刚刚好不容易想通了点儿。"

他们并肩静静地躺了一段时间,然后葛蕾丝转头看菲力派和克蕾拉,他们仍坐在车子前座。她一下就把头转回来,觉得这样看或许会令人难堪。

她用胳膊轻轻碰了碰比利。

"嘿,他们是不是在车子里面接吻?"

比利回头看。

"没有,只是凝视着彼此的眼睛。"

菲力派的声音飘来:"你们知道吧?我们在里面也听得到你们讲话。"

"对不起,菲力派。"葛蕾丝说,"对不起,克蕾拉。"

"没关系。"克蕾拉嚷回来。

他们又静静地坐了一会儿。

"你看起来很放松。"她对比利说。

"很放松,以我的标准来看算放松。当然,等我们回家以后,我会比现在更放松。别忘了,我每星期都去超市,已经去了足足一年多了。"

"这是除了超市以外,你第一个来的地方吗?"

"不是。我还去看了牙医。"

"真的?什么时候?"

"……就在我见不到你的那一年的年初。"

"哇,牙医啊。"

"我是逼不得已。"

"那现在离家这么远,你感觉如何?"

比利好一会儿没作声。葛蕾丝猜他或许永远不会回答。

然后他说:"还记得我们在露台看星星那次吗?我刚刚在想……我们在看一样的星星。"

"别闹了！这边的星星多出那么多！"

"不，数目一样。只是这次我们能看见得更多。"

"噢，对。所以是一样的星星。不过，这并不算回答我的问题。"

"我是在回答你呀。我只是在想，既然我在相同的星空之下，就不可能真的离家太远。我是指，从宏观角度来说。"

葛蕾丝不确定宏观的定义，但她大致明白他的意思。

"嘿，不错，以比利来说。"他们继续凝视星空，然后葛蕾丝说，"但你还是希望我们越早回家越好，对吧？"

"比你想象中更想。"

"那是什么感觉？我不是指离家这么远，我是问实际上看到这么多星星，你有什么感觉？"

"嗯，"他说，"感觉像世界又一次变大。不，不是又一次，应该说在我把自己关在家的时候，我以为世界缩小了，但现在我知道世界始终都这么大，而且一直都在等着我，等我重新回到世界。那你又是什么感觉呢？"

"有点兴奋，但说不上为什么。"

"还有微不足道。"他说。

"讲人话，比利。"

"感觉像是自己不重要。"

"你对我很重要。"

"谢谢。我们可以回家了吗？我的勇气快见底了。"

葛蕾丝夸大地叹息。

"唉，好吧。我一次只能指望你出来这么一下，是吧？"

"我不知道你为什么容忍我。"

"这可不简单。"她跳下引擎盖，默默向星星道晚安。提醒自己回家以后，星星依然会留在天上，不论她能不能从家里看到。